Not the last Chance

Verbunden

Claudio und Leo

Impressum

Bibliografische Information der Deutschen Nationalbibliothek:
Die Deutsche Nationalbibliothek verzeichnet diese Publikation in
der Deutschen Nationalbibliografie; detaillierte bibliografische Daten
sind im Internet über http://dnb.dnb.de abrufbar.

1. Auflage Copyright © 2025 Esther Leder, Schweiz

Lektorat: Alexandra Garelli-Leo
https://leoktorat.jimdosite.com/
Korrektorat: Romana Stauffer https://www.romanastauffer.com/
Coverdesign und Umschlaggestaltung: Florin Sayer-Gabor
www.100covers4you.com unter Verwendung von Grafiken von Adobe
Stock: digitalpochi, Stanislav. Bei einigen verwendeten Grafiken wurde
Künstliche Intelligenz als Hilfsmittel eingesetzt. Diese KI-Grafiken wurden
für das Coverdesign weiter verändert und bearbeitet. Das Cover ist KEIN
reines Erzeugnis Künstlicher Intelligenz.
Buchsatz: Esther Leder www.enyaleander.com Kapitelzirde: Canva pro
Verlag: BoD · Books on Demand GmbH, In de Tarpen 42, 22848
Norderstedt, bod@bod.de
Druck: Libri Plureos GmbH, Friedensallee 273, 22763 Hamburg

ISBN Taschenbuchausgabe: 978-3-7693-5076-0

Für alle. Denn wir haben immer wieder Chancen im
Leben. Nutzt sie.
Eure Enya

**Triggerwarnung am Ende des Buches - nach der
Danksagung. Achtung Spoiler.**

Prolog

Claudio, vor ca. einem Jahr

»Nein, Valerie, ich werde mich nicht noch einmal zum Affen machen.« Ich stieß mich mit dem Stuhl weg vom Esstisch, stand auf und lief in ihrem Wohnzimmer auf und ab. Sehnsucht, Wut und Aussichtslosigkeit wechselten im Sekundentakt und brachten meinen Körper zum Vibrieren.

Meine Schwester drehte sich so auf dem Stuhl, dass sie mich ansehen konnte. »Bruderherz, du möchtest nur wissen, wie es unserem Lebensretter geht. Das hat nichts mit einem Tier zu tun.«

»Haha.« Sie meinte es gut, das wusste ich. Mit Matteo, dem Bruder ihrer besten Freundin Elvira, hatte sie ihre große Liebe gefunden und wollte das Gleiche für mich. Das wollte ich auch. Dachte sogar, dass er der Richtige sein könnte. Aber das war mir nicht vergönnt.

»Leo hat sich undercover im Bed & Breakfast einquartiert und ist aufgeflogen. Dass die Polizei ihn nun schützt, seinen Aufenthaltsort nicht preisgibt, ist verständlich.«

»Eben, er hat seinen Job gemacht, uns vor unserem kriminellen Bruder Antonio gerettet und das war's.«

»Leo mag dich sehr.«

»Und das weißt du, weil?«

»Das konnte ich sehen. Wie er dich angeschaut hat und —«

»Erspar's mir«, unterbrach ich sie. »Er hätte sich längst melden können. Anscheinend geht es ihm den Umständen entsprechend gut. Aber nein: Nix, nada. Ich werde zum Vorstellungsgespräch in Zürich gehen und hoffe, dass ich die Stelle bekomme. Vom Tessin wegzukommen, wird mir guttun und mich auch weiterbringen.«

»Ich weiß, dass das deinem Lebenslauf gut tut und eine weitere Sprache von Vorteil ist. Aber du wirst mir fehlen.«

»Du mir doch auch, Valerie. Sehr. Aber du hast nun Matteo und ich brauche unbedingt eine Luftveränderung.«

Sie seufzte und stand auf. »Komm.« Mit geöffneten Armen stand sie da. Ich trat auf sie zu, umarmte und drückte sie.

Wir waren ein eingeschworenes Team. Unser Bruder Antonio hatte uns das Leben in unseren Kinder- und Teenagerjahren schwer gemacht. Um unser Taschengeld zu bekommen, waren Drohungen und Erpressungen an der Tagesordnung. Unsere Eltern hatten weggeschaut, weil ihnen Antonio schon früh entglitten war. Ich nehme es ihnen nicht mehr übel, aber eine unterschwellige Enttäuschung kann ich nicht leugnen. Na ja, nun saß er wieder im Gefängnis – nachdem er geflohen war und Valerie und mich als Geiseln genommen hatte – und würde uns nicht mehr wehtun.

Unser *Retter* war mein allerschönster Traum und größter Albtraum zugleich. Leo. Wir hatten ein paar gemeinsame Tage voller Leidenschaft verbracht und ich hatte gehofft, dass aus uns mehr werden würde. Dann hatte er sich als Undercover-Polizist entpuppt, war von unserem Bruder Antonio angeschossen worden und von der Bildfläche verschwunden. Mit dem Kapitel Leo musste ich endgültig abschließen. Hoffentlich erhielt ich die Stelle in der Deutschschweiz. Seit Langem spürte ich endlich wieder einen Anflug von Zuversicht.

Ich drückte Valerie ein weiteres Mal und löste mich von ihr. »Du weißt, dass du immer mein Fels in der Brandung warst, immer noch bist und immer sein wirst. Aber nun brauche ich Zeit für mich an einem anderen Ort, mit anderen Menschen, Arbeitskollegen und Kolleginnen. Ein Neuanfang sozusagen.«

»Das verstehe ich.« Und das tat sie. Niemand verstand mich besser als meine Schwester.

Ich nahm sie nochmals in den Arm, drückte sie und murmelte in ihr Haar: »Ich liebe dich, du bist die beste Schwester ever und uns trennen nur zweihundert Kilometer, der Gotthardtunnel und jede Menge Stau.«

Valerie lachte laut auf und fuhr sich über die Augen. »Ich liebe dich auch und es wird auch für dich ein Happy End geben.«

An so was wollte ich nicht glauben, aber die Hoffnung zupfte an mir. Ich würde sie nicht ganz aufgeben.

Leo, vor ca. einem Jahr

»Gottverdammter Mist!« Ich schlug mit der Faust auf die Matratze und hätte etwas Härteres bevorzugt, damit stärkere Schmerzen wie Stromschläge durch mich hindurchfuhren, mich bestraften. Aber ich lag hier im Krankenhaus ans Bett gefesselt. Und das schon seit über zwei Wochen. Zwei verschissene Wochen! Und davor hatte ich mein Leben, meinen Job und meine Gefühle an die Wand gefahren. Wie konnte man nur so dämlich sein.

Mit der Hand fuhr ich mir über das Gesicht und riss mir dabei fast die Infusion aus dem Handrücken. Ja, ich hatte überlebt, trotz fehlender Schutzweste. Im Moment war ich nicht sicher, ob ich das erstens verdient hatte und zweitens, ob ich das in der jetzigen Situation wollte. Was ich überhaupt wollte. Ich war am Arsch.

Seufzend ließ ich den Kopf zurück ins Kissen fallen und stieß einen schmerzhaften Laut aus. Der Druck auf der Brust nahm zu und dies nicht nur durch die Schussverletzung. Die Kugel hatte meinen Lungenflügel nur gestreift und dennoch mehr Schaden angerichtet, als mir lieb war. Das Atmen fiel mir immer schwerer und etwas, was sich wie die Eiger-Nordwand auf meinem Oberkörper anfühlte, drückte sich auf die Lunge. Im gleichen Moment gaben die Geräte und Bildschirme neben mir alarmierende Töne von sich, was ich nur durch einen Nebel hindurch wahrnahm.

»Herr Sutter, atmen Sie!«

Es geht nicht, pochte es in meinem Kopf und die Enge um meinen Brustkorb wurde zu meinem persönlichen Gefängnis. Der Nebel wechselte von Grau zu Schwarz und dann war da nichts mehr.

»Da sind Sie wieder«, flötete es neben mir. Schwester Agnes. Eigentlich liebenswert, für mich war sie jedoch zu fröhlich, zu aufgestellt.

»Sie hatten wieder eine Panikattacke. Die war übel.« So negativ hatte ich sie noch nie sprechen hören, dementsprechend horchte ich alarmiert auf. »Schauen Sie nicht so erschrocken. Das kann vorkommen in ihrer Situation, aber Sie müssen das in den Griff bekommen. Ihr Vorgesetzter hat, wie mit Ihnen besprochen, einen Psychologen organisiert. Morgen haben Sie ihren ersten Termin.«

Ich schluckte, außerstande zu antworten. Was auch? Dass ich das nicht nötig hatte? Scheinbar doch und daher hatte ich kraftlos genickt, als mein Chef es mir vorgeschlagen hatte. Und solange ich nicht wusste, ob ich wieder in meinen Job zurückdurfte und auch wollte, sollte ich jegliche Hilfe annehmen. Erneut fiel mir das Atmen schwer.

»Langsam einatmen und länger ausatmen«, ertönte Agnes' Stimme.

Das war leichter gesagt als getan. Ja, ich hatte die zu schützenden Personen gerettet. Mit der Schussverletzung, die ich damit eingefangen hatte, konnte ich umgehen. Hauptsache Valerie und Claudio ging es gut. Das tat es, wie mir ausgerichtet wurde. Doch ich hatte den größten Fehler gemacht, den man machen konnte und während meines Undercover-Jobs ein Techtelmechtel mit Claudio begonnen. Mein Körper, meine Gefühle und meine Sehnsüchte hatten sich nicht dagegen wehren können. War ich deshalb ein schlechter Mensch? Das wohl nicht. Aber einer, der alles, wirklich alles verbockt hatte. Keine Ahnung, ob ich und wie ich aus diesem Schlamassel wieder herauskam. Mein Brustkorb wurde erneut zugedrückt, als würde ein Lastwagen darüber rollen.

»Herr Sutter, atmen.« Agnes strich mir über den Arm, um auf sich aufmerksam zu machen. Schwerfällig drehte ich den Kopf, schaute sie an und atmete mit ihr ein und aus.

Ich war ein Wrack.

Kapitel 1

Claudio heute

Aus dem Augenwinkel sah ich jemanden auf die Rezeption zukommen und schaute auf. Ich lächelte, als ich meine Arbeitskollegin Seline erblickte. »Na du, ist im Restaurant alles bereit für die Gäste?«

»Klar. Würde ich sonst kurz bei dir Pause machen?« Sie zwinkerte mir amüsiert zu und lehnte sich lockerlässig an die Theke.

»Bist du heute für die Einweisung zuständig?«

»Jep, stets zu Diensten. Und du, hast bald Feierabend?«

»Leider nein. Aber es war heute ziemlich ruhig. Morgen werden einige Gäste abreisen. Da habe ich Frühdienst.«

»Ich auch. Bin beim Frühstück und Mittagessen eingeteilt. Gehen wir heute Abend noch gemeinsam ins Sixties?«

»Gute Idee. Treffen wir uns dort um zwanzig Uhr?«

»Perfekt. Uh, ich sollte dann, die ersten Mittags-Gäste kommen.«

Ich schmunzelte. Sobald Seline in den Arbeitsmodus verfiel, legte sie einen zackigen Stechschritt an den Tag. Sie hatte sich zu meiner besten Freundin gemausert. Zu Beginn meiner Tätigkeit im Hotel Marinella in Zürich hatte ich keine Seele gekannt. Seline hatte mich sofort unter ihre Fittiche genommen. Dank ihrer Hilfe hatte ich mich in der Deutschschweiz gut und schnell eingelebt. In den Wochen, bevor ich die Stelle angetreten hatte, hatten mich Zweifel gepackt, ob ich mich für das Richtige entschieden hatte. Fort aus dem Tessin in das mir unbekannte Zürich und einer Sprache, die ich nur schlecht als recht beherrscht hatte. Doch die Einzige, die mir fehlte, war meine Schwester Valerie. Und wie ich sie vermisste! Sie war meine Vertraute, meine Seelenverwandte und hatte mich durch die Kindheit und Jugendzeit gerettet. Sie hatte nun Matteo an ihrer Seite und für mich war der Zeitpunkt gekommen, gewisse Vorkommnisse zu vergessen. Das hatte ich nur in einem anderen Landesteil gekonnt, denn das Tessin erinnerte mich zu sehr an meinen gefährlichen Bruder Antonio, meine Eltern und an –.

»Entschuldigen Sie, wie komme ich ins Restaurant Fleur?«

Ein Mann in den Vierzigern, mit kurzen graumelierten Haaren und einem teuer aussehenden Anzug holte mich ins Hier und Jetzt zurück.

»Geradeaus und dann durch die Glastür da hinten. Frau Benic wird Sie in Empfang nehmen.« Mit der

Hand unterstrich ich meine Worte und zeigte Richtung Restaurant.

»Vielen Dank.«

»Gern geschehen.« Ich atmete tief ein und aus und war froh, dass meine Gedanken an besagten Herrn von einem Gast unterbrochen worden waren. Mein Herz klopfte nicht mehr gar so wild, wenn ich an ihn dachte, aber vergessen konnte ich die Geschehnisse, die über ein Jahr zurücklagen, nicht. Über ihn hinwegkommen würde ich nie, aber ich hatte Strategien entwickelt, damit umzugehen. Das musste ich, waren die Gefühle für ihn doch lächerlich einseitig gewesen. Ich schüttelte den Kopf, denn ich dachte immer noch zu oft an ihn. Und das nach so langer Zeit! Mir war echt nicht zu helfen. Eine Strategie war, mich in die Arbeit zu stürzen, und das tat ich. Ich setzte mich an einen der Bürotische, entsperrte den Computerbildschirm und öffnete unser Buchungsprogramm.

Vor der Bar hielt ich an, nahm mein Smartphone aus der Hosentasche und warf einen Blick auf die Uhrzeit. Ich war etwas zu früh. Nicht weiter schlimm. Mit der freien Hand öffnete ich die Tür und trat ein. Mit dem Schließen der Tür hinter mir änderte sich die Geräuschkulisse. Der Straßenlärm verstummte, dafür trat Gemurmel und Musik an meine Ohren. Ich lief quer durch den Raum, wählte einer der Loungesessel-Gruppe im hinteren Teil, setzte mich und schaute mich in der queerfreundlichen Bar um. Im Eingangsbereich war das Lokal mit Bistrotischen und farbigen

Holzstühlen bestückt. Bis auf die Stühle war der Raum eher farblos und das gemütliche Ambiente wurde mit dem warmen Licht und der dezenten Musik herbeigeführt. Bevor ich die Gäste mustern konnte, trat Seline in mein Blickfeld.

»Hey, mein Hübscher.« Sie ließ sich neben mir nieder und warf ihre Handtasche, groß wie ein Bettlaken, in die Ecke des Lounge-Sofas. Weiß der Geier, was die Frauen immer alles mit sich herumschleppten.

»Du sprühst einmal mehr vor Energie. Wie machst du das nur?«

»Positiv denken«, erwiderte sie.

»Pfft.« Das war ihr Standardspruch. Seit dem Vorfall war irgendetwas in mir zerbrochen. Dabei war ich die Positivität in Person gewesen. Ja, meine Schwester und ich hatten überlebt, als unser Bruder Antonio uns mit einer Pistole bedroht und uns als Geiseln für seine Flucht hatte missbrauchen wollen. Aber seine Boshaftigkeit, die Valerie und mir unsere schlimmste Stunde beschert hatte, und die Sorge um besagten Herrn, hatten mich zu einem anderen Menschen gemacht. Einer Person, die enttäuscht vom Leben war und nur wenigen Leuten vertraute. Schon gar keinen Männern. Ich hatte daher null Dates. Hatte Angst, mich wieder in jemanden zu verlieben, der meine Liebe nicht erwiderte. Oder um den ich mir Sorgen machen musste. Todesängste hatte ich ausgestanden, weil ich nicht gewusst hatte, ob Leo überleben würde. Und für was? Für rein gar nichts. Er hatte sich nicht mehr gemeldet, war von der Bildfläche verschwunden, wie vom Erdboden verschluckt.

»Echt, Claudio. So lernst du nie jemanden kennen.« Sie wedelte mit der Hand vor meinem Gesicht herum.

»Was heißt *so*?«

»Wenn du so grimmig dreinschaust. Denkst du wieder an Leo?«

»Haben wir nicht schon mehr als einmal besprochen, dass wir diesen Namen nie mehr erwähnen?«

»Du hast das beschlossen. Und was machst du, wenn du auf jemand anderen triffst, der so heißt?«

»Dann gebe ich demjenigen einen Spitznamen.«

»Ich wünsche dir viel Glück dabei. Aber wie auch immer, was soll deine Besessenheit mit diesem Namen? Vielleicht hat er den für seinen Einsatz im Tessin nur erfunden. Glaubst du nicht?«

»Mhm.« Ich zuckte mit den Schultern. Ich kannte Leo nur unter diesem Namen oder besser unter Leonardo Sutter. Den Nachnamen hatte ich Seline nie verraten, auch sonst keine Details über sein Aussehen oder so. Immerhin war Leo damals aufgeflogen und ich wollte ihn, egal wie es geendet hatte, sicher nicht in die Pfanne hauen und alles ausposaunen. So kannte Seline die Geschichte, wusste aber auch, wieso ich nicht ins Detail ging. Ihr Cousin war bei der Polizei und daher war ihr bewusst, wie delikat solche Angelegenheiten waren.

»Aber mal ehrlich. Lade dir Grindr auf dein Smartphone und triff dich zu *du weißt schon was.*«

Ich verdrehte theatralisch die Augen und grinste dazu. Seline war ein Schatz, die mich aus meinem Schneckenhaus lockte. Sie wusste um meine Ängste, aber nicht, wie tief sie saßen. Auch kannte sie meine Wünsche in Bezug auf einen Partner nicht. Meine Vorliebe, dominant zu sein, wurde selten akzeptiert, weil ich, na ja, aussah, wie ich aussah. Feingliedrig, mit weichen Gesichtszügen, blond und jünger aussehend, als ich war. Und dazu stand ich auf Männer, die kräftig waren und fast eher dem Klischee eines Bad Boys entsprachen. Da war es offensichtlich, wo mein Problem, eines meiner Probleme, lag. Oder? Ich seufzte.

»La, la, la, da träumt er vor sich hin«, summte Seline.

»Entschuldige, ich weiß auch nicht, wieso ich heute so sentimental bin. Irgendwie habe ich das Gefühl, es braut sich etwas zusammen.«

»Ja, schau dich um, vielleicht triffst du heute deinen Traummann. Das Universum schickt dir Signale, dass du deine Trauerphase beenden und dich ins Sexleben stürzen sollst.«

Laut lachte ich auf. Meine beste Freundin war ein Goldschatz ohne Filter. Sagte, was sie dachte, und holte mich jedes Mal aus meiner düsteren Stimmung heraus. Zum Dank drückte ich ihr einen dicken Schmatzer auf die Wange.

»Schade bist du schwul, sonst hätte ich um deine Hand angehalten.«

»Ich liebe dich auch«, gab ich frech zurück und drückte sie kurz an mich. »Ich hole uns etwas zu trinken. Wie immer?«

Sie nickte.

Schmunzelnd stand ich auf und ging zur Bar. Da der Barkeeper mit einem anderen Gast beschäftigt war, schweifte mein Blick durch den Raum. Ich schnappte einige zweideutige Blicke auf, doch niemand lockte mich. Zudem nahm das bedrohliche Grummeln in meinem Bauch zu und beunruhigte mich. Auf das Bauchgefühl konnte ich mich immer verlassen, und wenn es anschlug, war etwas im Argen.

Kapitel 2

Leo heute

»Ja, bin vorbereitet.« Ich schaltete die Lautsprecherfunktion am Smartphone ein, legte es auf den Küchentresen und ging zum Kühlschrank meiner temporären Zweizimmerwohnung.

»Mir gefällt es nicht, dass Dante seine Geschäftstätigkeit in ein Hotel verlegt und dir noch nicht einmal mitgeteilt hat, welches.«

»Meinst du etwa mir?«, wurde ich lauter. »Sorry«, schob ich hinterher. Mein Chef kannte mich und meine Geschichte. Wie tief sie mir immer noch in den Knochen und Gedärmen saß eher nicht, sonst hätte er mich abgezogen. Ich hätte mich selbst suspendieren sollen. Aber eine innere Stimme hielt mich davon ab. Sagte mir, dass dieser Job von mir ausgeführt werden musste. Ich nahm die Wasserflasche aus dem Kühlschrank, öffnete den Verschluss und führte sie an meinen Mund, als aus dem Lautsprecher erneut die Stimme meines Chefs erklang.

»Du bist nur Dantes Bodyguard, wie bisher und wie abgemacht. Sammelst Informationen, die du aufschnappst. Mehr nicht. Keine weiteren verdeckten Ermittlungen, Überwachungen oder Alleingänge. Klar?«

Leise seufzend ließ ich die Flasche sinken. »Ja.« Das war mir auch vor über einem Jahr klar gewesen. Nur hatte ich es da vollkommen verbockt. Erneut setzte ich die Flasche an und trank in großen Schlucken.

»Momentan ist er nur ein Name auf der Kundenliste der Anwaltskanzlei Hartmeier und Huber. Wir brauchen mehr. Seit ihrer Verhaftung und Verurteilung weigern sich Hubers und Hartmeier, Einzelheiten preiszugeben. Die wissen genau, dass ihre ehemaligen, suspekten Klienten auch Leute im Gefängnis haben. Daher ist ihre Angst zu groß, sich da Feinde zu machen.«

»Ist mir bewusst. Ich bin sicher, dass Dante sich im Hotel mit einem wichtigen Geschäftspartner trifft. Ich muss Schluss machen, seine rechte Hand ruft soeben an.« Schnell drückte ich auf den roten Button, zog mein anderes, vibrierendes Smartphone aus der Hosentasche und nahm ab.

»Ja, hallo?«

»Hallo Leo.«

»Sergio, was gibt es?« Ich ging ins Wohnzimmer, stellte die Flasche auf den Clubtisch und ging zum Balkonfenster.

»Morgen dislozieren wir ins Hotel. Zwölf Uhr bei Dante. Meine Brüder sind dabei, Felippe und du teilt euch die Schichten wieder auf.«

Das Wort dislozieren hatte er wohl im Wörterbuch nachgeschlagen. Er liebte es, gehoben zu sprechen, und hielt sich für die rechte Hand von Dante. Was er auch war, dabei nahm er sich aber viel zu wichtig, auch wenn ich ihm eine gewisse Cleverness neidlos zusprechen musste. »Werde pünktlich da sein, wie immer.«

»Das wollte ich hören. Perfekt.« Und schon hatte er die Verbindung unterbrochen.

Ich schob das Smartphone zurück in die Hosentasche und starrte noch einige Sekunden hinaus auf den leeren, wettergegerbten und mit den ersten herbstlich braunen Blättern bedeckten Bistrotisch. Seufzend ging ich zum Clubtisch, schnappte mir die Wasserflasche und trank sie leer, in der Hoffnung, den Knoten im Hals mit Wasser zu lösen. Was war nur mit mir los? Es war einer der ungefährlichsten Undercover-Jobs, die ich je hatte, und doch stand mein Körper unter Strom. Gedankenverloren ging ich zurück in die Küche.

Letztes Jahr, das war auch nur ein simpler Einsatz gewesen und du weißt, was passiert ist, sagte meine innere Stimme. Ich seufzte. Ja, ich wusste es. Es war alles aus dem Ruder gelaufen. Ich hätte nur auf die Geschwister Tesso aufpassen müssen. Doch erstens hatte ich dabei versagt und zweitens, was noch viel tragischer war, hatte ich etwas mit Claudio Tesso angefangen. Ein No-Go in meinem Job. Ich konnte mich glücklich schätzen, war ich nur versetzt und nicht gekündigt worden. Wahrscheinlich, weil ich den beiden schlussendlich doch das Leben gerettet und meines am seidenen Faden gehangen hatte. Ich sollte glücklich sein. Man hatte ein Nachsehen mit mir, ich war genesen und hatte immer noch einen Job.

Dennoch war ich seit damals nicht mehr ich selbst. War nicht mehr voller Eifer und Tatendrang beim Undercover-Einsatz dabei. Wo mich früher freudiges Kribbeln über solche Aufträge erfasst hatte, war das Kribbeln nun eher einem Frösteln gewichen. Und dem musste ich, nach dem aktuellen Job, schleunigst auf den Grund gehen. Zudem war das Techtelmechtel, wie es mein ehemaliger Chef im Tessin gern bezeichnete, mehr gewesen. Jedenfalls für mich.

Ich stellte die Wasserflasche auf die Arbeitsfläche, stützte mich an ebendieser mit den Händen ab und ließ den Kopf hängen. Claudio hätte das sein können, was ich immer gesucht hatte. Doch meine Vorgesetzten bei der Polizei hatten mich nach dem verpatzten Einsatz in ein anderes Krankenhaus verlegen lassen und mir einen Maulkorb verpasst. Klar hätte ich mich inzwischen bei Claudio melden können. Doch irgendetwas hielt mich zurück. Er ließ auch nicht nach mir fragen. Seine Schwester schon. Das hatte man mir ausgerichtet. Ich hätte mich daraufhin melden können. Aber für Claudios Seelenfrieden und seine Sicherheit war es besser, wenn er nichts mehr mit mir zu tun hatte. Das redete ich mir jedenfalls ein. Ich war jämmerlich. Nach außen knallhart und innerlich kaputt. Seit diesem verhängnisvollen Einsatz plagten mich Albträume. Wenn ich vollkommen ehrlich zu dem von der Polizei gestellten Psychologen wäre, dann würde ich nicht arbeiten. Aber ich habe mir eingeredet, dass die Arbeit mich von anderen Gedanken ablenken würde. Tja, falsch gedacht.

Und nun war ich seit Wochen Giovanni Dantes Leibwächter, hatte nur wenige Informationen gesammelt und zu allem Übel würden wir in nächster Zeit in einem Hotel wohnen. Schon allein das Wort Hotel erinnerte mich an das Bed & Breakfast Seeoase in Lugano. Wenn auch die Örtlichkeiten und der Charme nicht im Entferntesten zu vergleichen waren, es triggerte mich. Ja, das Wort hatte ich beim Psychologen aufgeschnappt. Auch wenn ich im Oberstübchen nicht geheilt war, wusste ich, wo mein Problem lag. Das war doch schon ein Fortschritt.

Ich schnaubte, stieß mich von der Fläche ab und rollte mit den Schultern. Das ungute Gefühl wollte partout nicht verschwinden.

Kapitel 3

Claudio

»Guten Morgen«, sprach ich Sebastian an, der die Nachtschicht an der Rezeption innehatte. Während er mir lächelnd zunickte, ging ich an ihm vorbei in den Mitarbeiterraum. Dort zog ich die Hoteluniform an und verschloss meine Sachen im Spind. Am großen Spiegel im Umkleidebereich vergewisserte ich mich, ob Hemd, Haare und Krawatte am richtigen Ort saßen, und begab mich zurück in die Lobby.

»So, da bin ich. Irgendwelche Vorkommnisse?«

»Nein«, antwortete Seb, »dafür hatte ich Zeit, die heutigen Check-ins vorzubereiten. Eine Gruppe reist an. Muss ein wichtiger Geschäftsmann sein, denn er hat zwei Leibwächter dabei, die er in angrenzenden Zimmern untergebracht haben will. Dazu sein Sekretär oder Assistent und ein weiterer Mitarbeiter. Übermorgen kommt noch so ein Harem.«

»Harem?«

»Hab sie so genannt, weil dieser Hannes Schmitt auch angrenzende Zimmer für seine Mitarbeiter haben möchte«, sagte er und grinste.

»Ist alles im System hinterlegt?«

»Ja.«

»Super, danke dir. Dann checke ich die Mails und mache mich mit den Namen der Gäste vertraut und was sonst noch für Wünsche angegeben wurden.«

»Mach das und ich geh und hau mich aufs Ohr.« Auf Kommando gähnte er mit übertriebener Geste und trottete in Richtung Mitarbeiterraum.

Ich sah ihm gedankenverloren hinterher, setzte mich dann auf den Bürostuhl und loggte mich am Computer ein.

Von sieben bis acht Uhr hatte ich mich durch die Flut der E-Mail-Nachrichten gekämpft. Es waren viele Werbemails darunter. Die guten ins Töpfchen und die schlechten ins Kröpfchen, also den Papierkorb, zu verschieben, verschlang Zeit. Gelegentlich wurde ich unterbrochen durch Gäste, die nach dem Weg zum Frühstücksbuffet fragten. Nun lehnte ich mich im Stuhl zurück, streckte die Arme in die Höhe und lauschte. Noch war es ruhig und Check-out-Gäste erwartete ich erst in zirka einer Stunde. Zeit für einen Kaffee, welchen ich an der Frühstücksbar holen durfte. Es war großzügig von unserem Hotelmanager, dass wir uns da bedienen konnten. Einzige Regel: Wir durften den Gästen nicht in die Quere kommen. Das war zu dieser Uhrzeit selten ein Problem.

Ich stand auf, lief durch die Lobby und dann in den offenen Restaurantbereich. Wie vermutet stand niemand an der Kaffeemaschine. Ich stellte eine Kaffeetasse unter den Auslauf und drückte auf Start. Während mein Kaffee in die Tasse lief, schnappte ich mir ein Vollkornbrötchen, nahm dann die volle Tasse und ging zurück zur Rezeption. Brav setzte ich mich an einen der beiden Arbeitsplätze, von denen aus wir die Lobby im Blick und dennoch etwas Ruhe zum Arbeiten hatten. Ich loggte mich erneut im System ein und öffnete den aktuellen Tag mit der Liste der ein- und auscheckenden Gäste. Sechs Personen verließen uns heute. Ah, und da war der von Seb erwähnte Harem. Ich schüttelte den Kopf und verbot mir, diesen Begriff im Gehirn abzuspeichern. Nicht auszumalen, wenn er mir bei der Begrüßung herausflutschen würde.

Ich nahm einen Schluck von meinem Kaffee, stellte die Tasse ab und griff nach dem Brötchen, ohne den Bildschirm aus den Augen zu lassen. Giovanni Dante war der zu schützende Geschäftsmann, dann waren da sein Assistent Sergio Moretti und scheinbar zwei Brüder von ihm, Felippe und Luca Moretti. Felippe musste ein Zimmer mit Durchgang zu Dante haben, war wohl einer der Bodyguards und … Leo Giovetti. Ich verschluckte mich am Stück Brot, das ich vor einer Sekunde noch genüsslich gekaut hatte. Ruckartig erhob mich vom Stuhl und hastete ins Backoffice, wo die Wasserflasche unten in meinem Ablagefach stand, schraubte sie auf und versuchte, mit Flüssigkeit den Hustenanfall zu bremsen, was mir nur bedingt gelang.

Einige Minuten später hatte ich mich vor meinem eigenen Erstickungstod gerettet und mein Kopf klärte sich. Der Fall der Fälle war eingetroffen und der Name Leo war mir begegnet. Ich fuhr mir über das Gesicht und nervte mich über mich selbst. Denn erstens sprach ich die Gäste nie mit Vornamen an und zweitens war ja vorhersehbar gewesen, dass mir dieser Name in meinem weiteren Leben irgendwann einmal über den Weg laufen könnte.

Grummelnd stellte ich die Flasche ins Fach, ging zurück an den Arbeitsplatz und setzte mich wieder. Was war ich für ein Narr. Ein gutes Jahr und immer noch brachten mich ein Hinweis, eine Ähnlichkeit oder ein Name vollkommen aus dem Konzept.

»Guten Morgen, Claudio.«

Ich schaute auf. »Hallo Michael«, begrüßte ich den Hotelmanager.

»Geht es dir gut? Du siehst mitgenommen aus.«

»Ich habe mich an einem Stück Brot verschluckt. Geht wieder.«

»Na, dann bin ich froh. Nicht, dass du mir noch umkippst. Kannst du mir kurz zeigen, wer heute kommt und wer geht?«

»Klar, setz dich.«

Michael schob einen Bürostuhl neben meinen und setzte sich. Das schätzte ich an Michael. Er interessierte und kümmerte sich ums Tagesgeschäft. Sprang ein, wenn Not am Mann oder der Frau war. Ob im Restaurantservice, hier an der Rezeption oder im

Zimmerservice. Auch wir Mitarbeiter wurden flexibel eingesetzt. Michael vertrat die Meinung, dass, wenn jeder wusste, was der andere tat, man für jeden Job Respekt entgegenbrachte. Zudem konnte jeder Mitarbeiter bestens in allen Bereichen Auskunft geben oder kurzfristig einspringen. Ich war derselben Meinung. Dazu kam, dass durch diese Abwechslung der Job nie langweilig wurde.

»Hm«, grummelte er neben mir und runzelte die Stirn.

»Ist etwas nicht in Ordnung?«

»Die neuen Gäste.« Er zeigte mit dem Finger auf den Bildschirm zu den Namen Dante und Moretti. »Die waren vor ein paar Monaten schon mal hier und sind dann überstürzt abgereist. Das war zur gleichen Zeit, als die krummen Machenschaften dieser Anwaltskanzlei aufflogen. Daher kann ich mich so gut daran erinnern.«

Da klingelte etwas bei mir, dennoch wollte ich sichergehen und fragte: »Welche Anwaltskanzlei?«

»Hartmeier und Huber. Waren in dubiose Geschäfte verwickelt. Damals ging ein Raunen durch die Deutschschweiz.«

Ja genau, das hatte mir meine Schwester Valerie erzählt. Hartmeier war der Vater ihrer Freundin Miriam, die damit aber zum Glück nichts zu tun hatte. »Und was hat das mit den Gästen zu tun?«

»Nichts, kam mir nur in den Sinn, weil die abrupte Abreise und das mit der Kanzlei auf denselben Tag fielen.«

Irgendwie glaubte ich Michael nicht. Es machte eher den Anschein, als würde er sich Sorgen machen.

»Der war letztes Mal nicht dabei.« Er deutete mit dem Zeigefinger auf den Namen Leo Giovetti.

Ich ließ mir nichts anmerken, zuckte nicht einmal zusammen und war fast ein wenig stolz auf mich. Denn Seline hatte recht. Es war sicher ein erfundener Name, den Leo damals im Tessin benutzt hatte. Das machte es mir etwas leichter, gedanklich Abstand von Leo zu nehmen, der mir immer mehr wie ein Phantom vorkam.

»Wie dem auch sei, ich bin im Fleur und danach im Büro, sollte etwas sein.« Er erhob sich und lief zum Restaurant.

Ich nickte ihm zu, stand auf und schob den Bürostuhl dahin zurück, von wo er ihn geholt hatte. Die Reaktion von Michael auf die neuen Gäste ging mir nicht aus dem Kopf. Im Gegenteil, es verstärkte diese unterschwellig drückenden Gefühle in mir.

Kapitel 4

Leo

Heute war der letzte Termin beim Psychologen. Einerseits war ich erleichtert, andererseits war mir bewusst, dass meine Psyche nach wie vor einige renovationsbedürftige Stellen hatte. Aber hey, ich durfte wieder arbeiten. Ich schüttelte den Kopf über meinen Sarkasmus und stieg aus dem Auto. Etwas kräftiger als beabsichtigt schlug ich die Tür zu, verriegelte sie und steckte den Schlüssel in die Hosentasche. Zügig ging ich auf das Geschäftsgebäude zu und trat im Inneren zum Fahrstuhl, der sich soeben öffnete. Ein paar Anzugträger stiegen aus. Ich machte zwei Schritte in die Kabine und drückte die Sechs. Nervös war ich schon lange nicht mehr vor diesen Terminen. Am Anfang hatte es mich einiges an Überwindung gekostet, über meine Gefühle und Sorgen zu reden. Nach dem weiß-nicht-mehr-wievielten Gespräch musste ich zugeben, dass es mir guttat, mit jemandem zu sprechen.

Die Fahrstuhltür öffnete sich. »Herr Sutter, hallo. Sie dürfen gleich mitkommen«, hörte ich die Stimme, bevor ich Herrn Niederreiter sah.

Ich trat aus dem Fahrstuhl. »Grüezi, Herr Niederreiter.« Ich folgte ihm den Korridor hinunter.

Als wir in sein Büro traten, schloss er die Tür. Ich ging auf *meinen* Sessel zu und setzte mich. Ich nahm immer den gleichen, obwohl es drei davon gab.

Herr Niederreiter nahm ebenfalls Platz und schaute mich an. »Unser letzter Termin. Wie fühlen Sie sich dabei?«

»Gut.«

Er neigte den Kopf.

»Ja, ja.« Ich lachte. »Ich fühle mich zwiegespalten. Ich darf wieder arbeiten, was toll ist und mir keinerlei Angst macht. Doch mein Job führt mich in ein Hotel, was mich an die Geschehnisse in der Seeoase erinnern.«

»Was für Gefühle lösen diese Erinnerungen wach?«

»Keine Panikattacke, wenn Sie das meinen. Eher ein Unwohlsein. Ein unterschwelliges Surren.«

»Als wären Ihre Sinne geschärft?«

»Genau!« Das war es! Ich fand zu meiner alten Stärke zurück.

»Sie scheinen begeistert.«

»Na ja, ich bin froh, konnten Sie meinen Gefühlen eine Bedeutung geben.«

»Ich habe eine Frage gestellt, nicht ihren Gefühlen ein Etikett verpasst.«

Ich lehnte mich im Sessel zurück und überlegte, was Herr Niederreiter mit dieser Aussage bezweckte.

»Sie suchen eine Erklärung für dieses Surren in Ihnen. Entweder habe ich mit meiner Frage ins Schwarze getroffen oder Sie verschließen sich vor irgendetwas.«

»Heißt?«

»Unsicherheit?«

»Nein, unsicher bin ich nicht. Im Gegenteil, ich langweile mich eher bei diesem Auftrag, weil ich weiß, dass ich mehr kann. Nur als Bodyguard schön dazustehen und nicht ermitteln zu dürfen, ist nicht gerade mein Wunschjob. Doch ich weiß, dass mir mein Vorgesetzter absichtlich keine Rambo-Aufgabe gegeben hat.«

Er lachte. »Ja, auch auf mein Anraten hin.«

»Ist mir bewusst.« Herr Niederreiter schickte meinem Vorgesetzten seine Einschätzungen über mich.

»Zurück zu Ihrem Surren.« Er malte mit den Fingern Anführungszeichen in die Luft. »Haben Sie eine Erklärung, wieso Sie sich intensiver an das Bed & Breakfast im Tessin und die Geschehnisse erinnern, nur wegen diesem aktuellen Hotel?«

Seufzend beugte ich mich nach vorn, stützte mich mit den Ellenbogen auf meinen Oberschenkeln ab und starrte auf den Gussboden. Als ich gefühlt jeden Kratzer und jeden Flecken aufgespürt hatte, hob ich den Kopf. Herr Niederreiter schaute mich an und war wie immer die Geduld in Person.

»Es geht eher um Claudio als um die Geschehnisse«, gestand ich ihm.

»Inwiefern?«

Ich schluckte und fuhr mit beiden Händen über mein Gesicht. »Ich vermisse ihn.«

»Gut.«

»Gut?«

»Ja, jetzt haben Sie den Grund Ihres Surrens selbst erkannt.« Er lächelte. Natürlich wusste er alles über meinen verpatzten Einsatz, die Schussverletzung und die Kurz-Affäre mit Claudio.

»Und was hilft mir das?«

Nun lehnte er sich nach vorn, stützte sich mit den Ellenbogen auf seinen Oberschenkeln ab und fixierte mich. »Ich kann Ihnen keine Lösung dafür geben, was Sie mit Ihren Gefühlen für Claudio anfangen wollen. Tipps vielleicht. Aber was ich kann, ist meine Einschätzung zu Ihrem psychischen Zustand geben.«

»Und die wäre?«

»Was wir schon des Öfteren besprochen haben und aufgrund dessen ich Ihrem Chef empfohlen habe, Sie wieder einzusetzen.«

Ich nickte, weil ich es nochmals hören wollte.

»Sie haben keine Probleme damit, die Schussverletzung zu verarbeiten, auch nicht mit dem verpatzten Einsatz. Der eigentlich nicht verpatzt war, denn Sie haben alle gerettet und der Verdächtige ist wieder im Gefängnis. Nein, Sie hatten Gefühle und eine Verbundenheit zur Person entwickelt, die Sie beschützen mussten, die in Gefahr war. Normalerweise hat man keine emotionale Bindung zu diesen Personen. Was gut ist, denn so kann man gefühlstechnisch Abstand halten und diese Einsätze abhaken und zum nächsten übergehen.«

»Stimmt, ich war schon einige Male in brenzligen Situationen, doch ja, zu den Personen, die ich beschützen musste, fühlte ich keine Verbindung. Bei Claudio war das etwas anderes.«

»Sie können weiterhin in ihrem Beruf arbeiten. Denn Sie haben bei diesem Undercover-Auftrag im Tessin auch bewiesen, dass Sie einen kühlen Kopf bewahren können, trotz der Verbundenheit zu Claudio.«

»Ja, das ist mir heute noch schleierhaft, wie ich das zustande gebracht habe.«

»Weil Sie unter Druck arbeiten können und Claudio und seine Schwester …«

»Valerie«, half ich ihm weiter.

»Genau, Valerie, retten wollten. Solange also keine Personen, die Ihnen nahestehen, involviert sind, sehe ich keine Bedenken für ihre berufliche Zukunft. Im Übrigen hätte da jeder seine Mühe damit. Das ist nichts Außergewöhnliches, Abartiges oder Komisches. Das ist vollkommen menschlich. Was Sie wegen Claudio unternehmen wollen, das müssen Sie selbst herausfinden.«

»Äh, okay?«

Herr Niederreiter lachte. »Ich muss mich anders ausdrücken. Ich kann Ihnen nicht weiterhelfen, weil die Stunde fast um ist und es die letzte war, die über Ihren Arbeitgeber abgerechnet wird. Aber Sie können jederzeit persönlich einen Termin bei mir vereinbaren und wir machen weiter, wo wir heute aufhören.«

»Ich behalte es im Hinterkopf, danke. Doch ich denke, dass ich mir zuerst selbst klar werden muss, was ich überhaupt will. In allen Belangen.«

Herr Niederreiter nickte wissend.

Ja, eventuell muss ich tatsächlich mein ganzes Leben neu ordnen. Aber das war eine Aufgabe für wann-auch-immer.

Kapitel 5

Claudio

»Ich weiß nicht, was ich davon«, ich wedelte mit der Hand in die Richtung von Selines Kollegin und Kollegen, »halten soll.«

»Was meinst du?«, fragte sie mich zuckersüß.

»Die neuen Gesichter unter deinen Freunden.«

»Du meinst Dario und Mael?« Sie schaute zu den beiden, die zusammen mit Angela und deren Freund Nesim unsere Namen in den Computer der Bowlingbahn eingaben.

»Ja. Und was hast du denen erzählt, dass sie mich vorhin beim Begrüßen derart abgecheckt haben?«

»Na ja, vielleicht habe ich einen klitzekleinen Hinweis fallen gelassen, dass du Single bist und auf Männer stehst.«

»Pfft.«

»Wieso pfft? Darf das keiner wissen?« Wieder dieser unschuldige Blick.

Ich fuchtelte mit meinem Zeigefinger vor ihrem Gesicht herum. »Ich weiß, was du vorhast.«

»Ich habe nichts vor, außer mit Freunden Bowling zu spielen.«

»Na klar und ich bin Hugh Jackman.«

Sie musterte mich. »Nö, aber fast so sexy.«

Kopfschüttelnd stampfte ich zu den anderen, nachdem auch ich die Bowlingschuhe entgegengenommen hatte. Die Begrüßungsrunde war mir echt unangenehm gewesen. Ich hatte keine Sekunde gebraucht, um zu erraten, wieso in unserer Runde neu zwei schwule Kollegen von Seline dabei waren. Sie sahen nicht schlecht aus, musste ich zugeben. Vielleicht sollte ich mich wieder ins Datingleben stürzen. Ich schaute über die Schulter und sah Selines zerknirschtes Gesicht. Ja, sollte sie nur ein schlechtes Gewissen haben. Natürlich meinte sie es gut und hatte auch irgendwie recht. Ich nahm mir vor, heute Abend offen für alles zu sein.

»Wer fängt an?«, fragte ich, als ich in Hörweite war.

»Ich, leider«, seufzte Angela. »Wir haben die Namen alphabetisch aufgelistet.«

»Du machst das.« Nesim drückte ihr einen Kuss auf die Lippen, dann suchte sie eine Kugel aus.

Angela trat zur Bahn, nahm zwei Schritte Anlauf, holte aus und ließ die Kugel profimäßig leise auf die Bahn nieder. Leider hatte der Bowlingball viel zu wenig Schwung und driftete rechts in die Rinne.

»Ach Menno!« Sie drehte sich um und ließ sich von Nesim umarmen.

»Du hast noch einen Versuch«, wandte sich Dario an sie.

»Stimmt.« Sie nahm die nächste Kugel und warf damit drei Pins um.

»Ich bin wohl dran«, verriet mir ein Blick auf die Anzeigetafel. Ich suchte mir eine Kugel aus. Bowling war an sich eine interessante Freizeitbeschäftigung, wenn man gern knackige Hintern anguckte – und natürlich auch wegen des Spiels an sich. Aber das Gefühl zu haben, dass mich gleich zwei Typen begutachteten, schmälerte die Konzentration, was sich in meinem Wurf niederschlug. Drei Pins. Wahnsinnsleistung. Ohne ein Wort zu sagen, nahm ich die zweite Kugel vom Pindeck und warf. Immerhin erwischte ich sechs Pins.

»Gut gemacht.« Seline klopfte mir auf die Schulter.

»Du musst mir nicht schmeicheln.« Ich bedachte sie mit einem strafenden Blick, worauf sie grinste. Kopfschüttelnd drehte ich mich weg. »Dario, ich überlasse dir die Bahn und hole etwas zum Trinken.«

»Super Idee«, sagte Mael nickend. »Ich nehme ein Red Bull. Und die nächste Runde geht dann auf mich.«

»Für mich das Gleiche«, kam von Nesim und auch die anderen teilten mir ihre Wünsche mit.

An der Bar wartete ich, bis ich an der Reihe war.

»Was darf es für dich sein?«

»Zwei Red Bull, ein Wasser, eine Cola und zweimal Sprite.«

»Kommt sofort.« Der Barkeeper zwinkerte mir zu. Was war heute nur los? Okay, auch er war nicht zu verachten. Dass mir das auffiel, war der beste Weg zur Besserung, oder? Zuversicht erfasste mich. Ja, ich musste nach vorn sehen und etwas wagen. Sex- und beziehungstechnisch.

»So, ich stelle dir alles auf ein Serviertablett. Macht fünfundzwanzig fünfzig, bitte.«

Ich zog meine Geldbörse aus der Hosentasche und nahm die Debitkarte heraus. »Mach achtundzwanzig.« Dieses Mal zwinkerte ich ihm zu.

»Gern.« Hinreißend, der Rotton, den seine Wangen angenommen hatten. Flirten konnte ich also noch. Ich hielt die Karte ans Lesegerät, steckte sie wieder ein und packte die Geldbörse in die Hosentasche. Dann nahm ich das Tablett und hoffte, dass ich die Getränke heil zu unserer Bowlingbahn brachte. Servieren gehörte nicht zu meinen Stärken, wobei ich auch da ab und an eingesetzt wurde und Seline mich immer mit meinem verkrampften Gang aufzog. Ich lächelte dem süßen Barkeeper nochmals zu und ging zurück. Aus uns würde eh nichts werden. Wie gesagt, süß war nicht mein Typ.

»Braucht ihr Gläser? Dann hole ich welche.«

Kollektives Kopfschütteln. Wir stießen mit den Fläschchen und Dosen an.

»Was habe ich verpasst?«

»Nur Darios Strike und Maels Spare.«

»Wunderbare Vorlage«, murmelte Nesim und schnappte sich eine Kugel. Auch er warf mit den zwei Würfen nicht alle Pins um.

»So, ich mache also den Abschluss vom ersten Durchgang. Habt einfach keine Erwartungen.« Seline trat zu den Kugeln und musterte sie skeptisch. Als

könnte sie erahnen, welche von ihnen alle Pins treffen
würde.

»Verhext du sie?«, rief ich ihr zu.

»Blödmann. Nein, ich warte, bis eine zu mir
spricht.«

Wir brachen in Gelächter aus und ließen Seline
spielen. Ich wusste, dass sie es im Griff hatte und war
nicht erstaunt, dass alle Kugeln fielen und sie somit
einen Strike hatte. Dario und Mael keuchten überrascht auf. Sowieso saßen die beiden auffällig nah bei-
einander. Näher waren sich nur Angela und Nesim,
denn Angela hockte auf dessen Schoß. Ich würde die
ganze Sache noch ein wenig beobachten und Seline
unbarmherzig aufziehen. Der Abend war jetzt schon
gelungen. Ich nahm einen Schluck von meiner Sprite
und gratulierte Seline, als sie zu mir kam. Ihrem irritierten Blick zufolge hatte sie soeben das Gleiche
beobachtet wie ich.

Wir spielten noch über eine Stunde. Nesim
gewann knapp vor Seline. Dario war ebenfalls ein
guter Spieler, nur etwas abgelenkt.

Nachdem wir die Jacken angezogen hatten, brachten wir die leeren Getränkedosen und Flaschen
zurück an die Bar, wechselten am Eingangsbereich die
Schuhe und gaben die Bowlingschuhe zurück, bevor
wir ins Freie traten.

»Hat mich gefreut, euch kennenzulernen.« Ich
nickte Dario und Mael grinsend zu. Die beiden schauten mich verlegen an. »Alles gut«, sagte ich zu ihnen.
Sie atmeten erleichtert aus, verabschiedeten sich von
uns und gingen zusammen zur Tramhaltestelle.

»Was war das gerade?«, fragte Angela.

»Ja, Seline, was sollte das?«, spottete ich.

»Ich, na ja … vielleicht wollte ich die beiden Claudio vorstellen, damit er …«

»Verkuppeln wollte sie mich.«

Nesim prustete los, Angela öffnete den Mund und schloss ihn wieder. Als sich Nesim beruhigt hatte, legte er Seline die Hand auf die Schulter. »Das hat perfekt funktioniert, du solltest eine Verkupplungsagentur eröffnen. *Hier finden Sie jemanden, nur nicht die Person, die ich für Sie vorgesehen habe.*«

»Idiot.« Sie schüttelte seine Hand von ihrer Schulter und schaute mich an. »Tut mir leid.«

»He, kein Problem. Du weißt ja, dass ich von Anfang an kein Fan davon war. Sieh es positiv, du hast zwei Menschen geholfen, sich zu finden.«

»Danke, dass du dich nicht auch noch in die beiden verguckt hast.«

»Sie gehören beide nicht zu meinem Beuteschema.«

»Wer ist denn dein Typ?«, fragte Angela.

Leo. Aber von ihm konnte ich nicht erzählen. »Sagen wir so, er sollte etwas größer und kräftiger sein.«

»Wir finden jemanden für dich«, klinkte sich Nesim mit einem dreckigen Grinsen ein.

»Ich warne dich. Dich und dich auch.« Ich zeigte mit dem Finger nacheinander auf alle drei.

Sie hoben die Arme, als würde ich mit einer Pistole auf sie zielen. »Okay, wir haben es verstanden.« Seline lachte und wir taten es ihr gleich.

Endlich war ich in der Deutschschweiz angekommen, fühlte mich wohl, hatte Freunde und hatte heute zum ersten Mal das Gefühl, die Vergangenheit abgeschüttelt zu haben.

Kapitel 6

Leo

Pünktlich fuhr ich mit dem Auto bei Dante vor. Ich ließ das Fenster herunter, drückte auf den Klingelknopf und blickte unbeeindruckt in die Überwachungskamera, die auf dem Betonpfeiler montiert war, an dem das schmiedeeiserne Tor befestigt war. Das komplette Grundstück war kameraüberwacht. Allein das war verdächtig. Vor allem in dieser ländlichen Gegend. Ich schaute zur Seite über die Wiese neben Dantes Grundstück. Der Nebel hielt sich zäh über dem feuchten Grün und in der Ferne erahnte man ein paar Kühe. Wie es Dante in ein gehobenes Einfamilienhausquartier in einem mittelgroßen Dorf im Kanton Thurgau verschlagen hatte, wussten nur die Götter. Mir war es recht, hier auf dem Land zu leben – zumindest vorübergehend. Meine Wohnung lag näher am Dorfkern und dennoch mitten in der Natur. Nun ja, bald ging es in die Stadt Zürich.

Sofort machte sich ein Druck in mir bemerkbar, dabei hatte ich meinen Körper gestern beruhigen können. Eine Joggingrunde und etwas Meditation und ich hatte angenommen, die rumorenden Gefühle verdrängt zu haben. Falsch gedacht.

Endlich öffnete sich das Tor. Ich fuhr mit dem Ford Explorer in die Einfahrt und parkte direkt vor der Tür. Dante und Sergio würden bei mir mitfahren; Luca und Felippe nahmen den anderen Ford.

Ich stieg aus dem Wagen und ging auf die Eingangstür zu, die sich in diesem Moment öffnete. Dante kam heraus und hinterher Luca mit einem, nein, drei Koffern. Wie lange plante Dante, in Zürich zu bleiben? Mir schwante Schlimmes. *Verdammter Mist!* Ich schluckte meinen Ärger herunter und nahm einen Koffer entgegen, um ihn im Kofferraum zu verstauen.

»Wo ist Sergio?«

»Hier!« Er trat hinter Felippe aus der Tür und lief auf den SUV zu. Ich half Luca, die anderen zwei Koffer zu verstauen, schloss die Heckklappe und stieg ein.

»Wir fahren, die anderen kommen etwas später nach. Sie kontrollieren noch, ob alles geschlossen und die Alarmanlage scharf ist.«

Ich nickte und startete den Wagen.

Beim Hotel angekommen, fuhr ich direkt in die Tiefgarage. Immerhin hatte Sergio bei der Auswahl unserer Unterkunft darauf geachtet, dass es einen Parkplatz hatte. Wir stiegen aus und gingen zu den Aufzügen. Das Hotel war nobel und hatte einen Gepäckservice.

Erst auf dem Weg hierher wurde ich darüber aufgeklärt, wohin die Reise ging. Normalerweise kundschaftete ich vorher die Umgebung und Örtlichkeiten aus, machte mich schlau. Im Auto hatte ich Dante und Sergio einen Vortrag darüber gehalten, was mein Job als Bodyguard beinhaltete und ich diesen nur ausführen konnte, wenn ich über die nächsten Schritte von Dante Bescheid wusste. Sie waren nicht auf mich eingegangen. Ich vermutete, dass sie mir nicht vertrauten. Unrecht hatten sie nicht mit ihrer Vorsicht.

Die Fahrstuhltür öffnete sich und Sergio steuerte direkt die Rezeption in der Lobby an. Ich schaute mich um, studierte auf dem Weg dahin meine Umgebung und saugte alles in mich auf, ohne Dante aus den Augen zu lassen. Zur linken Seite war der Haupteingang, der mit zwei Schiebetüren hintereinander versehen war. Wohl als Windfang, um die Wärme oder Kälte draußen zu lassen. Links und rechts von diesem Windfang gab es Bistrotische mit Stühlen und einige Loungesessel. Die Theke war beige und dahinter standen Bürotische, soweit ich das aus dieser Entfernung und mit den Menschen vor mir ausmachen konnte. Auch eine Schiebetür mit der Aufschrift Backoffice konnte ich linker Hand sehen. Rechts von uns ging es vermutlich zum hoteleigenen Restaurant. Eine unscheinbare Tür rechts hinter den Arbeitsplätzen war mit einem *Personal only*-Schild versehen.

Vor uns stand eine Dame, die soeben ihren Pass einpackte und sich verabschiedete. Sie machte einen Schritt zur Seite – und meine Welt stand still. Ich schnappte nach Luft, mir wurde heiß und kalt zugleich und das Rauschen meines Blutes in den Ohren übertönte alle anderen Geräusche.

»Clau…« Ich räusperte mich und besann mich auf meinen Job. Claudio schaute in diesem Moment von Sergio zu mir, und ich hoffte, dass in dieser Hundertstelsekunde mein Poker-Face funktionierte. Nun konnte ich nur noch hoffen, dass Claudio mich nicht auffliegen ließ, denn seine Gesichtszüge entglitten ihm. Er öffnete den Mund, doch es kam nichts über seine Lippen. Mein Glück, so konnte ich unauffällig und langsam den Kopf schütteln, in der Hoffnung, er verstand meine Botschaft. Unter keinen Umständen durfte ich enttarnt werden.

Sergio trat an den Tresen. »Wir haben reserviert. Giovanni Dante, sein Bodyguard Leo Giovetti und ich bin sein Assistent, Sergio Moretti. Meine Brüder Luca und Felippe kommen etwas später.«

Ich stand immer noch wie vom Donner gerührt da und wand Claudio in Gedanken ein Kränzchen. Er hatte sich schnell wieder im Griff. Jedenfalls für Außenstehende. Ich kannte ihn und sah, wie er krampfhaft schluckte und nervös auf die Unterlippe biss. Und es war … sexy. Fuck, ich war am Arsch.

»Willkommen im Hotel Marinella, Herr Moretti, Herr Dante und Herr Giovetti. Wir freuen uns, Sie als unsere Gäste begrüßen zu dürfen.« Er nickte Dante und mir zu, ohne mir dabei in die Augen zu sehen.

»Funktioniert das mit den drei Zimmern nebeneinander und zwei gegenüber von Herrn Dante?«

»Selbstverständlich. Wir haben alles so für Sie arrangiert.«

Seine Stimme war, wie ich sie in Erinnerung hatte. Süß und erotisch zugleich und am liebsten hätte ich ihn in eine Ecke gedrängt und uns um den Verstand geküsst. Aber da lag der Hund begraben, denn ich musste bei ebendiesem Verstand bleiben. Wie konnte ich das, wenn ich wusste, dass Claudio in der Nähe war?

»Leo?«

»Hm?«

»Wir können die Zimmer beziehen. Deine geistige Abwesenheit hat ein Nachspiel. Du bist für die Sicherheit von Dante zuständig, aber gerade jetzt bin ich nicht sicher, ob du dazu imstande bist«, zischte Sergio mir ins Ohr.

»Sorry, habe mir Gedanken über die Kameras hier gemacht.« Ich deutete unauffällig mit dem Kinn in eine Ecke. »Hatte ja bis eben keine Gelegenheit dazu.«

Sergio hob eine Augenbraue, nickte und ging voraus. Scheinbar hatte er alle Schlüsselkarten. Ich blickte über meine Schulter zurück und sah, wie Claudio uns hinterhersah. Er war inzwischen kreidebleich – und das alles meinetwegen. Ich wusste, dass er etwas für mich empfunden hatte, dass ich ihn aber so vollkommen aus der Bahn werfen würde – und er mich – damit hatte ich nicht gerechnet. Sobald Felippe mich heute ablösen würde, würde ich joggen gehen oder den Fitnessraum aufsuchen. Ich nahm jedenfalls an, dass ein Hotel mit fünf Sternen so etwas besaß. Dieser Plan, um mich abzulenken, beruhigte mich, das Rumoren in meiner Brust blieb dennoch.

Kapitel 7

Claudio

Ich würgte. »Nathalie, kannst du mich kurz ablösen?«

Sie blickte von ihrem Schreibtisch auf und schaute erschrocken zu mir. »Bist du krank?«

»Nein, ich muss nur …« Ich rannte los und erreichte rechtzeitig die Mitarbeitertoiletten, um mich in eine der Kloschüsseln zu übergeben. Als nichts mehr in meinem Magen war, stand ich auf, spülte und trat an das Waschbecken. Ich war von Natur aus eher blass. Was ich nun im Spiegel sah, lehrte aber sogar mir das Fürchten. Ich machte der Wand daneben Konkurrenz, und die war blütenweiß. Zuerst wusch ich mir die Hände und spritzte dann etwas Wasser ins Gesicht. Nützte wenig. Abgestützt am Beckenrand ließ ich den Kopf hängen. Meine Augen brannten und erste Tränen tropften ins Waschbecken. Ein Schluchzer entwich mir. Das konnte nur ein gemeiner Scherz sein. Leo hier, in diesem Hotel und offensichtlich wieder undercover. Oder er arbeitete nicht mehr bei der Polizei, sondern als Bodyguard. Nein, das konnte ich nicht glauben, sonst hätte er die Seiten gewechselt. Denn die Herren schienen mir äußerst suspekt. Michaels nachdenklicher Gesichtsausdruck kam mir in den Sinn.

Leo.

Ein erneuter Schluchzer schüttelte mich durch. Er war immer noch so verdammt sexy und scheinbar wieder kerngesund, was ich ihm gönnte und mich erleichterte. Nie zu wissen, ob er vollkommen genesen war, hatte mich die letzten Monate genauso fertiggemacht, wie ihn zu verlieren. Immerhin hatte ich bei einer Sache Gewissheit. Die andere ließ ich nicht mehr an mich heran. *Ihn* ließ ich nicht mehr an mich heran. Egal, was für Gefühle in mir brodelten, Leo würde wieder verschwinden oder sich gar nicht für mich interessieren. Und dann stünde ich erneut wie ein Idiot da, in mir ein Scherbenhaufen, der nicht mehr zu reparieren war. Nein, das tat ich mir auf keinen Fall an.

Mit dem Handrücken fuhr ich mir über die Wangen, langte nach einem der unzähligen Waschlappen, die wir anstelle der Papiertücher zum Abtrocknen bereithielten, ließ Wasser darüber laufen und wischte mir damit über das Gesicht. Den Stofflappen warf ich in den vorgesehenen Korb, straffte die Schultern und begab mich zurück an meinen Arbeitsplatz.

Nathalie unterhielt sich mit einem Gast, sodass ich an einem der zwei Schreibtische Platz nahm und gedankenverloren über den Computerbildschirm scrollte.

»Du siehst miserabel aus. Möchtest du nicht nach Hause gehen? Ich schaff das hier schon allein.«

»In einer halben Stunde habe ich eh Feierabend. Ich schreibe meine Notizen zu den Gästen auf. Das krieg ich noch hin. Und morgen habe ich frei.«

»Wenn du dir sicher bist?«

Ich nickte und Nathalie ließ mich in Ruhe. Im System vermerkte ich die Ankunft der drei Gäste und dass ich die zwei dazugehörigen Herren nicht gesehen hatte. Da ich diesem Moretti alle Schlüsselkarten ausgehändigt hatte, ging ich davon aus, dass seine Brüder direkt nach oben in die dritte Etage fahren würden. Wir trafen jedoch keine Annahmen, sondern notierten Tatsachen. Das hatte sich schon oft bewährt. So waren wir immer alle informiert. Bei einem Drei-Schicht-Betrieb unabdingbar.

Kurz vor sechzehn Uhr war ich fertig und verabschiedete mich von Nathalie. »Gute Besserung!«, rief sie mir hinterher, und ich winkte ihr dankbar zu. Ich zog mich aus, warf die Hotelkleidung in den Wäschekorb und schlüpfte in meine eigenen Sachen. Das Hotel verließ ich durch den Hintereingang. Um keinen Preis durfte ich Leo in die Arme laufen. Ich brauchte zuerst eine Trainingseinheit Krav Maga, um mich auszupowern und zu erden.

»Kommst du nun täglich?«, sprach mich Toni, der Studiobesitzer an. Er war in seinen Fünfzigern, minimal kleiner als ich und immer noch fit wie ein Jungspund. Nur seine Glatze und die Falten um seine

Augen verrieten sein Alter. »Ich weiß nicht, ob jemand hier ist, um mit dir zu trainieren.«

»Macht nichts, ich mache Trockenübungen und gehe noch an die Geräte.«

Toni zog beide Augenbrauen nach oben und musterte mich. »Sag mal, geht's dir gut? Du siehst abgekämpft aus und an den Geräten sah ich dich erst …«, er kratzte sich am Kinn, »noch nie.«

»Hatte einen Scheißtag bei der Arbeit.«

»Gefällt es dir nicht mehr?«

»Doch, aber heute haben mich die Gäste in den Wahnsinn getrieben.« Das war nicht einmal gelogen.

Er zuckte mit den Schultern und ging zurück in sein Büro.

Ich stellte meine Turntasche in die Garderobe und wechselte die Schuhe. Umgezogen hatte ich mich zu Hause. Dann ging ich in den Trainingsraum zurück und suchte mir einen freien Platz auf den Matten. Elena gab einer Gruppe Jugendlichen einen Einführungskurs in Krav Maga. Ich schaute den Teenagern zu, wie sie ihr gespannt an den Lippen hingen, als sie ihnen etwas erklärte. Ich beneidete die Jungs und Mädchen darum, diesen Selbstverteidigungssport so früh erlernen zu können. Das hätte ich in ihrem Alter gebraucht, um mich gegen meinen Bruder und seine furchtbaren Freunde zu wehren. Zudem hatte der Vorfall vor einem Jahr mir zugesetzt. Dass ich Valerie vor unserem Bruder nicht hatte schützen können, sogar eine Panikattacke erlitten hatte, verzieh ich mir nicht. Meine Psychologin hatte mir geraten, einen Selbstverteidigungskurs zu besuchen, um mich nicht mehr so hilflos zu fühlen. Und es half mir. Ich war fitter denn je und meiner Psyche tat es gut. Es war nicht bei einem Kurs geblieben. Inzwischen trainierte ich, wenn es der Schichtplan zuließ, zweimal die Woche.

»He Claudio, wurdest du als mein Trainingspartner eingeteilt?«, rief Elena.

»Nicht, dass ich wüsste. Brauchst du Hilfe?«

»Wenn du Zeit hast, könnten wir einige Abwehrtechniken zeigen, damit die Kids sich etwas darunter vorstellen können.«

»Bin dabei.«

Total ausgepowert, aber dafür mit einem zufriedenen Lächeln auf den Lippen machte ich meine Dehnübungen.

»Sag mal, Claudio, hättest du Lust, mir jeweils am Dienstag mit den Kids zu helfen?« Elena trat zu mir und dehnte sich ebenso.

»Ähm, ich weiß nicht. Brauche ich dazu nicht eine Ausbildung?«

»Als Trainer schon, ja. Aber du unterrichtest nicht, sondern hilfst mir. Ich habe bemerkt, dass die Teenager viel interessierter zuschauen, wenn wir ihnen etwas vorzeigen, als wenn ich allein mit pantomimischen Griffen etwas vorführe. Ich könnte mit Toni reden. Bezahlen wird er nicht viel können.« Elena wurde nachdenklich und hielt in ihrer Bewegung inne. Es schien, als wäre ihr soeben bewusst geworden, dass es am Geld scheiterte.

Ich richtete mich auf. »Ich mache es. Auch ohne Bezahlung. Dass die Kids sich im Notfall wehren können, ist mir Bezahlung genug. Ich wäre in ihrem Alter froh darum gewesen.«

Elena nickte wissend. Hier im Studio kamen viele, um Selbstverteidigung zu lernen, nachdem sie beschissene Erfahrungen gemacht hatten.

»Ich spreche trotzdem mit Toni.«

»Okay, danke.« Dass sich dieser Tag so positiv entwickelt hatte, war wie ein Wunder. Der Name Leo und er selbst hatten ein wenig an Kraft verloren, obschon ich immer noch ein chaotisches Flirren im Bauch hatte.

Kapitel 8

Leo

Selbstverständlich war ich gestern nicht joggen gewesen oder hatte dem Fitnessraum einen Besuch abgestattet. Meine Befürchtung, Claudio zu begegnen, hielt mich im Zimmer gefangen. Die Minibar hatte mir Gesellschaft geleistet, aber sie hatte mir nicht geholfen. Im Gegenteil. Die Gedanken an Claudio waren nicht verschwunden, und zu allem Übel hatte ich Kopfschmerzen. Kein Wunder, wenn ich die leeren Fläschchen auf der Ablage ansah.

Ich stand auf und tigerte im Hotelzimmer umher. Manchmal fragte ich mich, ob ich ein reifer Mann war oder langsam wieder zum Teenager mutierte. Aber ich musste mir eine Strategie zurechtlegen, wie ich diesen Job, mich und vor allem Claudio nicht gefährdete. Es stand zu viel auf dem Spiel. Es war eine Monsteraufgabe gewesen, bei Dante als Leibwächter eingeschleust zu werden. Der Verdienst vieler, die im Hintergrund meinen Background so frisiert hatten, dass ich jeglichen Überprüfungen standgehalten hatte.

Zudem hatten unsere Leute eine Fake-Firma erfunden, die Bewachungspersonal an Leute wie Dante vermietete. Natürlich hatte auch diese Firma alle Kontrollen bestanden. Dass mich Claudio kannte, brachte sowohl den Job als auch ihn selbst in Gefahr.

Während ich aus dem Fenster schaute, rieb ich mir über den Nacken. Mindestens einmal musste ich das Gespräch mit ihm suchen. Ihm klarmachen, dass, sollte er etwas ausplaudern, wir ziemlich in der Scheiße steckten. Es schnürte mir die Kehle zu, wenn ich daran dachte, er könnte in Gefahr sein. Dieses Gefühl wollte und konnte ich nicht noch einmal ertragen.

Als er und seine Schwester Valerie letztes Jahr in die Hände ihres kriminellen Bruders geraten waren, wurden in mir Gefühle entfacht, die ich niemals für möglich gehalten hatte. Wenn die damalige Situation vor meinem inneren Auge aufblitzte, brach jedes Mal der kalte Schweiß aus und ich durchlebte diese Panik erneut. Dass ich so ruhig geblieben war, im entscheidenden Moment richtig reagiert hatte und die Situation deeskalieren konnte, grenzte an ein Wunder. Nein, ich durfte und konnte ihn nicht in Gefahr bringen. Nach dem Gespräch würde ich ihn links liegen lassen, seiner Sicherheit zuliebe, auch wenn es mir erneut das Herz brechen würde. Ich wendete mich vom Fenster ab und ließ mich in den gepolsterten Stuhl fallen.

Scheiße, diesen Job musste ich so schnell wie möglich erledigen. Für den Seelenfrieden aller. Ein schwieriges Unterfangen, wenn Dante mir noch nicht genug vertraute. Ich hatte den Verdacht, dass bei wichtigen Gesprächen immer Felippe als Schutz eingesetzt wurde. So auch gestern Abend und heute Vormittag. So gelangte ich an keine brauchbaren Infos. Am Nachmittag war ein Treffen im hoteleigenen Restaurant geplant, bei dem ich anwesend sein würde. Da hoffte ich, endlich Informationen zu bekommen, in welchen Geschäften Dante tätig war. Geldwäsche war klar, wenn auch nicht beweisbar. Daher war er auf der Klientenliste von Hartmeier und Huber erschienen. Aber er war gut. Beziehungsweise Sergio war clever und war meiner Meinung nach mehr als Dantes rechte Hand. Doch womit machte Giovanni Dante sein Geld? Er wurde in den vergangenen Jahren mit unorthodoxen Geschäftsgebaren und Menschenhandel in Verbindung gebracht. Doch die Beweise fehlten in allen Bereichen. Und sicher war er nicht der größte Fisch im Becken, aber einer weniger wäre schon ein Anfang.

Seufzend stemmte ich mich an den Armlehnen hoch. Ein Training würde das erdrückende Gefühl, das mich umklammert hielt, sicher lockern. Also zog ich mich um und machte ich mich auf den Weg zum hoteleigenen Fitnessraum.

Ich pfiff durch die Zähne. Okay, da hatte sich das Hotel nicht lumpen lassen. Beeindruckend. Zudem war ich mutterseelenallein, was mir gelegen kam. Ich steuerte das Laufband an, um mich aufzuwärmen, warf das Handtuch über den linken Handlauf und startete das Programm.

Nach einer Viertelstunde machte ich mich mit den Kraftgeräten vertraut und forderte meine Muskeln. Je mehr ich sie malträtierte, umso besser ging es mir. Dass diese Trainingsmethode völlig ungesund war, wusste ich. Doch ich tat alles, um gewisse Gedanken auszublenden. Das funktionierte wunderbar, bis ich auf dem Laufband den Abschluss machte.

Nach einigen Minuten fand ich meinen gewohnten Rhythmus und prompt schaltete sich mein Kopf ein. Und wie er das tat. Die Erinnerungen an die ersten Treffen mit Claudio in der Seeoase im Tessin erschienen vor meinem geistigen Auge. Als ich ihn das erste Mal gesehen hatte, war das wie eine Offenbarung gewesen. Wir waren wie zwei Magnete, die einander angezogen hatten. Ohne Chance, etwas dagegen zu tun. Als hätte uns das Universum zusammengebracht, uns verbunden.

Der Polizist in mir war mit mir durchgegangen, als er später vor meiner Zimmertür gestanden hatte. Ich habe ihn an die Wand gepresst, als wäre er ein Schwerverbrecher. In seinen Augen waren Angst und Verlangen aufgelodert. Einen kurzen, enttäuschten Stich hatte ich gespürt, einmal mehr an einen Sexpartner geraten zu sein, der von mir dominiert werden wollte. Ich hatte mich gewaltig geirrt. Zum Glück. Küssend waren wir in mein Zimmer gestolpert, da hatte Claudio bereits die Tür mit dem Fuß zugeschlagen und die Führung übernommen. Gott, das war so gut gewesen.

Ich geriet aus dem Tritt und registrierte meinen harten Schwanz. Na toll. Es gab nichts Besseres, als

mit einem Ständer zu rennen. Wie erbärmlich. Doch
durfte ich nicht von einem Partner träumen, der wirklich zu mir passte? Mir das gab, was ich brauchte? Mir
ersehnte? Scheinbar nicht. Auch wenn er in greifbarer
Nähe war, würde es zu kompliziert und gefährlich
werden, dass darauf verzichten, die beste Lösung war.

Kapitel 9

Claudio

Das unverkennbare Malgeräusch traf lautstark auf meine Ohren, als ich den Startknopf der Kaffeemaschine drückte. Ich lehnte mich an die Arbeitsfläche und starrte aus dem Fenster zur anderen Seite der Küche, direkt an die graue Wand eines Gebäudes. Aber bei einer relativ günstigen Wohnung, wie die meine es war, konnte ich nicht mehr erwarten. Ich fühlte mich wohl hier, hatte mir ein kleines Paradies geschaffen, in das ich mich zurückziehen konnte. Da ich den ganzen Tag mit Menschen zu tun hatte, war Ruhe und Alleinsein eine Wohltat. Doch heute erdrückte mich die Stille. Sie gab mir keinen Frieden, sondern stachelte die wirren Gedanken in meinem Kopf an, und die wurden immer lauter.

Ich drehte mich um, nahm die volle Kaffeetasse in die Hand und sog den charakteristischen Duft ein, der an anderen Tagen bereits dazu beitrug, meine Sinne zu wecken. Das konnte ich heute vergessen. Seufzend trat ich an den Küchentresen, der in der kleinen Wohnung gleichermaßen als Esstisch und Trennelement zum Wohnzimmer diente, stellte die Tasse darauf ab und setzte mich auf den Barhocker. Das Porridge, das ich mir vorbereitet hatte, schob ich von mir. Der Hunger war mir vergangen, mir war zum Heulen zumute. Ich hüpfte wieder vom Barhocker und ging zur Mehrfachsteckdose neben der Kaffeemaschine, an der mein Smartphone am Ladekabel hing. Ich brauchte eine vertraute Stimme und das war die meiner Schwester. Daher schrieb ich ihr eine Nachricht und fragte, ob sie heute Zeit zum Telefonieren hätte. Die Antwort ließ nicht lange auf sich warten und wir verabredeten uns auf elf Uhr. Sie arbeitete in der Seeoase, dem Bed & Breakfast ihrer besten Freundin Elvira und deren Mann Andy. Um elf Uhr war das Frühstück vorbei und sie würde alles weggeräumt haben. Ein Glück für mich. Dennoch musste ich über zwei Stunden überbrücken. Aus Vernunftsgründen setzte ich mich wieder auf den Barhocker, aß brav mein Frühstück und widmete mich dem inzwischen lauwarmen Kaffee. Die restliche Zeit putzte ich wie ein Irrer meine Wohnung. Aber es lenkte mich ab und nur das zählte.

Punkt elf vibrierte mein Telefon, das auf der Theke lag. Ich drückte auf den grünen Button und schaltete auf Lautsprecher. »Danke, dass du dir Zeit für mich nimmst.«

»Was ist los? So förmlich kenne ich dich gar nicht.«

Sie kannte mich wirklich gut. »Ich brauche jemanden zum …« Ich schluckte und trotzdem entwich mir ein Schluchzer.

»Claudio! Was ist passiert? Bist du krank?«

»Nein, nein, ich wollte dir keine Sorgen machen. Mir geht es gut, bin gesund und …« Ich schluchzte erneut und nuschelte ein: »Sorry.« Meine Hand zitterte, als ich das Smartphone hochhob. Wie Pudding fühlten sich meine Beine an, als ich zum kleinen Sofa, das zum Bett umfunktioniert werden konnte, ging und mich darauf sinken ließ. Das Handy legte ich neben mich.

»Schon gut. Lass es raus. Logischerweise mache ich mir Sorgen. Aber wenn du dieses Telefonat brauchst, um dich mit Weinen von was auch immer zu befreien, dann bin ich für dich da.«

Valerie war die Beste. Genau das brauchte ich. Sie ließ mich heulen. Ich zog die Beine an, umschloss sie mit meinen Armen und wiegte mich hin und her. Zwischendurch hörte ich ein »Schscht« von ihr und so wusste ich, sie war da.

»Ich … Ich habe … Leo gesehen«, brachte ich eine Ewigkeit später stotternd und zitternd hervor.

»*Den* Leo, den du nie vergessen konntest?« Sie hatte den Satz mehr zu sich selbst gemurmelt, als laut ausgesprochen. Ich hatte nach den Vorkommnissen nicht mehr über ihn geredet, doch sie wusste immer, wie es um mich stand. »Ist das gut oder schlecht?«, wagte sie zu fragen.

Ich ließ die Beine sinken und lehnte mich an die Rückenlehne. »Schlecht. Er arbeitet wieder undercover. Davon gehe ich jedenfalls aus. Sonst hätte er die Seiten gewechselt. Könnte auch sein. Würde mich inzwischen nicht mehr wundern.«

»Das glaube ich nicht. Was hat er gesagt?«

»Nichts. Er arbeitet als Bodyguard und hat mit seinem Schützling und dessen Assistenten im Hotel eingecheckt. Dabei hat er kaum eine Miene verzogen, nur den Kopf geschüttelt, um mir zu signalisieren, nichts zu sagen.«

»Und später?«

»Hab ihn nicht mehr gesehen und heute habe ich frei. Zum Glück. Ich weiß nicht, wie ich ihm begegnen soll.«

»Hm.«

»Was hm?«

»Ich überlege. Weißt du, ich war immer der Überzeugung, dass du für Leo mehr, viel mehr warst als ein Sexabenteuer —«

»Dann bist du ziemlich naiv.«

»Lass mich bitte ausreden.« Ich zuckte über die Strenge in ihrer Stimme. So sprach sie selten mit mir, also hatte sie tatsächlich etwas zu sagen. »Du wolltest nie mit mir über ihn reden, und ich habe mich nicht aufgedrängt. Aber nun schweige ich nicht mehr. Als wir von Antonio in meiner Wohnung gefangen gehalten wurden, traf Leo auf dem Gehweg auf Matteo, und da hat er ihm gesagt, dass viel auf dem Spiel steht, nicht nur beruflich. Auch, weil du ihm sehr viel bedeutest.«

»Pfft, und warum hat er sich dann nicht mehr gemeldet? Und heißt er überhaupt Leo?« Wut und Ärger spiegelte sich in meinem Ton wider. Ich nahm das Smartphone, stand auf und trat ans Fenster.

»Das weiß ich nicht. Ich habe mal bei Herrn Matter nachgefragt. Du weißt noch, wer das ist, oder?«

»Der Polizist.«

»Genau, bei dem habe ich mich über Leo erkundigt. Er durfte mir nichts sagen. Hat mich auch betreffend Leos Namen nicht korrigiert. Er hat mir aber durch die Blume zu verstehen gegeben, dass es ihm gut geht, er aber, durch die Umstände, versetzt wurde.«

»Was für Umstände?«

»Auf meine Frage, ob du der Grund bist, hat er mich nur eindringlich angeschaut. Ich habe es als ja gedeutet.«

»Und was hilft mir das jetzt?«

»Dreh den Spieß doch mal um. Leo hatte einen Job zu erledigen und fängt mit der Person, die er schützen und überwachen soll, eine Affäre an. Er wurde zudem angeschossen und fliegt auch noch auf. Ich habe mit Andy gesprochen. Er hat seinem Kontaktmann bei der Polizei einige Fragen gestellt. Den, den er bei der Recherche für seine Kriminalromane anfragen darf.«

»Was für Fragen und was hat das mit mir zu tun?«

»Eine Liebschaft mit einer zu überwachenden Person anzufangen, ist in seinem Job ein absolutes No-Go. Durch den Vorfall mit unserem Bruder musste er seine Tarnung aufgeben. Nach der Festnahme von Antonio hätte er sicher abtauchen sollen. Vermutet zumindest Andys Kontakt. Aber mit der Geiselnahme hat unser Bruder ihm und der Polizei einen Strich durch die Rechnung gemacht. Daher sein Verschwinden von der Bildfläche. Garantiert auch für seine Sicherheit.«

»Das sind etwas viele Infos. Was soll ich mit denen anfangen?«

»Claudio, versetz dich in Leos Lage. Falls er wieder undercover arbeitet, und davon gehen wir zwei aus, muss er befürchten, du könntest ihn auffliegen lassen.«

»Das würde ich doch nie tun!«

»Das wissen du und ich, aber weiß er das? Und er weiß auch nicht, mit wem du über ihn gesprochen hast.«

»Verdammt!« Mir dämmerte, worauf sie hinauswollte.

»Und Bruderherz, das ist nur ein Problem. Falls du ihm etwas bedeutet hast oder immer noch bedeutest, was meinst du, wie es ihm jetzt geht?«

»Falls er noch etwas für mich empfindet. Vielleicht pisst es ihn auch einfach an, mich wieder zu sehen.«

»Deine nette Ausdrucksweise schiebe ich einfach mal auf deinen Gefühlszustand.«

»Ja, ja, entschuldige.«

»Hat das geholfen?«

»Ich glaube schon.«

»Ich hoffe, du glaubst es nicht nur.« Sie stockte kurz und ich machte mich bereits auf einen weiteren Vortrag gefasst. »Ähm, und eigentlich wollte ich dich auch anrufen. Du bist mir zuvorgekommen.« Ihre Stimme klang aufgeregt.

»Ja?«

»Matteo hat mir einen Heiratsantrag gemacht!«, quietschte sie ins Telefon.

»Wow, ich gratuliere dir, euch.« Meine Schwester verdiente alles Glück dieser Welt. »Wann findet die Hochzeit statt?«

»So schnell sind wir nun auch wieder nicht. Aber wir haben bereits einige Termine zum Abklären, so in ein bis drei Monaten. Wir heiraten nur standesamtlich und das Essen findet im kleinen Rahmen statt. Also kein großes Tamtam. Ich werde dich frühzeitig informieren.«

»Ich freue mich so für dich, Valerie.«

»Danke. Ich bin auch glücklich … und nervös.«

»Wieso nervös? Matteo wird dich garantiert nicht vor dem Altar stehen lassen.«

Meine Schwester lachte. »Nein, ich denke nicht. Aber die Organisation macht mich hibbelig. Es gibt noch so viel zu tun. Auch bei einer kleinen Feier.«

»Einfach eines nach dem anderen und dann wird alles gut. Und wenn du Hilfe brauchst, mit der ich dich auch aus der Ferne unterstützen kann, dann melde dich.«

»Du hilfst mir, wenn du für dich schaust.«

Ich wusste, worauf sie hinauswollte und antwortete: »Ich werde das Gespräch mit Leo suchen und ihm versichern, dass von mir niemand etwas erfährt. Danach ziehe ich mich zurück. Ich muss mich schützen. Ich stehe das nicht nochmals durch. Zwar kennt Seline unsere Geschichte, aber keine Details rund um Leo. Dass es ihn gibt, ja, und dass ich ihm nachtrauere auch. Doch ich werde ihr nun sicher nicht auf die Nase binden, dass Leo in unserem Hotel logiert.«

»Das ist ein guter Plan. Dass du dich schützen willst, verstehe ich. Aber wenn irgendeine Chance für euch beide besteht, lass sie zu. Bitte. Ich möchte, dass du wieder glücklich bist.« Die letzten Worte flüsterte sie.

»Ich bin glücklich.«

»Bist du das?«

Darauf konnte ich keine Antwort geben, was Antwort genug war, gestand ich mir ein.

Kapitel 10

Leo

Langsam verlor ich die Nerven. Das war wieder ein beschissener Reinfall gewesen. Dante hatte sich gestern mit einer Tante getroffen, die so alt war, dass sie garantiert nichts mit krummen Geschäften zu tun hatte. Natürlich wusste ich, dass man nicht vom Äußeren auf das Innere eines Menschen schließen durfte. Doch sie hatte den halben Nachmittag von ihrem Rheuma, den Hüftbeschwerden, den halsabschneiderischen Ärzten, ihrem Ehemann – Gott hab ihn selig – und ihren nichtsnutzigen Söhnen gesprochen. Falls da versteckte Botschaften drin gewesen waren, dann wäre sie zu Höherem berufen. Und heute hatte Dante wieder Felippe mitgenommen. Da ich offiziell dazu verdonnert worden war, keine weiteren Tätigkeiten als mein Undercover-Job als Bodyguard auszuüben, konnte ich dem Dante-Sergio-Felippe-Gespann nicht einmal folgen. Seit letztem Jahr traute man mir wohl nicht mehr viel zu. Langsam wurde es mir egal. Es musste sich etwas ändern. Nach diesem Einsatz würde ich über die Bücher gehen. Dass ich bereits das zweite Mal in wenigen Tagen über so etwas nachdachte, war ein Zeichen dafür, meinem Leben eine andere Richtung zu geben. Nur welche?

Gott, und nun war mir so langweilig. Ich war nicht zum Nichtstun geboren. Daher verließ ich das Zimmer, ging zur Tür gegenüber und hob die Hand, um bei Luca zu klopfen. Vielleicht konnte ich ihm ein paar Infos entlocken. Da ich seine Stimme hörte, senkte ich den Arm und horchte.

»Nein, ist im Zimmer. … Das ist langweilig, den Babysitter zu spielen, echt. … Ja, ist mein Job, ich weiß. Aber er verhält sich normal, nichts Verdächtiges. … Ist gut, ich bleibe dran.«

Schnellen Schrittes lief ich zurück in mein Zimmer. Hatte ich es doch geahnt. Sie vertrauten mir nicht. Na, jedenfalls wusste ich nun, woran ich war. Ich ging ans Fenster und starrte über Zürichs Dächer, als es klopfte. Seufzend drehte ich mich um, ging zur Tür und setzte während des Öffnens ein »Was willst du hier?« an, weil ich mit Luca gerechnet hatte. Dass Claudio mit Toilettenpapier vor der Tür stand, verwirrte mich nicht nur, sondern setzte meinem Herzschlag ordentlich zu.

Sekundenlang starrte ich ihn an. Fuck, nichts hatte sich zwischen uns geändert. Die Luft hatte sich in einer Sekunde von Null auf Hundert elektrisch aufgeladen. Ich sah förmlich die Funken sprühen. Sie sprangen zwischen uns hin und her, tanzten und verhöhnten uns. So kam es mir zumindest vor.

Claudio fand als Erster die Sprache wieder: »Guten Morgen, ich habe das von Ihnen gewünschte Toilettenpapier. Darf ich es in Ihr Bad bringen?«

Völlig neben mir stehend trat ich zur Seite, ließ ihn herein und schloss die Tür. Auf dem Weg ins Bad drehte er sich um, legte die Rollen auf den quadratischen Tisch zwischen Fenster und Badezimmer und räusperte sich.

»Das«, er zeigte auf sein Mitbringsel, »war eine Ausrede, um mit dir zu sprechen.« Er senkte den Kopf und atmete durch. Als er sich gefasst hatte, schaute er mich erneut an. Wie hatte ich seine dunkelgrünen Augen vermisst, die so viel Tiefe wie der Luganersee hatten und doch unendliche Wärme ausstrahlten. Bevor ich mich in seinem Blick verlieren konnte, sprach er weiter. »Ich wollte dir versichern, dass ich niemandem sage, dass ich dich kenne und auch nicht, wer du bist.« Er schluckte heftig und ich hätte ihn einfach nur umarmen können.

Mit einer schier unerträglichen Willenskraft blieb ich an Ort und Stelle stehen. Claudio blinzelte und senkte seinen enttäuschten Blick. Kein Wunder, denn ich hatte nicht ein Wort verlauten lassen. Wenn er wüsste, was er mit mir anstellte, würde er mich sicher anders betrachten.

»Claudio«, raunte ich und sein Kopf ruckte nach oben, »ich weiß nicht, was ich sagen soll, außer danke.« Danke war viel zu wenig. Dass er den Kontakt gesucht hatte, nach allem, was ich ihm angetan hatte, und mich auch noch schützte, war zu viel für mich, für meine Gefühle.

Doch hatte ich mir nicht geschworen, die Finger von ihm zu lassen? Zu seiner Sicherheit und für meinen Seelenfrieden? Nichts von diesem Entscheid kam mir im Moment sinnvoll vor.

Wir starrten einander an. Die Luft flirrte zwischen uns. Ich fühlte die Verbundenheit, so, wie sie von der ersten Sekunde an, vor Monaten in der Seeoase, vorhanden gewesen war. Im Bed & Breakfast, welches zu meinem Traum und Albtraum zugleich geworden war. Alles vergessen? Wie hatte ich mich nur so belügen können? Nichts war vergessen! Claudio war der Erste, der mir meine geheimen Sehnsüchte erfüllt hatte. Ganz natürlich hatte er die Führung übernommen und ich hatte mich fallen lassen und mich dennoch aufgehoben und umsorgt gefühlt. Hatte einmal in meinem Leben nicht die Kontrolle übernehmen müssen, keine Entscheidungen treffen, sondern hatte alles abgeben können. Und nun standen wir hier und es war, als würden unsere Körper einander magisch anziehen.

»Scheiße!«, entglitt es Claudio und er trat auf mich zu, packte mich im Nacken und presste seinen Mund auf meinen. Ich zögerte keine Sekunde, öffnete meine Lippen willig und ließ ihn ein. Seine Zunge spielte mit mir wie mit einem Instrument. Ich war steinhart und packte ihn mit beiden Händen an den Hüften. Meinen harten Schwanz presste ich an den seinen, in der Hoffnung, uns etwas Linderung zu verschaffen. Er keuchte auf und drängte mich an die nächste Wand. Ich schnappte nach Luft und starrte ihn an. Seine Pupillen waren dunkel vor Verlangen. Aber ich erkannte auch Unsicherheit in ihnen. Sein Zögern war wie eine kalte Dusche. Mein Blick wanderte von seinen Augen zu seinem Mund, der rot war, glänzte und mehr Einladung war, als ich verkraften konnte. Ich sah seinen Kehlkopf, der sein hartes Schlucken mit einem Hüpfen widerspiegelte. Als ich bereits das Unweigerliche akzeptiert hatte, dass Claudio in der nächsten Sekunde einen Schritt von mir wegtreten würde, überraschte er mich.

»Hosen runter!« Sein Befehlston ließ mich fast kommen. Blinzelnd verharrte ich einige Sekunden, schaute ihm wieder in die Augen, um zu prüfen, ob ich mich verhört hatte. Seine Augen, sein ganzes Gesicht strahlten Verlangen, Sicherheit und Dominanz aus. Als er nun doch einen Schritt zurücktrat und mich mit schräg geneigtem Kopf musterte, wusste ich, dass er nicht ging, sondern mir Platz für seinen Befehl machte. Langsam wanderten meine Hände nach unten, fügsam öffnete ich mit zitternden Fingern den Knopf und zog am Reißverschluss. Jeans und Boxerbriefs schob ich ungelenk nach unten und mein Schwanz sprang Claudio entgegen. Er fuhr sich mit der Zunge über die Lippen, meine Härte zuckte und ich stöhnte. Fuck, war das sexy.

»Fass dich an!«

Schnell packte ich meine Schwanzwurzel, um nicht sofort zu kommen. Seine befehlende Stimme – wie hatte ich sie vermisst. Beinahe jede Nacht fantasierte ich davon, endlich die Kontrolle abzugeben, mich hinzugeben und auszuführen, was jemand mir befahl. Nur einmal hatte ich das von einem Sexualpartner verlangt und war dafür ausgelacht worden. Wer mit einem Polizisten ins Bett ging, wollte scheinbar dominiert werden. Doch ich hatte schlichtweg das Bedürfnis, in einem Bereich meines Lebens genau diese Kontrolle abgeben zu dürfen. Claudio war das Gegenteil von mir. Durch seine Vergangenheit wollte er die Kontrolle, brauchte sie. Und ich hatte sie ihm noch so gern gegeben und tat es auch jetzt.

Meine Hand wanderte langsam an meine Eichel. Mit dem Daumen rieb ich darüber und verstrich die ersten Lusttropfen. Verdammt, fühlte sich das gut an. Zu gut. Ich wollte nicht, dass es schon endete, und dennoch wurde mein Griff fester und pumpte meinen harten Penis. Den Hinterkopf lehnte ich an die Wand, meine Augenlider flatterten und die Atmung beschleunigte sich. Ich wimmerte. Oder war das Claudio? Umso besser. Dann spürte ich seinen Mund auf meinem. Fordernd und dennoch neckend knabberte er an meiner Unterlippe. Ich presste meinen Rücken gegen die Wand, damit ich ein Gefühl von Halt hatte, denn mein Körper fühlte sich schwerelos an. Seine Küsse wurden intensiver, fordernder, und ich ließ meinen Penis los, klammerte mich an seine Hoteluniformjacke, um wieder die Kontrolle zu erlangen, die ich gar nicht wollte. Mein Denkvermögen hängte sich offenbar auf.

Claudio zog sich ruckartig zurück. Verwirrt schaute ich ihn an.

»Nicht doch, fass dich wieder an. Oder habe ich gesagt, du sollst aufhören?«

Ich schüttelte den Kopf, griff erneut nach unten und strich sanft über meine Härte. Meine Augenlider schafften es nicht, offenzubleiben, und der Kopf sank zurück an die Wand. Der andere Arm hing untätig an mir runter. Wie gern hätte ich Claudio damit gehalten, ihn gestreichelt, aber das hatte er mir mit seinem Schritt zurück verunmöglicht. Ich hielt meinen langsamen Rhythmus bei, genoss das feine Kribbeln, das sich über meinen ganzen Körper ausbreitete und mich in eine Art Trance versetzte.

»Fester!«

Ich erhöhte den Druck und stöhnte auf. So würde ich nicht mehr lange durchhalten. Aber das wollte ich. Denn vielleicht war es das letzte Mal, dass ich Claudio in meiner Nähe genießen, seine Befehle, seine Kontrolle befolgen und mich fallen lassen konnte. Allein dieser schockierende Gedanke ließ meine Erregung weniger werden.

»Schneller«, flüsterte er an mein Ohr, als hätte er meine Befürchtungen gehört. Dass er nähergekommen war und an meiner Seite stand, hatte ich nicht bemerkt. Ich hörte sein leises Wimmern und nahm die Vibration im Nacken wahr. Das reichte, um die Pumpgeschwindigkeit zu verdoppeln. Das Kribbeln wurde stärker und eine gewaltige Spannung baute sich in mir auf. Meine Eier zogen sich zum Körper, über mein Rückgrat floss Energie direkt in meinen Schwanz. Das alles gab mir den Rest. Ich stöhnte Claudios Namen und streichelte mich durch den intensiven Orgasmus. Ich atmete wie ein Erstickender und dennoch hätte ich es nicht anders gewollt. Das

hatte mir so was von gefehlt, würde mir wieder
fehlen. Aber daran wollte und konnte ich jetzt nicht
denken und genoss die absolute Befriedigung.

Als sich mein Atem etwas beruhigt hatte, öffnete
ich die Augen und blickte ihn an. Unzählige Emotionen flogen in Rekordgeschwindigkeit über sein
Gesicht. Und trotzdem konnte ich keine einzige
davon deuten. Zufriedenheit oder Reue? Verlangen
oder Traurigkeit? Bevor ich ihn fragen konnte, nickte
er mir zu, drehte sich um und verließ das Zimmer.

Kapitel 11

Claudio

Schnellen Schrittes lief ich die Treppe hinunter und in der Lobby direkt Richtung Mitarbeiterraum. »Was habe ich getan?«, flüsterte ich unaufhörlich vor mich hin. Hastig öffnete ich die Tür, trat ein, schloss sie hinter mir und lehnte mich dagegen. Was war ich doch für eine erbärmliche Kreatur. Krampfhaft zwang ich mich, meinen Puls und meinen steifen Penis unter Kontrolle zu bringen. Mit beiden Händen fuhr ich mir über das Gesicht und schnaubte.

Monatelang hatte ich gelitten, hatte nicht gewusst, wie es Leo ging oder wo er war. Dann hatte ich einen Neuanfang gewagt, um was zu tun? Mich wieder auf denselben Mann einzulassen, der mir das Herz gebrochen hatte. Bei dem ich das Gefühl gehabt hatte, dass er mir alles hätte geben können, nur um dann auf dem Boden der Tatsachen aufzuschlagen, dass ich für ihn nichts weiter als sein Job gewesen war. Es hätte mir dazumal schon verdächtig vorkommen sollen. Ein Mann, der es gewohnt war, die Zügel in der Hand zu halten, würde diese nicht einfach so abgeben. Und doch hatte er genau das getan – und ich hatte es genossen. Es war perfekt gewesen.

Durch meine schlanke Gestalt und meine feinen Gesichtszüge wurde ich oft für einen willenlosen Twink gehalten. Doch ich war das Gegenteil. Liebte es, die Führung zu übernehmen, im Bett zu sagen, wo es langging. Jahrelang hatte ich meinen Bruder Antonio mit seinen Befehlen und Drohungen erdulden müssen, hatte keine Kontrolle über große Teile meines Lebens. Doch Leo hatte nur mit mir gespielt. Offensichtlich. Und dennoch hatte er sich erneut von mir führen lassen. Ich war verwirrt. Brauchte er wieder ein Ventil, um bei seinem Untercover-Job Dampf abzulassen? Es machte den Anschein und ich Trottel hatte mitgespielt.

Und nun war ich angetörnt wie schon lange nicht mehr. Nur Leo hatte mir jemals geben können, was ich mir wünschte und was ich brauchte, und ich hatte kein Verlangen, wieder einen Schritt zurückzumachen. Da begnügte ich mich lieber mit meiner Hand. Das war nun leider auch keine Option. »Verdammter Mist.«

Würde ich wissen, wann dieses Trauerspiel vorbei sein würde, hätte ich hier und jetzt Ferien beantragt. Oder mich krankgeschrieben oder sonst was. Wegbeamen wäre noch eine Möglichkeit. Aber die Zimmer für diesen Lakai Moretti, seinen Chef und die Entourage waren für unbestimmte Zeit reserviert worden. Ich lachte laut auf, denn ich war kurz vor dem Durchdrehen. Immerhin hatte sich mein bestes

Stück so weit beruhigt, dass ich wieder an die Arbeit gehen konnte.

Ich trat rechtzeitig an die Rezeption, um den zweiten Harem zu begrüßen. »Herr Schmitt, herzlich willkommen bei uns.«

»Ja, guten Tag. Können wir gleich auf unsere Zimmer?«

Freundlich, freundlich. Aber das kannte ich und war professionell genug, mein Lächeln beizubehalten. »Selbstverständlich. Wir bräuchten dann noch ihren Personalausweis und den Ihrer Begleitpersonen.«

Widerwillig zückten die drei Herren ihre Ausweise und legten sie auf den Tresen. Ich beeilte mich, alle Daten aufzunehmen, und stutzte, als ich sah, dass Hannes Schmitt vor ein paar Monaten zur selben Zeit wie Giovanni Dante hier im Hotel gewesen war. Das Datum hatte ich nachgeschlagen, weil Michael so merkwürdig reagiert hatte.

»Ist etwas nicht in Ordnung?«, fragte Schmitt ungeduldig und klopfte mit den Fingern auf den Tresen. Wie ich das liebte.

»Nein, hier, Ihre Ausweise und die Schlüsselkarten. Sie sind im —«

»Wir kennen uns aus«, fiel er mir ins Wort und die drei liefen zu den Aufzügen. Na dann … Ich schüttelte den Kopf. Dieser Schmitt war noch unheimlicher als Dante. Sofort ergriff mich Angst. Angst um Leo. In welchen Kreisen musste er hier ermitteln? War sein Job gefährlich? Letztes Jahr hätte es nicht bedrohlich sein sollen und was war passiert? Mein unnützer Bruder hatte auf ihn geschossen.

Meine Hände wurden feucht und mein Atem beschleunigte sich. Ich war ganz und gar nicht über Leo hinweg und würde es auch nie sein. Diese Erkenntnis zwang mich vollends in die Knie. Ich setzte mich auf den nächstbesten Bürostuhl, beugte mich nach vorn, sodass mein Kinn meine Knie berührte. Die Atemnot nahm zu und ich lehnte mich zurück an die Rückenlehne, um meinen Lungen Platz zu machen. Tief atmete ich durch, wie ich es bei der Psychologin gelernt hatte. Nach etlichen Minuten hatten sich die Atmung und der Herzschlag beruhigt. Ich war froh, dass meine Kollegin in der Pause war und auch sonst niemand etwas von mir wollte. Aber ich wusste, ich war am Arsch.

Das Telefon klingelte. Dieser Luca Moretti! Zum Glück war das System so programmiert, dass der aktuelle Name des Gastes im jeweiligen Zimmer angezeigt wurde.

»Rezeption, mein Name ist Claudio Tesso, was kann ich für Sie tun?«, nahm ich das Gespräch entgegen.

»Moretti hier, ich brauche Toilettenpapier. Bringen Sie mir das sofort.«

»Ich werde schauen, dass ich gleich jemanden vorbeischicken kann.«

»Ich will, dass Sie es bringen.«

Da Nathalie soeben von der Pause kam, sagte ich dem unfreundlichen Zeitgenossen zu, informierte meine Kollegin und schnappte mir zwei der Rollen, die wir für solche Fälle an der Rezeption gelagert hatten.

Kaum hatte ich geklopft, wurde schon die Tür aufgerissen.

»Na wurde aber auch Zeit. Haben Sie keine netten Zimmermädchen, die so was tun können?«

»Sie wollten mich und da bin ich. Aber ja, in der Regel erledigt die Hauswirtschaft solche Aufgaben. Doch wir sind uns nicht zu schade, in jedem Bereich auszuhelfen.« Mir kam der Verdacht, dass er mich beobachtet hatte, als ich bei Leo war. Ein kalter Schauer durchfuhr mich. Um irgendwelches Misstrauen im Keim zu ersticken, fügte ich an: »Und da heute einige Zimmer einer Generalreinigung unterzogen werden, bin ich momentan oft in anderen Bereichen unterwegs.«

Er nickte, riss mir die zwei Rollen aus der Hand und schloss die Tür. Diese Freundlichkeit heute wurde mir fast zu viel. Ich schnaubte, drehte mich um und nahm die Treppe nach unten, um den Kopf durchzulüften. Heute war reguläres Krav Maga-Training, was mir gelegen kam. Mein Trainingspartner tat mir allerdings jetzt schon leid.

Kapitel 12

Leo

Rastlos tigerte ich vor dem Bett hin und her, nur um dann vor der Minibar Halt zu machen, niederzuknien und sie zum dritten Mal zu öffnen, ohne zu wissen, was ich darin eigentlich suchte. Auch dieses Mal schloss ich sie unverrichteter Dinge wieder und richtete mich auf. »Was ist das für ein Scheiß-Job?«

Es klopfte. Prima. Ich ging zur Tür und hoffte auf Claudio. Leider stand Luca mit einem Grinsen davor.

»Was willst du?«, blaffte ich ihn an.

»Na, na.« Er stieß mich zur Seite und betrat mein Zimmer.

»Spaziere herein und setz dich«, sagte ich sarkastisch. Selbstverständlich saß er schon, bevor ich fertig gesprochen hatte. »Was verschafft mir die Ehre?«

»Dein Gefluche über den Scheiß-Job.«

Natürlich hatte er das gehört. Jetzt hieß es bluffen. »Mein Job ist es, Personen zu beschützen, nicht in einem Hotelzimmer zu sitzen und Däumchen zu drehen.«

»Dafür gibt es hier hübsche Mitarbeiter mit Lieferservice.« Er zuckte anzüglich mit den Augenbrauen. »Nicht übel, wenn man auf diesen Typ Mann steht.«

Ich sammelte meine gesamte Selbstbeherrschung, um ihm nicht die Fresse zu polieren. Er wollte mich testen, ganz klar. Aber ich würde nicht undercover arbeiten, wenn ich nicht schauspielern könnte. Und zudem steckte in seinen Worten die Botschaft, dass er mich beobachtet hatte.

»Erstaunlich, was du alles mitbekommst.« *Wehe du vergreifst dich an ihm,* hätte ich ihm gern zusätzlich entgegengeschleudert. Ich wusste, dass bei Luca eine Eroberung einfach ein Mensch sein musste. Was die Person zwischen den Beinen hatte, spielte für ihn keine Rolle.

»Ich habe Geräusche gehört und durch den Türspion geschaut. Und siehe da, dieser niedliche Typ steht mit Klopapier vor deiner Tür.« Er stand auf, ging lässig zur Tür und drehte sich um. »Vielleicht solltest du wieder einmal Dampf ablassen, wenn du weißt, was ich meine.« Er machte eine obszöne Bewegung mit seiner Hand und lachte dreckig. »Und bevor ich es vergesse, Samstagmorgen hat Dante eine Besprechung und du und Felippe seid beide eingeteilt.«

»Wieso? Ist der Geschäftspartner gefährlich?«

»Das weiß man doch nie.« Jetzt zwinkerte er mir auch noch zu und verließ das Zimmer.

Ich hatte keinen Anspruch auf Claudio. Den hatte ich vor langer Zeit verwirkt. Doch der Gedanke, Luca könnte ihn anbaggern und Erfolg haben, brachte mich schier um den Verstand. Mit geballten Fäusten schlug ich auf die Matratze und knurrte vor Wut. So kannte ich mich bisher nicht. Na ja, jedenfalls war ich bis vor diesem fatalen Auftrag im Tessin ein anderer Mensch gewesen. Der Job hatte mir alles bedeutet. Er war mein Leben. Auf jeden Undercover-Einsatz hatte ich mich penibel vorbereitet. Hatte Filme geschaut, Personen studiert, mit Fachleuten gesprochen und vor dem Spiegel geübt, um perfekt in meine Rolle zu schlüpfen. Auch für den Job im Tessin hatte ich mich mit Psychologen unterhalten, um genau zu wissen, wie sich ein überarbeiteter, kurz vor dem Burnout stehender Mensch verhält – den ich da hatte spielen müssen. Und ich hatte versagt. Dass Claudios Schwester Valerie und ihr Freund Matteo gemerkt hatten, dass ich nicht der war, für den ich mich ausgegeben hatte, war ein Tiefschlag in meiner Karriere gewesen. Zudem war es einer der einfachsten Einsätze, die ich je bestritten hatte. Nur beobachten und gegebenenfalls beschützen. Das hatte ich am Ende getan, doch das Ausmaß hätte so nicht geschehen dürfen. Enttarnt und angeschossen. Beeindruckende Bilanz.

Auch dieses Mal war ich vorbereitet. Hatte Extrastunden im Fitnessstudio verbracht, um kräftiger zu werden und dem Bodyguard-Klischee zu entsprechen. Sogar mit einigen Leibwächtern hatte ich mich unterhalten, sie beobachtet, ihr Verhalten studiert. Und dennoch schnürte es mir nun die Luft ab und erdrückte mich mit der Last der Verantwortung. Die Geschehnisse im Tessin hatte ich keineswegs verarbeitet. Doch was mir mehr Angst machte, waren die Gefühle zu Claudio. Die waren es, die mich in der Seeoase hatten unvorsichtig werden lassen und mein Schauspiel zu einem Trauerspiel gemacht hatten. Die Gefühle waren echt gewesen, die Person dazu nicht –beziehungsweise meine Tarnung hatte gebröckelt, weil ich in Claudios Nähe mehr ich selbst als der überarbeitete Versicherungsdetektiv gewesen war, den ich hätte verkörpern sollen.

Ich fuhr mir fahrig durch die Haare und in diesem Moment vibrierte ein Telefon. Shit! Ich wurde nachlässig und hatte mein privates Telefon auf dem Nachttisch liegen gelassen. Da waren wir beim Thema: *Wie setzt man möglichst schnell seinen Job in den Sand?* Zweimal atmete ich ein und aus, bevor ich den Anruf entgegennahm.

»Ja?« Ich ging ins Badezimmer und schloss die Tür, damit vor dem Zimmer niemand etwas von meinem Gespräch mitbekam.

»Leo, wir haben gesehen, dass Hannes Schmitt im Hotel abgestiegen ist. Er hat sich vor ein paar Monaten bereits mit Giovanni Dante getroffen. In Deutschland wird er mit einem Schlepperring in Verbindung gebracht«, teilte mir mein Chef Georg mit.

»Dann wird er der Geschäftspartner sein, mit dem sich Dante am Samstag trifft.«

»Schau zu, dass du an Informationen kommst.«

»Das ist verdammt schwierig. Es ist das erste Mal, dass ich bei einem vermutlich wichtigen Treffen dabei sein werde. Sie vertrauen mir nicht. Lassen mich sogar von Luca Moretti überwachen. Und da ist –«

»Entschuldige, ich muss an eine Besprechung.«

Aufgehängt. Dabei hatte ich ihn über Claudio informieren wollen. Denn mein Bauchgefühl sagte mir, dass dieser Einsatz nicht so simpel war, wie er schien, und daher sollte ich dieses Mal mit offenen Karten spielen.

Kapitel 13

Claudio

Mit einem Stapel Frotteerücher marschierte ich in den Fitnessraum. Durch einige Krankmeldungen war ich nicht nur an der Rezeption eingeteilt worden, aber darüber war ich nicht unglücklich. Die Abwechslung, und dass ich mich auf etwas anderes konzentrieren konnte, schalteten meine wirren Gefühle nicht aus, aber unterdrückten sie. Minimal, doch ich nahm jede Erleichterung, die ich erhielt. Nach wie vor erbärmlich, das war mir bewusst.

Von Weitem hörte ich, dass jemand trainierte. Abrupt hielt ich inne, als ich Leo beim Squat Rack erblickte.

Oh! Mein! Gott! Mir fielen um ein Haar alle Tücher aus den Händen. Mein Mund wurde trockener als die Wüste Gobi und ich biss mir auf die Unterlippe, um ein Stöhnen zu verhindern. Sein verschwitztes Shirt klebte an seinem Oberkörper und seine Arme mit den Tattoos glänzten vor Schweiß. Was mich aber – trotz staubtrockenem Mund – sabbern ließ, waren seine Muskeln. Ich hätte schwören können, dass er in den letzten Monaten mächtig trainiert hatte. Damals war er schon mehr als gut gebaut, doch was meine Augen erblickten und an meinen Schwanz weiterleiteten, war ein Traum. Wenn ich nur einmal mit meinen Händen diese Arme, diese Brust und den Rücken erkunden könnte. Ganz zu schweigen von seinem Hintern und den kräftigen, behaarten Oberschenkeln.

Abrupt legte Leo die Langhantel ins Rack, nahm sein Telefon von der Bank daneben und holte mich damit aus meinem Tagtraum. Geistesgegenwärtig machte ich einen Schritt zurück, damit er mich nicht sah.

»Ja?«, hörte ich ihn sagen. Ein einziges Wort, und mein steifer Schwanz zuckte.

»Genau, Samstagmorgen.« Er horchte und murmelte etwas. Schritte kamen näher. Shit. Schnell verschwand ich im Lagerraum des Fitnessraumes, woanders hätte ich mich nicht verstecken können. Mein schlechtes Gewissen, Leo zu belauschen, ignorierte ich.

»Bin wieder da«, sagte er. »Musste die Tür zum Fitnessraum schließen, ich werde immer noch von Luca überwacht. Habe ich dich richtig verstanden, es ist ein Transport mit Menschen geplant? Durch die Schweiz?«

Stille, und dann ein Fluchen.

»Scheiße, das zieht größere Kreise als erwartet. Und ja, es ärgert mich, dass ich nur den Bodyguard spielen darf. … Ist mir bewusst. … Nein, ich zweifle nicht an den Ermittlern. Immerhin haben sie das mit dem Transport herausgefunden.«

Leo grummelte. Ich atmete flach, denn das Gehörte bescherte mir Schweißausbrüche.

»Schmitt? Der ist für die Durchfahrt durch Deutschland verantwortlich? Aber wieso dann noch durch die Schweiz?«

Wieder Gemurmel.

»Ah, verstanden, ergibt Sinn. Gut, dann weiß ich nun wenigstens, worauf ich achten muss. Und Dante sucht sie persönlich aus? So ein Drecksack.«

Ein Schnauben verließ Leos Mund, dann knurrte er und ich war sicher, dass er ziemlich angepisst war. War ich auch. Auch wenn ich nur Bruchstücke mitbekommen hatte, konnte ich mir ein Bild von diesen Machenschaften machen. Das wiederum ließ mich frösteln und die Hitze, die vor wenigen Minuten meinen Körper ergriffen hatte, wich einer Kälte.

Ich verharrte so lange in diesem engen Raum, bis ich mir sicher sein konnte, dass Leo verschwunden war. Die Frotteetücher legte ich in das dafür vorgesehene Regal und floh regelrecht aus dem Fitnessbereich. Das einzig Positive an dieser Lauschaktion war der unverschämt gute Anblick von Leos Körper gewesen. Und was sagten diese Gedanken über mich aus? Ja, mir fehlten eindeutig einige Tassen im Schrank.

Endlich Feierabend. Ich band mir meine Schnürsenkel und dachte an den ereignisreichen Tag, ordnete meine Gedanken mit den Infos, die ich aufgeschnappt hatte. Es kam selten vor, dass die Lobby reserviert wurde. Doch genau das hatte Herr Schmitt getan. Der Bereich, den er für sich beanspruchen würde, grenzte an die Wand unseres Backoffices. An sich nichts Ungewöhnliches. Die Trennwand war nachträglich eingebaut worden und bestand nur aus einer dünnen Gipsplatte. Und ich hatte einen Plan. Leo konnte ich nicht als Freund und Partner haben, nicht jetzt und wahrscheinlich auch nicht in Zukunft, und nach dem Gespräch mit meiner Schwester verstand ich es. Irgendwie. Er war, sofern ich ihm etwas bedeutete, in der Zwickmühle. Trotzdem konnte ich ihm helfen. Durch die Erfahrung mit meinem Bruder hatte ich einen überdurchschnittlichen Gerechtigkeitssinn entwickelt. Es ging mir nahe, wenn Menschen verletzt wurden. Egal auf welche Art. Seufzend stand ich auf und zog meine Jacke an. Falls am Menschentransport etwas Wahres dran war, dann wurden Personen auf brutalste Weise ungerecht behandelt. Ich durfte mir nicht vorstellen, was diese Leute durchmachen mussten.

Am Samstag war ich erst für die Nachmittagsschicht eingeteilt. Dennoch würde ich am Morgen auf der Matte stehen und mir irgendeine Arbeit aus dem Ärmel schütteln, um Schmitt und sein Harem auszuspionieren. Zufrieden mit meinem Plan schnappte ich mir meinen Rucksack und machte ich mich auf den Heimweg.

Kapitel 14

Leo

Endlich durchfuhr mich ein Hauch dieses Kribbelns, das mich vor dem desaströsen Einsatz im Tessin immer erfasst hatte. Es fühlte sich eher wie ein kurzer Windhauch an, trotzdem ließ dieses Gefühl Hoffnung in mir aufkeimen, dass ich wieder zur alten Stärke zurückfinden würde. Ich schloss den letzten Klettverschluss meiner Schutzweste. Ja, seit dem verbockten Einsatz trug ich die Kevlar-Weste gewissenhaft. Dann hängte ich mir den Pistolenhalfter um, kontrollierte die Waffe und steckte sie ein. Glücklicherweise hatte unserer Fake-Firma eine Waffentragbewilligung. Diese sogenannte Firma hatte den Ruf, zwielichtige Personen zu schützen und keine Fragen zu stellen. Über meine Weste zog ich eine schwarze, unauffällige Jacke an. Und nein, ich lief nicht wie ein Secret Service-Mitarbeiter herum.

Ein Blick auf meine Armbanduhr offenbarte, dass ich noch etwas Zeit hatte. Ich nahm das Dienst-Telefon und las mir im Stehen die Unterlagen, die mir mein Chef geschickt hatte, nochmals durch. Es war zum Haareraufen, denn eigentlich hatten wir nichts außer die Namen, die bei der Durchsuchung der Anwaltskanzlei Hartmeier und Huber aufgetaucht waren. In einigen Kantonen liefen seither Untersuchungen, Überwachungen und Undercover-Einsätze. An sich ein Fortschritt, da der Datenaustausch in der Schweiz zwischen den Kantonen und Ämtern unterirdisch war. Das war absolut unverständlich. Inzwischen waren diesbezüglich Bemühungen sichtbar, dennoch konnte es noch Jahre dauern, bis es eingeführt werden würde. Ich arbeitete kantonsübergreifend, da Dante sich im Kanton Zürich immer wieder mit einem oder mehreren Geschäftspartnern traf. Wobei ich schon mitbekommen hatte, dass er selten jemanden zu sich in den Thurgau, seinen Wohnsitz, einlud. Aber was wusste ich schon. Verdammt wenig bis fast gar nichts.

Schnaubend setzte ich mich in den Sessel und las weiter. Über diesen Schmitt gab es nur wenige Infos. Ein Deutscher, der offenbar alle paar Monate in der Schweiz weilte. So auch exakt an jenem Tag, als die Machenschaften der Anwaltskanzlei aufgedeckt wurden. Er war am selben Tag abgereist, wie auch Dante und sein Gefolge. Könnte Zufall gewesen sein. Könnte, hätte, würde … »Verdammter Shit.« Ich ließ das Smartphone sinken, legte den Kopf an die Rückenlehne und schloss die Augen. Ich wurde das Gefühl nicht los, dass ich nicht mehr dafür gemacht war, eine Rolle zu spielen und abzuwarten, abhängig von Infos anderer zu sein. Es brannte mich unter den

Fingernägeln, aktiv nach Hinweisen zu suchen. Leider musste ich die Füße stillhalten und den Bodyguard mimen. Langsam wurden meine ausschweifenden Gedanken zur Gewohnheit. Bis jetzt hatten sie mir nichts gebracht. Und weil wir schon dabei waren, erschien Claudio vor meinem inneren Auge. Mein Herz hüpfte freudig bei seinem gedanklichen Anblick, mir entwich nur ein resigniertes Seufzen. Ich hatte unser kurzes Stelldichein viel zu sehr genossen. Mein Puls signalisierte Freude, mein Bauch mit seinen unzähligen, umherflatternden Viechern positive Gefühle, und mein Verstand hämmerte mir nonstop: *Lass die Finger von ihm!* durch die Synapsen. Und mein Schwanz … den ignorierte ich besser. Zögernd öffnete ich die Augen und schüttelte den Kopf. Ich war so was von am Arsch. Und weil das nicht genug war, klopfte es an der Zimmertür. Ich erhob mich aus dem Sessel und ging zur Tür.

»Lässt dir Zeit, was?«

»Felippe.« Mit einem Nicken trat ich aus dem Zimmer und schloss die Tür. Auf seinen Spruch ging ich gar nicht ein. Ich hielt es für das Beste, den wortkargen und dennoch aufmerksamen Leibwächter zu spielen. Mehr beobachten, weniger sprechen, so meine Devise. Das Teufelchen auf meiner Schulter klopfte an: *Und sich nicht von jemandem ablenken lassen.* Fast hätte ich geschnaubt, unrecht hatte es nicht. »Was ist mein Job?«

Gemächlich schlenderten wir zum Fahrstuhl. »Du sitzt etwas abseits und beobachtest die Menschen in der Lobby.«

»Wieso in der Lobby? Wo seid ihr?«

»Auch dort. Aber ich stehe bei Dante und jemand muss beobachten, ob verdächtige Personen im Hotel sind.«

»Okay.« Nein, es war alles andere als das. Das hieß, dass ich erneut zu keinen Infos kam. Langsam verabschiedete sich meine Geduld. Dieser Job war unbefriedigend und ein absoluter Bullshit.

»Alles klar?« Felippe runzelte die Stirn.

»Ja, hab mir geistig die Lobby vorgestellt und überlegt, wo der beste Beobachtungsposten ist.«

»Hab ich schon ausgekundschaftet. Du musst nur brav dasitzen, so tun, also ob du Zeitung liest«, er drückte mir die Zürcher Zeitung in die Hand, »und beobachten. Unauffällig versteht sich.« Er grinste überheblich.

»Klar, das ist mein Job.«

Er klopfte mir auf die Schulter und wir traten in den Fahrstuhl, der soeben auf unserem Stockwerk angekommen war. Ich drückte die Null für das Erdgeschoss und wir fuhren schweigend nach unten.

»Bist nicht der Gesprächigste«, witzelte Felippe.

»War ich noch nie. Bin lieber auf den Job konzentriert, als mich mit Small Talk ablenken zu lassen.«

»Das hören wir gern.« Beim Aussteigen klopfte er mir erneut auf die Schulter. »Siehst du den Vierer-Tisch auf der linken Seite des Eingangs? Da ist dein Platz. Setz dich. Wir sind auf der anderen Seite.«

Ich nickte ihm zu und ging brav zu besagtem Möbelstück. Innerlich kochte ich und zwang mich, mit langsamem Atmen meine aufkeimende Wut in

Schach zu halten. Auf diese Distanz hatte ich nicht den Hauch einer Chance, auch nur ein Wort aufzuschnappen. Zu allem Übel sagte mir mein Instinkt, dass dieses Treffen – ich ging davon aus mit Schmitt – viel Licht ins Dunkel bringen könnte. Einmal mehr ein Reinfall, da ich von dem Gespräch nichts würde mitbekommen. Ich ließ mich auf einen Stuhl sinken und öffnete die Zeitung.

Einige Minuten später tauchte Dante mit Sergio auf und setzte sich auf einen Sessel auf der anderen Seite der Lounge. Felippe stellte sich schräg hinter ihm hin. Habe ich schon erwähnt, dass mich eine Glaswand von der Sitzecke trennte? Dieser Windfang im Eingangsbereich? Nein? Tja, neben der Distanz verhinderte diese, den Job auszuführen.

In diesem Moment trat Schmitt aus dem Fahrstuhl. Ich erkannte ihn anhand des Fotos, das mir mein Chef mit den anderen Dokumenten geschickt hatte. Schleimige, zurückgekämmte Haare, offenes Hemd und eine massive Silberkette um den Hals. Ein dicker Siegelring am linken Ringfinger rundete das Bild ab. Der Inbegriff eines Wichtigtuers. Daneben wirkte Dante mit seinen schwarzen Locken wie der brave Junge von nebenan, obwohl er etwas Düsteres an sich hatte. Die Herren nickten einander zu. Schmitt setzte sich neben Dante in die Ecke, und sein Lakai bezog Platz hinter ihm. Das Bild war lächerlich. Wir nahmen weder am Weltwirtschaftsforum in Davos teil, noch waren die Herren Präsidenten eines bedeutenden Landes und doch traten sie so auf. Wäre es nicht so tragisch, dann würde ich über dieses Bild, das sie boten, lachen.

Mein Blick huschte zur Rezeption. Ich hatte Claudio vorhin nicht gesehen und auch jetzt war er nicht da. Das beruhigte mich. Er hätte meine Konzentration gestört. Pfft, was machte ich mir vor. Ich wollte ihn weit weg von diesen Herren wissen. Nie wieder durfte er in Gefahr sein. Die Angst, die ich im Tessin verspürt und die meine Eingeweide wie Eis umklammert gehalten hatte, wünschte ich niemandem. Sogar jetzt übermannte mich die Kälte von damals, so wie sie mich in vielen Nächten heimsuchte.

Ich zwang mich zur Konzentration und weg von diesen Erinnerungen. Brav las ich die Zeitung und überblickte unauffällig die Lobby mit den kommenden und gehenden Menschen. Immer wieder wanderte mein Blick zu Dante und Schmitt. Doch leider war Lippenlesen kein Talent von mir. Das wäre mir jetzt zugutegekommen, anhand der Gesten, war das Gespräch ergiebig und den Gesichtern nach zu urteilen erfolgversprechend. Das bescherte mir ein dumpfes Gefühl auf der Brust. Denn ohne Infos keine Beweise.

Kapitel 15

Claudio

Seit gut einer Stunde saß ich schon am Computer und bastelte an irgendeinem Pseudo-Excel-Sheet herum. Meine Arbeitskollegen hatten nur mit den Schultern gezuckt, als ich mich mit einem gemurmelten »Ich muss noch was erledigen« ins Backoffice verzogen hatte.

Als gedämpft Stimmen zu hören waren, streckte ich den Rücken durch und lauschte. Klang nach einer Begrüßung. Mein Herz verdoppelte seinen Takt, und ich schwitzte. Was hatte ich mir eigentlich dabei gedacht, hier einen auf James Bond zu machen? Für einen Moment schloss ich die Augen und atmete ein paarmal tief ein und aus. Das war mein Arbeitsplatz, und somit hatte ich auch das Recht, hier zu sein. Neuer Mut erfasste mich und ich erhob mich vom Stuhl. Zielstrebig ging ich zum Regal, auf dem zahlreiche Ordner standen, schnappte mir einen und öffnete ihn. Lässig lehnte ich mich an besagte Wand, blickte auf ein nichtssagendes Dokument und kam mir vor wie in einem Spionagethriller. Im Grunde war das Ganze absolut lächerlich. Aber wenn ich etwas begonnen hatte, dann zog ich es durch. Ich spitzte die Ohren und vernahm einige Wortfetzen.

»Meinst du, es ist Gras über die Sache gewachsen? Immerhin sind ein paar Monate vergangen.«

»Weiß nicht. Ich denke, wir sollten eine andere Strategie fahren.«

»Und da komme ich ins Spiel, oder?«

»Gut kombiniert, Dante.«

Das Geräusch eines Staubsaugers verunmöglichte es mir, weitere Worte zu hören. Musste Roberta, eine unserer Putzfeen, ausgerechnet jetzt im Eingangsbereich sauber machen? Scheiße, verdammt! Das Glück schien trotzdem auf meiner Seite zu sein, denn meine Backofficekollegin stand soeben mit ihrer Kaffeetasse in der Hand auf und verließ das Büro. Ich drückte ein Ohr an die Wand und lauschte.

»Und das fällt nicht auf?«

»Wenn du es geschickt anstellst, dann … und … machen unsere …«

»Die sind sauber und …«

»Sicher, was denkst du, mit wem du es zu tun hast?«

»Klar Schmitt, wollte nur sicher … und keine …«

Das waren für mich alles leere Worte. Ich hatte den Verdacht, dass die beiden ihre Stimmen immer dann senkten, wenn Schlüsselwörter fielen. Mein Vorhaben war sinnlos und hirnverbrannt. Ich war gerade im Begriff den Ordner zuzuklappen, als ich die Wörter *Fußpflege-Studios* und *neue Leute* vernahm. Starr blieb ich stehen und horchte. Aber sie sprachen nicht mehr weiter, dafür wurden Sessel verschoben. Ich schloss den Ordner und stellte ihn zurück in das Regal. Schnell schnappte ich mir meine Tasse, trat aus dem Backoffice – und blieb wie angewurzelt stehen.

Ein leises Keuchen entwischte mir. Leo. In seiner ganzen Pracht. Er stand hinter Dante, ließ den Blick aufmerksam über die Lobby schweifen und blieb bei mir hängen. In einer Sekunde war die Temperatur in mir und um mich mindestens um zehn Grad angestiegen. Meine Hände waren feucht. Abwechselnd rieb ich sie an der Hose ab. Leos Blick war unergründlich, wenn man ihn nicht kannte. Doch ich sah es. Seinen Kampf ruhig zu bleiben und seine Rolle zu spielen. In mir keimte Hoffnung auf. War ich ihm doch nicht egal? Spürte er die Energie zwischen uns? Ein Flimmern, das über die sexuelle Anziehungskraft hinausging? Ich schluckte hart, was Leo registrierte, denn seine Augen weiteten sich leicht. Er ballte seine Hände zu Fäusten und öffnete sie wieder, als würde er so seine Gefühle kanalisieren und in Schach halten wollen.

Dieser magische Augenblick verflog in der Sekunde, als der andere Bodyguard – er sah zumindest aus wie einer – ihn in die Seite stieß und seinem Blick folgte.

Shit!

Ich blinzelte meine Starre weg, räusperte mich und machte mich auf den Weg ins Restaurant, um mir einen Kaffee zu holen. Schnellen Schrittes marschierte ich zur rettenden Maschine. Dort stellte ich mit zitternden Händen die Tasse unter den Auslauf, drückte den Startknopf und hoffte, das Mahlgeräusch würde meine wirren Gedanken übertönen. Diese entwickelten leider ein Eigenleben und wanderten zu Leo zurück. Er hatte so verdammt sexy ausgesehen in seiner legeren Jacke, die eindeutig eine Waffe darunter verborgen hielt. Wieso mich das so anmachte und mein Blut in andere Regionen lenkte, war nicht verwunderlich. Dennoch verspürte ich einen Druck in mir, als wäre ich ertappt worden von einem dieser Morettis. In seinem Blick hatte Misstrauen gelegen. Hatte ich Leo in Gefahr gebracht? Oder mich? Ich rieb meine Hände aneinander, die nach wie vor zitterten, schluckte schwer und schloss die Augen, um mich zu beruhigen.

»Wenn du Eiskaffee möchtest, musst du den in der Küche bestellen.«

Ich zuckte zusammen und drehte mich um. »Lauwarm ist auch in Ordnung.«

»Wenn du meinst«, antwortete Seline und grinste mich an. »Wo bist du mit deinen Gedanken und was machst du schon hier? Hast du nicht Nachmittagsdienst?«

»Musste etwas erledigen.«

»Hat dieses Etwas mit den Herren in der Lobby zu tun?«

Wieso kannte mich Seline fast so gut wie meine Schwester? Das war unheimlich. »N…nein«, stotterte ich ertappt.

»Oh!« Ihr Gesicht strahlte Erkenntnis aus.

»Nicht so, wie du denkst.« Sollte ich ihr davon erzählen? Dass der wahrhaftige Leo da draußen stand? Nein, das konnte und durfte ich nicht.

»Ich glaube, ich denke genau richtig. Denn dein Blick hat dich verraten. Einer da draußen ist Leo. Denn wie es der Zufall will, habe ich heute die neue Gästeliste bekommen, zusammen mit den Restaurant-Reservierungen. Und siehe da, ein Leo ist darunter. Das an sich ist nichts, was mich zum Grübeln gebracht hätte, aber in Kombination mit deinem Blick eben … Na ja, da habe ich eins und eins zusammengezählt.«

»Das muss geheim bleiben«, flüsterte ich.

»Keine Angst. Von mir erfährt niemand etwas.«

»Danke.«

»Willst du darüber reden, nun, da ich Mitwisserin bin?«

»Nicht hier. Treffen wir uns wieder im Sixties?«

»Ja, aber morgen ist da geschlossen und ich habe frei und etwas vor.«

»So so, das erzählst du mir aber auch.«

»Mach ich. Dann Montagabend?«

»Ja, passt.« Ich nahm die Tasse mit dem lauwarmen Kaffee und ging zurück zur Rezeption. Von Leo und den zwielichtigen Herren war keiner mehr zu sehen, und da mein Dienst noch nicht anfing, zog ich mich nochmals ins Backoffice zurück, um meine Gedanken und Gefühle zu sortieren.

Kapitel 16

Leo

Ergeben trottete ich Dante, Sergio und Felippe hinterher. In mir wütete ein Sturm, der mich fast zerriss. Felippe hatte gesehen, wie ich Claudio angestarrt hatte. Das zeigte mir sein unmissverständlicher Blick. Aber hatte er auch meine innere Zerrissenheit wahrgenommen? Vor einem Jahr hätte ich nein gesagt. Doch da kannte ich Claudio noch nicht und hatte keinen verpatzten Einsatz in meinem Repertoire.

Wir stiegen in den Fahrstuhl. Dieser Job kam mir immer lächerlicher vor. Ich kam keinen Schritt voran. Dass Dante zwei Bodyguards brauchte, dass er überhaupt einen Bodyguard brauchte, war lachhaft. Schweigend stiegen wir aus dem Aufzug und liefen auf dem edlen Teppich mit eingewobenen Ornamenten, der unsere Schritte schluckte, den Korridor hinunter.

»Warte in deinem Zimmer«, zischte mir Felippe zu.

Ich nickte, ging zu meiner Tür, öffnete sie mit der Karte und trat ein. Am liebsten hätte ich der Tür einen Stoß mit dem Fuß verpasst, aber ich beherrschte mich und schloss sie leise. Dass ich in ein paar Minuten gefeuert werden würde oder Schlimmeres, war so sicher wie das Amen in der Kirche. Zum Glück war ich vernünftig genug, nicht gleich die Minibar zu stürmen. Wenn ich schon einen Abgang machen musste, in welcher Form auch immer, dann in Würde.

Es klopfte, ich atmete mehrmals tief ein und aus und öffnete die Tür. »Felippe, komm rein.« Als ob ich das hätte erwähnen müssen, denn Besagter stand bereits im Zimmer und ging auf den Sessel zu. Breitbeinig setzte er sich und legte seine Arme auf die Seitenlehnen. Ich blieb stehen, nachdem ich die Tür geschlossen hatte.

»Setz dich.« Er deutete auf das Bett.

Brav steuerte ich darauf zu und nahm am Fußende der Matratze Platz.

»Was ist mit diesem Rezeptions-Boy? Ist er verdächtig? Luca hat bereits etwas erwähnt.«

Das war meine allerletzte Chance, von Claudio abzulenken. »War mir nicht sicher, da er auch Zimmerservice macht. Kam mir verdächtig vor. Scheint aber hier normal zu sein, dass jeder in anderen Bereichen einspringt.« Das hatte ich von einem Mitarbeiter erfahren, der mir auf dem Weg in den Fitnessraum begegnet war.

»So hat es Luca auch erwähnt.« Er legte die Stirn in Falten, als würde er überlegen, was er mit mir anstellen sollte. Dann räusperte er sich. »Du hast in den letzten Monaten gute Arbeit geleistet. Bist etwas wortkarg und verschlossen. Doch das ist uns sympathischer als eine Quasselstrippe.«

Da ich nicht wusste, worauf er hinauswollte, blieb ich stumm.

»Wir haben entschieden, dass du ab sofort klare Aufträge bekommst. Oder besser gesagt, einen Auftrag.«

Ich hielt die Luft an, malte mir bereits aus, dass ich jemanden töten musste. Ein Gedanke blitzte auf. Claudio? Das durfte nicht sein. Er war nicht verdächtig. Hatte ich ihn verdächtig werden lassen?

»Du scheinst geschockt zu sein.« Felippe lehnte sich nach vorn und fixierte mich aus zu Schlitzen geformten Augen.

»Was? Nein, ich bin froh, wenn ich etwas zu tun bekomme, was über das Beobachten und Hinterhertrotten hinausgeht. Nichts gegen diese Tätigkeit, aber meine Ausbildung geht darüber hinaus.«

»Dann Klartext: Dante wird in nächster Zeit ein neues Geschäft aufziehen. Details musst du nicht wissen. Du wirst nach wie vor als Bodyguard fungieren. Ich übernehme jedoch den Schutz von Dante, du bist Beobachter.«

»Das ist das Gleiche, was ich bis jetzt getan habe.« Ein enttäuschtes Grummeln machte sich in mir breit.

Er stand auf, ging zum Fenster und schaute auf die Straße hinunter. »Nicht ganz. Du beobachtest, ob uns jemand überwacht.«

»Okay. Habt ihr konkrete Hinweise?«

»Vor ein paar Monaten gab es einige Vorfälle, daher müssen wir vorsichtig sein.« Er drehte sich zu mir um. »Die Polizei könnte ermitteln, uns auf dem Radar haben.«

Jetzt kamen wir der Sache endlich näher. Das Grummeln wurde zu einem freudigen Flattern. »Woraus schließt ihr das und welche Vorfälle meinst du?«

»Details haben dich nicht zu interessieren. Ist nicht dein Job. Achte auf verdächtige Personen. Leute, die mehr als einmal in unserer Nähe sind. Du bist Profi, solltest also wissen, worauf du achten musst.«

»Klar.« Ich schaute ihm in die Augen und sah Unsicherheit. Sie waren immer noch nicht überzeugt, ob sie mir vertrauen konnten. Und wenn sie wüssten, dass ich die verdächtige Person war … Tja, daran durfte ich nicht ansatzweise denken. Daher war das hier meine Chance. Einige Infos hatte ich bekommen und die Vorfälle hatten sicher mit der Verhaftung der Anwälte Hartmeier und Huber zu tun. Ihren Delikten wie Geldwäsche, Steuerhinterziehung und weitere zwielichtige Machenschaften. Somit war der Verdacht, Dante hätte etwas mit deren Straftaten zu tun, ein Volltreffer.

Um ihm keinen Grund zur Sorge zu geben, fuhr ich fort: »Und ja, ich wurde in der Ausbildung auf das Beobachten geschult und weiß, dass man auf jede Kleinigkeit achten muss. Mein Arbeitgeber ist sehr bedacht darauf, dass seine Leute wissen, was sie tun. Ist die Polizei das einzige Sorgenkind, oder geht ihr auch von anderen Bedrohungen aus?«

»Die Bullen stehen im Vordergrund. Aber wie gesagt, du musst allgemein auf verdächtige Personen achten.«

»Wird gemacht.« Ich stand auf. Das Atmen fiel mir einfacher und ich fühlte mich, als hätte ich meinen Kopf im letzten Moment aus der Schlinge gezogen.

»Irre ich mich oder freust du dich auf deinen neuen Job?«

»Hab ja gesagt, dass ich meiner Ausbildung entsprechend klare Aufträge liebe. Sonst wäre ich nicht in diesem Job tätig.«

Felippe nickte und verließ das Zimmer. Ich zog derweil das Smartphone aus der Tasche, verschwand im Bad und rief meinen Chef an.

Kapitel 17

Claudio

Sonntag war unter normalen Umständen einer meiner Lieblingstage. Die Gäste waren entspannt, genossen das Wochenende und beim Abreisen erhielten wir großzügige Trinkgelder. Seit ein paar Tagen waren die Umstände alles andere als normal. Mein Körper reagierte ausgesprochen übertrieben auf die aktuelle Situation. Wenn ich keine Albträume hatte, dann träumte ich von Leo in allen erdenklichen erotischen Formen. Oft erwachte ich mit einer Latte und hatte immer noch das Gefühl, Leo bliese mich ins Nirwana. Tja, Überraschung, ich lag allein im Bett. Und war ich nicht mit Arbeit zugedeckt oder musste Gäste bedienen, wanderten meine Gedanken zu besagtem Herrn mit den göttlichen Lippen. Jedenfalls bestätigten meine Träume und Erinnerungen diese Tatsache. Ich seufzte und schaute vom Schreibtisch auf, direkt in das Gesicht von Seb, der heute mit mir Schicht hatte.

»Geht es dir gut?«

»Hm? Ja, ja.«

»Bist du sicher? Du starrst seit Minuten Löcher weiß Gott wohin.«

»Ich habe grottenschlecht geschlafen. Das kann nur ein Kaffee wieder zurechtrücken.«

»Ich hol dir einen.« Weg war er.

Ich hatte den Verdacht, dass Seb auf mich stand. Er hatte noch nie versucht, mir nahezukommen. Zum Glück. Seb war ein netter Kerl, aber nichts für mich. Und ich hasste es, jemanden abzuweisen. Doch seine Gesten, wie Kaffee holen oder mir sonst zu helfen, sprachen Bände. Und er schaute mich zu oft von der Seite her an, wenn er annahm, ich bemerkte es nicht. Vor mich hin grübelnd, ob ich ihn anlügen und sagen sollte, dass ich vergeben war, erschien plötzlich eine Tasse in meinem Sichtfeld.

»Hier.« Ich nahm sie entgegen.

»Vielen Dank. Nächstes Mal bin ich dran mit Holen.«

»Nicht doch. Mach ich gern. Und wenn du jemanden zum Reden brauchst oder so … äh, ja, kannst du dich an mich wenden. Also mit mir sprechen. Darüber sprechen. Ich gehe an die Arbeit.« Hochrot im Gesicht zog er von dannen.

Er tat mir fast ein wenig leid. Ich schüttelte den Kopf, denn ich saß im selben Glashaus mit meinen Gedanken und Träumen an und über Leo. Die aussichtslosen Schwärmereien, die ins Nichts führten. War ich besser als Seb, weil mir bewusst war, dass meine Illusionen genau das waren? Nichts weiter als eine Schwärmerei? Seb wusste nicht, auf was und wen ich stand. Da war ich bei Leo im Vorteil. Ich lachte auf über meine Schönrederei und erntete einen irritierten Blick meines Arbeitskollegen. Mit der Hand winkte ich diesen Ausbruch ab. Vielleicht hörte seine Schwärmerei auf, wenn er mich als verrückt abstempelte. Ich war erbärmlich, wenn es um Gefühle ging. Genau deswegen, weil ich wusste, wer Leo war, was er mochte und tat, ich mich aber dennoch in eine verzweifelte Hoffnung verbiss, wie ein Hund in seinen Knochen.

Bei der mir mehr als bekannten Stimme schaute ich ruckartig auf. Mein Unterbewusstsein reagierte automatisch auf jedes Detail, das mit Leo zu tun hatte. Wie um alles in der Welt sollte ich von ihm loskommen? Mein Verhalten war bedenklicher als das eines Süchtigen.

Die Truppe um diesen Herrn Dante trat von draußen in die Lobby und begab sich zu den Fahrstühlen. Ausgenommen Leo. Er nickte einem der Morettis zu und trat wieder aus der Lobby hinaus auf den Vorplatz. Ich atmete durch und zwang mich, meine Konzentration zurückzuerobern.

Das ging erstaunlich gut, bis ich Seb Leos Namen sagen hörte.

»Guten Tag, Herr Giovetti. Wie kann ich Ihnen behilflich sein?«

»Guten Tag. Ja, äh, ich müsste kurz mit Herrn Tesso sprechen. Bitte.«

Möglichst unauffällig schluckte ich den Kloß im Hals hinunter und stand langsam auf. Sebs fragender Blick durchbohrte mich. Ich ignorierte ihn und wandte mich an Leo. »Herr Giovetti, wie kann ich Ihnen behilflich sein?«

»Ich habe eine Frage zu einem der Geräte im Fitnessraum.«

»Und dazu brauchen Sie mich?«

Leo schaute mich eindringlich an. Er wollte mit mir sprechen, eindeutig. Aber wollte ich das?

»Ja.« Er unterstrich das Wort mit einem Nicken. »Ich bin mir sicher, dass Sie mir diesbezüglich weiterhelfen können.«

Ich schluckte, ließ mir einige Sekunden Zeit und drehte mich dann zu Seb um. »Bin gleich zurück.«

»Okay.«

»Bitte folgen Sie mir«, sagte ich und kam hinter der Theke hervor. »Wir nehmen die Treppe.« Auf keinen Fall wollte ich mit ihm im engen Fahrstuhl allein sein. Leo grinste mich an. Dieser elende Schuft wusste genau, warum ich das vorgeschlagen hatte.

»Sorry«, murmelte er und schaute mich mit seinen durchdringenden, braunen Augen entschuldigend an.

Hatte ich schon erwähnt, dass er es hätte sein können? Derjenige welcher? Ich war froh, dass wir bereits im ersten Obergeschoss angekommen waren, und marschierte zügig den Korridor entlang zum Fitnessraum.

»Gibt es hier einen Raum, in dem wir ungestört sprechen können?«

»Ja.« Sprechen wollte ich auch mit ihm. Über das Gehörte in der Lobby gestern. Aber eigentlich hätte ich zuerst den Rat von Seline gebraucht. Da wir nun schon einmal hier waren, dirigierte ich Leo in den

Raum, in dem ich mich vor ein paar Tagen vor ihm versteckt hatte.

Erst als er die Tür hinter sich schloss, merkte ich, welchen fatalen Fehler ich beging. Der Raum war klein und bot nicht viel Spielraum, sich aus dem Weg zu gehen. Mir wurde heiß und mein Atem beschleunigte sich. Dass Leo wunderbar männlich, mit einer leicht schweißigen Note und nach einem dezenten Parfüm roch, brachte mich aus dem Konzept und um den Verstand.

Kapitel 18

Leo

Dieser Tag war ein einziger Witz gewesen. Ich hatte stundenlang meine Umgebung nach … mir abgescannt. Oder wie sollte ich das umschreiben, wenn ich nach jemandem Ausschau hielt, der für seinen Auftraggeber eine Bedrohung darstellte und ich selbst derjenige war? Eben.

Dante hatte sich einige leere Verkaufsräumlichkeiten angeschaut. Nur den Grund kannte ich nicht. Dank meines Alibi-Beobachtungs-Jobs stand ich immer abseits und hatte nicht den Hauch einer Chance, etwas von den Gesprächen mitzubekommen. Schon allein die Tatsache, dass Dante diese Lokale an einem Sonntag besichtigte, war suspekt. Zudem waren sie an äußerst attraktiven und teuren Lagen zu finden wie in Fußgängerzonen oder an Bahnhöfen rund um Zürich. Was wollte Dante damit? Und wie kam er so schnell an diese Besichtigungstermine? War das bereits vorher geplant gewesen? Musste so sein.

Als wir zurückgekommen waren, hatte mich Felippe dazu verdonnert, vor dem Hotel noch einige Zeit Wache zu schieben, um zu sehen, ob uns jemand gefolgt war. Ha! Ich war ihnen gefolgt. Was für ein Witz! Aber ja, das war mein Job. Wieso ich diesen inzwischen so ins Lächerliche zog, war mir nicht klar. Aber normalerweise musste ich die Beine nicht stillhalten und durfte mehr recherchieren und auf eigene Faust ermitteln. Vor einiger Zeit hatte es auch Claudio nicht in meinem Leben gegeben, aber mit ebendiesem stand ich in einer verdammten Besenkammer!

War das sein Atem, der stoßweise zu hören war? Oder meiner? Mir entglitt ein Knurren. Ich packte ihn an seiner schicken Uniformjacke und zog ihn an mich. Er prallte an meine Brust, keuchte auf und schaute zu mir auf. Verlangen loderte in seinem Blick und seine Zunge fuhr über seine Oberlippe. Mein Schwanz drückte gegen den Jeansstoff und verlangte nach Aufmerksamkeit. Die Sekunden vergingen und einmal mehr wartete ich auf die Anweisung von Claudio. Sehnte mich danach, die Kontrolle abzugeben, mich fallen zu lassen.

Seine Lippen prallten auf meine, und ich hob ab. Flog geistig an einen Ort, den ich immer mit Claudio teilen wollte. Er und ich – wir zwei gegen die ganze verdammte Welt. Seine Küsse waren weich und fordernd zugleich. Er schmeckte himmlisch nach Kaffee. Mein kleiner Kaffeejunkie. Sanft stupste er mich mit seiner Zunge an und ich ließ ihn ohne Gegenwehr ein, damit er mit mir spielen konnte. Und wie er das tat. Unsere Zungen duellierten sich und ich rupfte fahrig an seiner Jacke. Ohne Gegenwehr ließ er sich das Sakko ausziehen. Dann knöpfte er sein Hemd auf. Wären wir hier nicht im Hotel in einer Besenkammer und sein Kleidungsstück Bestandteil der Uniform, dann hätte ich daran gerissen ohne Rücksicht auf Verluste. Ehrfürchtig fuhr ich mit meinen Händen über die glatte Haut seines Oberkörpers. Claudio schloss die Augen und gab sich den Berührungen hin. Er stöhnte leise, als ich über seine Brustwarzen fuhr und beide gleichzeitig zwischen den Fingern zwirbelte. Aufstöhnend legte er seinen Kopf in den Nacken. Ich nutzte die Gelegenheit, an seinem Hals zu knabbern und mir mit den Lippen einen Weg hinter sein Ohr zu bahnen. Mit einer Hand öffnete ich den Gürtel.

»Stopp!«

Ich hielt inne und Enttäuschung wuchs um meine Eingeweide wie Wurzeln in der Erde.

Claudio musterte mich von oben bis unten. Ich rechnete damit, dass er mir zunicken, sich umdrehen und aus dem Raum verschwinden würde – und hielt den Atem an.

»Zieh deine Jacke aus!«, zischte er im Befehlston und die Enttäuschung wandelte sich in pure Erregung um. Geräuschvoll atmete ich aus und rupfte an meiner Jacke.

»Jetzt die Weste und das Shirt.«

Auch das tat ich wie geheißen. Claudios Blick spürte ich auf mir wie ein Brennen und ein Schaudern durchfuhr mich. Ich wartete auf weitere Anweisungen. Als ich seine Hände auf meiner Brust spürte, hätte ich heulen können. Diese Berührungen hatte ich vermisst. Wie sehr, wurde mir erst jetzt bewusst. Ich wollte sie niemals mehr missen und doch klopfte mein Unterbewusstsein an, um mich zu warnen. Davor, Claudio in Gefahr zu bringen. Ich hielt dagegen: *Nur noch einmal, lass mich diesen Augenblick genießen.*

Claudios Worte holten mich aus meinem Zwiegespräch: »Nun darfst du meinen Gürtel und meine Hosen öffnen.« Nochmals strich er über meine Brustwarzen und ich zischte, folgte dann seinen Worten und ließ mich auf die Knie fallen.

»Langsam.«

Bedächtig öffnete ich den Gurt, den Knopf und dann den Reißverschluss. Es kostete mich jegliche Selbstdisziplin, nicht an seiner Hose zu rupfen und dem Ganzen etwas Geschwindigkeit zu geben. Das war Claudio bewusst und er nutzte dieses Wissen, um uns beide in den Wahnsinn zu treiben. Endlich konnte ich seine Stoffhosen nach unten schieben. Sein erigierter Penis füllte seine Boxershorts und mir lief das Wasser im Mund zusammen. Automatisch fuhr ich mit der Zunge über meine Lippen.

»Streicheln.«

Und wie ich das gern tat. Sanft strich ich über die Beule und störte mich am Stoff. Den Kopf neigte ich nach vorn, um den moschusartigen Duft, vermischt mit Erregung, tief einzuatmen. Lusttropfen zeichneten sich auf der Shorts ab. Mein eigener Schwanz zuckte in der Hose und schrie nach Freiheit. Ich selbst war zufrieden, Claudio zu beglücken, und wartete auf weitere Befehle.

»Jetzt darfst du.«

Ich wusste, was er meinte, zog die Shorts ein Stück hinunter und labte mich an seinem besten Stück, das mir entgegensprang. Keine Sekunde später nahm ich ihn in den Mund und erkundete die Spitze gleichzeitig mit der Zunge. Claudios Stöhnen war Musik in meinen Ohren. Ich liebte den Klang seiner Stimme in allen Variationen. Angespornt durch seine sichtbare Erregung, würde ich ihm den hoffentlich erinnerungsträchtigsten Blowjob geben, den er jemals hatte. Ja, ich wollte eine bleibende Erinnerung hinterlassen. Wenn ich ihn schon nicht haben konnte, dann wollte ich ihm und mir diesen Moment als Geschenk mitgeben.

Tief nahm ich ihn in meinen Mund, und das kleine Stück, das ich nicht schaffte, verwöhnte ich mit der Hand. Mit der anderen Hand rieb ich mir über die Ausbuchtung meiner Jeans. Angetörnt durch Claudios Geräusche, seinen Duft und seinem Penis in meinem Mund wurde ich schneller und meine Zunge flinker. Sein Atem wurde unkoordinierter, und als ich einen kurzen Blick nach oben wagte, sah ich, dass er sich mit beiden Armen am Regal hinter mir abstützte. Den Kopf hatte er nach vorn geneigt. Er beobachtete mich. Den Blick auf mich gerichtet ging sein Stöhnen in ein Wimmern über, bevor er sich stöhnend in meinem Mund ergoss. Ich hatte nie etwas Schöneres gesehen und das gab mir den Rest.

Kapitel 19

Claudio

Das war ... scheißegut. Mein Gehirn hatte kurzzeitig einen Aussetzer. Es dauerte einige Minuten, bis ich wieder zu mir kam. Inzwischen hielt Leo mich in seinen Armen. Boxershorts und Hosen trug ich vorbildlich. Wann hatte er sie hochgezogen? *Ich will das, brauche ihn.* Dieser Gedanke schockte mich und ich stieß Leo weg, was mir im gleichen Moment leidtat. »Entschuldige.« Ich rieb mir über den Hinterkopf. »Soll ich ... darf ich?« Mit dem Finger deutete ich auf seine Körpermitte.

Er grinste mich verschmitzt an. »Nicht nötig, ich kam mit etwas Reibung in meiner Hose wie ein Teenager.«

Mein Blick rutschte nach unten und dann wieder in sein Gesicht. »Okay.« Der Orgasmus hatte mir eindeutig meine Sprachfähigkeit genommen. Ich schloss die Augen und sammelte mich.

»Ich sollte gehen«, sagte Leo und öffnete die Tür.

Ich legte meine Hand auf seine und stoppte ihn. Warf kurz einen Kontrollblick in den Korridor vor der Kammer und schloss die Tür wieder. »Ich habe gestern etwas aufgeschnappt und wollte dir das mitteilen.«

Er kniff die Augen zusammen und runzelte die Stirn.

»Na ja. Ich habe mitbekommen, dass dein Boss und dieser Schmitt eine Sitzecke in der Lobby reserviert hatten.« Mit ein paar Worten erklärte ich, wie ich zu gewissen Infos gekommen war. Leos Gesichtsausdruck verdüsterte sich zunehmend, was mich gleichermaßen ängstigte und anmachte.

»Und was hast du gehört?«, knurrte er sichtbar angefressen. Mir war nicht klar, was falsch an meinem Unterfangen war.

»*Fußpflege-Studios* und *neue Leute* war das Einzige, was irgendwie relevant war. Alles andere waren nichtssagende Worte und Phrasen. Ich hätte gern —«

»Claudio«, zischte er, hielt inne, als wüsste er nicht, was er sagen wollte.

Auch in diesem düsteren Raum konnte ich seine leicht rötliche Gesichtsfarbe sehen. Er war sauer, nur konnte ich mir immer noch keinen Reim daraus machen, warum.

Er verschränkte seine Hände im Nacken und schloss die Augen. Als er die Arme fallen ließ und die Lider öffnete, sah ich neben Wut abwechselnd auch Unsicherheit, Angst und Entschlossenheit. »Ich bin wütend.«

»Das sehe ich, nur weiß ich nicht, warum.«

»Du weißt nicht, warum? Gott, Claudio. Du mischst dich in Ermittlungen ein, bringst dich in Gefahr und das hier …« Er wedelte mit der Hand zwischen uns hin und her, »darf nicht wieder passieren.« Sein Ton hatte beim letzten Satzteil eine Schärfe angenommen, die so anders war, als wenn wir zusammen intim wurden. Ich schätzte, dass das seine Polizisten-Stimme war. Seine gesamte Haltung strotzte inzwischen vor Selbstsicherheit und er stand wie der Oberboss vor mir. »Du wirst dich beurlauben lassen. Ferien machen oder so was.«

»Spinnst du? Ich kann nicht von heute auf morgen frei machen.«

»Dann melde dich krank.«

»Hallo? Das ist mein Job, den ich behalten will und übrigens gern mache.«

Sekundenlang starrte er mich an. »Na schön. Dann machen wir Folgendes. Du hältst dich von mir fern —«

»Entschuldige, wer hat vorhin nach mir gefragt?« Nun war ich wütend, sehr sogar.

»Wir halten uns voneinander fern«, fuhr er fort. »Wir schauen uns nicht an, ich frage nicht mehr nach dir und du bringst mir kein Alibi-Toilettenpapier oder sonst was. Ist das klar?«

»Klar, Chef.«

»Ich bin nicht dein Boss.«

»Du klingst aber so.«

»Das hier ist mein Job und ich war einmal sehr gut darin bis …« Er stoppte abrupt, doch ich konnte mir denken, was er damit meinte. Bis diese Sache im Tessin mit meinem Bruder passiert war.

Gab er mir die Schuld an was auch immer? Seiner Schussverletzung, seine Versetzung in die Deutschschweiz? »Habs verstanden. Ich bin das Übel. Danke, dass du mich darüber aufgeklärt hast.«

Dieses Mal öffnete ich die Tür, ohne zu kontrollieren, ob jemand im Korridor stand, und stapfte wütend aus dem Lagerraum. In mir brodelte es. Doch ich war froh, dass die Wut Oberhand hatte, sonst wäre ich zusammengebrochen über die Enttäuschung, dass es nie eine Zukunft mit Leo geben würde. Da konnte ich ihn noch so sehr brauchen oder wollen. Ich schluchzte auf und hielt mir die Hand vor den Mund. Nur weg hier. Ich nahm den gleichen Weg über die Treppe ins Erdgeschoss, bog da direkt in die Mitarbeiterräume ab. Es war eine Frage der Zeit, bis Sebastian einen Suchtrupp losschicken würde. Das Zeitgefühl hatte ich gänzlich verloren, aber auf diese paar Minuten kam es nicht mehr an. Sebs Fragen musste ich mich so oder so stellen.

Im Toilettenbereich stellte ich mich vor den Spiegel und sprang erschrocken zurück. Schnell zuckte mein Kopf nach links und rechts. Verdammt! Ich war oben ohne durch das Hotel gelaufen! Natürlich. Hemd und Jacke lagen in der Abstellkammer im Fitnessraum. Hastig steuerte ich meinen Spint an und holte die Ersatzkleider heraus. Nicht auszumalen, wäre ich Michael oder einem Gast begegnet. Mein Gesicht erhitzte sich bis in die Haarspitzen und ich schwitzte. Daher nahm ich einen Waschlappen und wusch mir rudimentär den Oberkörper.

Die Tür ging auf, und Seb stand im Rahmen. »Hier bist du.«

»Äh, ja.«

Sein Blick fuhr meinem Oberkörper entlang, bis er merkte, was er tat und sich räusperte. »Was machst du da?«

»Hab dem Gast die Wassertrinksäule im Fitnessraum gezeigt und es geschafft, mich vollzuspritzen.«

Seb musterte mich weiter, mit mehr Interesse als mir lieb war, schluckte hart, nickte, drehte sich um und ging zurück zur Rezeption.

Ich setzte mich auf den nächstbesten Stuhl, stützte die Ellenbogen auf die Oberschenkel und ließ den Kopf in die Hände sinken. Mein ganzer Körper zitterte. Wenn Seb sich irgendwelche Überlegungen über mein wirres Verhalten machte, dann würden Leos Boss und sein Gefolge das ebenso tun. Hieß das, dass Leo mich doch aus gutem Grund aus der Schusslinie haben wollte? Es dämmerte mir, was für ein naives und doofes Unterfangen meine Amateur-Spionage-Aktion gewesen war.

Ich setzte mich aufrecht hin, um mehr Luft zu bekommen. Das Atmen fiel mir schwer. Nicht auszumalen, wenn diese dubiosen Gestalten mitbekommen würden, was ich gehört hatte. Das Zittern ging in ein Frösteln über und eine fürchterliche Kälte überfiel mich.

Kapitel 20

Leo

Ich schrak auf und sah verwirrt im Raum umher. Hotelzimmer, Dante, Job … Claudio. Mein Mantra, die aktuelle Situation herunterzuleiern, schlug fehl. Claudios Gesicht tauchte vor meinem inneren Auge auf - immerhin unverletzt und lächelnd mit seinen feinen Gesichtszügen. Im Traum war er mir bleich und mit aufgerissenen Augen erschienen. Und mausetot.

Froh darüber, dass es nur ein Albtraum war – ein weiterer, aber dennoch nur ein Traum – stand ich auf und ging ins Badezimmer. Meine Haut war klebrig, und der Schweiß darauf ließ mich frösteln. Daher entledigte ich mich der Boxershorts und stellte mich unter die Dusche. Inzwischen wusste ich, wie die Mischbatterie funktionierte, ohne mich Gletscherwasser oder Lavahitze auszusetzen. Minutenlang stand ich unter dem warmen Wasserstrahl, um meine Muskeln zu lockern und die innere Kälte zu vertreiben.

Meine Gedanken glitten zu Claudio und unserem befriedigenden Intermezzo zurück. Ein Lacher entwich mir, als ich daran dachte, dass Claudio tatsächlich oben ohne durch das Hotel spaziert war. Rückblickend war diese Tatsache sowohl amüsant als auch tragisch, weil es ihm hätte schaden können. Da ich uns selbst quasi ein Kontaktverbot auferlegt hatte, hatte ich darauf verzichtet, ihm die Kleider zu bringen und sie stattdessen fein säuberlich auf die Frotteewäsche im Regal gelegt.

Ich schloss die Augen. Intermezzo hin oder her, er musste mich für das Allerletzte halten. Berechtigterweise. Indirekt hatte ich ihm die Schuld an meiner Misere gegeben. Verabscheuungswürdig kam zum Versagertyp dazu. Er war der Letzte, der irgendetwas für meinen Zustand konnte. Ich allein war für das verschissene Verhalten verantwortlich. Mir war nicht zu helfen.

Bevor ich den gesamten Warmwassertank leerte, stellte ich die Dusche aus, nahm das Handtuch von der Stange und trocknete mich ab.

Ein Blick auf mein Bett und ich wählte auf dem Hoteltelefon den Housekeeping-Service, um mir die Bettwäsche wechseln zu lassen. Sie würden heute den ganzen Tag Zeit haben, denn es war mein erster freier Tag seit Langem. Absurd, wenn man bedachte, dass ich den Tag mit meinem Chef Georg verbringen würde, um uns auszutauschen und das weitere Vorgehen zu diskutieren. Somit kein dolce far niente. Doch heute war ich froh, ihn zu sehen und die Infos von Claudio mit ihm persönlich zu besprechen. Bis dahin war noch Zeit und ich drückte nochmals eine Taste auf dem Telefon, um mir das Frühstück ins Zimmer zu bestellen. Das Risiko, Claudio auf dem Weg ins Restaurant zu begegnen, war mir zu groß. Da war nicht nur die Angst, ihn in Gefahr zu bringen. Es war reiner Selbstschutz, um nicht rückfällig zu werden. Je weniger ich ihn sah, umso weniger wanderten meine Gedanken zu ihm. Mir etwas vormachen konnte ich ausgezeichnet. Ich schnaubte und räumte ein paar Sachen auf, damit ich am kleinen Tisch beim Fenster Platz für das Frühstück hatte.

Meine Gedanken gingen zurück zu gestern Abend. Felippe hatte mich nochmals in meinem Zimmer aufgesucht, um mich zu informieren, dass ich heute frei hatte. Es kam unerwartet, aber ich nutzte diese Gelegenheit für das Treffen mit Georg. Felippe hatte ich erzählt, dass ich in meine Wohnung müsste, um die Post durchzusehen, und auch, dass mein Chef von der Security-Firma mich sehen wollte. Was nicht ganz gelogen war, denn Georg war der Boss und bei einer Sicherheitsfirma genannt Polizei. Über diese Wortklauberei lachte ich auf. In diesem Moment klopfte es an der Tür und fast erwartete ich Felippe oder Luca, die das Talent hatten, immer im falschen Moment aufzutauchen und mein fragwürdiges Verhalten mitzubekommen.

Dieses Mal war es das Frühstück, das gebracht wurde. Nachdem die Dame das Serviertablett auf den Tisch gestellt hatte, bedankte ich mich, gab ihr ein großzügiges Trinkgeld und schloss die Tür hinter ihr.

Kapitel 21

Claudio

Der gestrige Tag saß mir in den Knochen. Meine Gefühle für Leo hatten im Sekundentakt von wütend zu nachvollziehbar und von enttäuscht zu hoffnungsvoll gewechselt. Das Ganze dann zurück und wieder von vorn. Ich fühlte mich, als hätte ich den Zürcher Marathon bestritten.

An den Rand des Bürostuhls gerutscht, legte ich die Unterarme auf den Tisch und starrte auf das Buchungsprogramm auf dem Bildschirm, ohne etwas davon wahrzunehmen. Alles an mir war bleischwer. Mein Kopf pochte, und ich hoffte auf die Wirkung der Schmerztablette, die ich vor fünfzehn Minuten eingeworfen hatte. Ich freute mich auf ein paar freie Tage in Freiburg im Breisgau. Zwei Nächte hatte ich in einem nicht ganz günstigen Hotel gebucht. Nun kam mir dieser Entscheid, den ich vor Wochen getroffen hatte, wie eine göttliche Vorahnung vor.

Die Tage, bevor Leo aufgekreuzt war, hatte ich schon ein undefinierbares Flirren in mir gespürt. Als hätte mein Bauchgefühl mich gewarnt. Da war mir jedoch nicht bewusst gewesen, auf was. Nun wusste ich es und es machte mich nicht weiser. Im Gegenteil, mein Körper, meine Gedanken und mein Verlangen spielten verrückt. Alles zog mich zu Leo. Leo, der Abstand zu mir hielt. Und danach? Hatten wir eine gemeinsame Zukunft? Wollte er das? War das mit seinem Job vereinbar? Wohl eher nicht. Er wäre ständig woanders, als andere Person unter anderem Namen in anderen Wohnungen. Sogar das würde ich eingehen, wenn ich nur ein Stück von ihm dauerhaft bekommen könnte. War mir noch zu helfen? Ich denke nicht.

»Wovon träumst du?«

Vor Schreck fiel mir der Kugelschreiber aus der Hand und auf den Boden.

»Hey, ganz ruhig, Kleiner«, beruhigte mich Seline mit einer Hand auf meinem Arm.

Ich bückte mich, um den Kuli aufzuheben, und weil ich keine Worte für mein Verhalten hatte.

»Du bist durcheinander.«

»Das ist die Untertreibung des Jahrtausends. *Am Arsch* trifft es wohl besser.«

»Dann ist es ja gut, dass wir uns heute Abend im Sixties treffen. Oder?«

»Unbedingt. Aber ich will dich nicht mit meinem Kram belästigen.«

»Für das sind Freunde da. Mit einem Blick von außen und guten Ratschlägen. Bis später also.« Sie tätschelte nochmals meinen Arm und lief ins Fleur.

»Hallo Seline.«

»Hi. Gleicher Ort, anderer Tag.« Seline grinste, ließ sich neben mich auf die Bank fallen und schmiss die bettdeckengroße Handtasche in die Ecke. Täglich grüßte das Murmeltier. »Oh, du hast mir schon einen Cocktail organisiert. Danke.« Sie schlürfte und meinte: »Ein Arranco. Mit dem Kirschlikör haben sie es etwas übertrieben.« Seline erriet gern die Cocktailnamen und daher war das so was wie ein Spiel für uns. Ich suchte den Drink aus und sie löste das Rätsel, was inzwischen keines mehr war, denn sie kannte sich wie keine Zweite damit aus. »So, mein Lieblings-Arbeitskollege, beichte mir deine Sünden.«

Prompt verschluckte ich mich an meinem Drink. Seline klopfte mir auf den Rücken und half mir durch den Hustenanfall.

»Das müssen dunkelschwarze Sünden sein«, warf sie trocken ein.

»Eher dunkelschwarze Gefühle. Aussichtslos und naiv.«

»Fang von vorn an, mein Lieber.«

»Dass Leo im Hotel ist, hast du ja selbst herausgefunden. Ich habe mit ihm gesprochen und …« Ich fühlte die Hitze, die meinen Hals hinauf zu den Wangen kroch.

»Oh, ihr habt miteinander, gegenseitig und so.«

»Sei leise!«

Sie gluckste.

»Ja, haben wir. Und nun will er Abstand.« Ich wiederholte seine Aussage, dass ich schuld an seinem Schlamassel sei. Okay, ganz so sagte ich es nicht, denn ich benutzte seine Worte, die ich leider in- und auswendig kannte.

»Er hat Angst um dich. Hat er einen Grund dazu?«

»Äh, na ja.« Kleinlaut erzählte ich ihr von meinem Amateur-Spionage-Einsatz in der Lobby und sie brach in gackerndes Gelächter aus.

»Ja, ja, amüsiere dich ruhig auf meine Kosten. Ich wollte nur helfen«, grummelte ich.

»Und beweisen, dass du was bist? Ein Agent? Wobei ich dich für deine Idee und deinen Mut bewundere. Leo muss dir am Herzen liegen und du ihm.«

»Schön wäre es. Doch es hat keine Zukunft.«

»Habt ihr darüber gesprochen?«

»Nein, er will Abstand zu mir.«

»Und du bist beleidigt.«

»Kannst du es mir verdenken?«

»Das nicht, aber gib doch nicht auf und …« Sie schaute über meine Schulter zum Eingang. Ich tat es ihr gleich, keuchte und drehte ihm wieder den Rücken zu. »Wenn man vom Teufel spricht. Leo. Er blickt in unsere Richtung.« Seline nickte ihm zu.

»Gehts noch?«

»Er ist mit den anderen Gästen aus dem Hotel hier und sie alle waren bereits im Fleur. Da muss ich freundlich sein.« Sie schaute mich scheinheilig an und klimperte mit den Wimpern.

Dazu fehlten mir eindeutig die Worte, daher nahm ich einen großen Schluck meines Cocktails und hoffte auf die Wirkung des Alkohols.

»Was willst du nun tun?«

»Ich? Gar nichts.«

»Claudio, so kenne ich dich gar nicht. Gegen wie viele Bewerber hast du dich durchgesetzt, um die Stelle im Marinella zu bekommen? Mit Beharrlichkeit und Durchsetzungsvermögen. Und nun willst du einfach nichts tun?« Sie schüttelte den Kopf. »Nee, mein Lieber, das funktioniert nicht.«

»Leo ist undercover im Einsatz und das darf niemand wissen.« Eindringlich schaute ich sie an.

»Das weiß ich und werde nichts verraten. Ehrenwort. Wie oft muss ich dir das noch bestätigen?« Mit der Hand schloss sie demonstrativ den imaginären Reißverschluss an ihrem Mund.

»Deshalb werde ich die Füße stillhalten.«

»Und nachher?«

»Muss ich noch überlegen. Lass mich meine freien Tage in Freiburg genießen. Vielleicht sieht die Welt bis dahin positiver aus und ich habe Lösungen.« Wenn nur meine Gefühle den Worten entsprechen und den Druck von meiner Brust nehmen würden.

Kapitel 22

Leo

Ich klopfte an die Zimmertür. Mein Chef und ich hatten ein anderes Hotel auf dem Weg Richtung meines aktuellen Wohnortes als Treffpunkt für unsere Besprechung ausgemacht. Falls mich jemand beobachten und darauf ansprechen würde, könnte ich behaupten, ich hätte ein Rendezvous. Männer hatten bekanntlich Bedürfnisse. Claudio flackerte vor meinen Augen auf, wie er gestern mit einer Mitarbeiterin aus dem Hotelrestaurant in dieser Bar saß und sich seine Lippen um den Strohhalm schlossen …
Die Tür wurde geöffnet und ich war dankbar, dass meine sündigen Gedanken unterbrochen wurden.

»Georg.« Ich nickte, als er mich ins Zimmer ließ.

»Setz dich, Leo.«

Mein Blick fiel auf das Bett, das ordentlich gemacht war. Dahinter an der Wand hing ein Bild mit einem scheußlichen Geklecker darauf. Schnell wendete ich mich davon ab und steuerte den runden Tisch neben dem Fenster an. Darauf standen bereits eine Wasserflasche, zwei Gläser und Georgs Laptop. Ich setzte mich auf einen der beiden Stühle und legte mein Smartphone auf den Tisch. »Ich fungiere jetzt als Beobachter.«

»Beobachter?« Er zog die Stirn kraus und nahm mir gegenüber Platz.

»Ob Dante von der Polizei überwacht wird.«

Georg lachte. »Na ja, so abwegig ist das nicht.«

»Ja, wahnsinnig spannender Job«, sagte ich, schnaubte und krebste sogleich zurück. »Entschuldige, aber die Füße stillhalten liegt mir nicht.«

»Ich weiß. Doch es gibt mehrerer Gründe, wieso du hier eingesetzt wirst.«

»Wegen dem Vorfall im Tessin.«

»Nicht nur, nein. Wir möchten, dass du es langsam angehst. Auch wenn es dir gut geht und der Psychiater das Okay gegeben hat, solltest du nicht sofort einen harten Einsatz ausüben müssen.«

Ich nickte. Das war mir bewusst.

»Zudem sind momentan auch einige andere Undercover-Polizisten mit demselben Job wie deiner beschäftigt. Ihr könntet eine Selbsthilfegruppe gründen.« Er grinste und ich schätzte ihn einmal mehr als meinen Chef. Trotz der Ernsthaftigkeit unseres Jobs gelang es ihm immer, das Ganze aufzulockern. »Von der Kunden-Liste der Anwaltskanzlei Hartmeier und Huber gibt es mehrere Verdächtige, die wir überwachen. Bei allen kommen tröpfchenweise Infos rein und wir hoffen, dass diese irgendwann ein Gesamtbild ergeben. Daher zu dir. Hast du was?«

»Ja. Dante hat am Sonntag Ladenlokale besichtigt. Ich schick dir die Infos, Moment.« Ich griff zum Smartphone, öffnete die E-Mail-App und sandte Georg die Liste mit den Adressen dieser Gebäude und Räumlichkeiten, legte das Telefon zurück auf den Tisch und gab ihm einen kurzen Abriss über den Tag.

»Das ist doch schon etwas.«

»Da ist noch mehr.« Ich räusperte mich. Die Stunde der Wahrheit war gekommen, ich musste ihm über Claudio berichten, startete aber mit den relevanten Infos, bevor ich ins Detail ging. Vielleicht war Georg mir dann gutgesinnt. »In einem der Gespräche waren die Wörter *Fußpflege-Studios* und *neue Leute* gefallen. Was wahrscheinlich in Zusammenhang mit den Ladenlokalen steht.«

Ein Glitzern erfasste seine Augen. Er wusste definitiv etwas und kombinierte. Dieser Blick kam mir bekannt vor. »Aber da ist noch mehr?« Ja, er kannte mich.

»Nun ja, Claudio Tesso arbeitet im Hotel Marinella an der Rezeption und hat mir die Infos gesteckt, weil er sie aufgeschnappt hat.«

»Shit. Er weiß, dass du undercover bist.« Es war eine Feststellung, keine Frage. Er lehnte sich nach vorn und stützte sich mit den Armen auf dem Tisch ab. »Verrät er dich?«

»Nein.« Immerhin das konnte ich mit Bestimmtheit sagen. Würde er bedroht werden, dann würde ich weder für ihn noch für jemanden sonst meine Hand ins Feuer legen.

»Wissen Dante und die Herren darüber Bescheid, dass ihr euch kennt?«

»Ebenfalls nein.«

Georg lehnte sich im Stuhl zurück, verschränkte die Arme über seinem Wohlstandsbauch, der so gar nicht zu seinem jugendlichen, rundlichen Gesicht passte, und überlegte – und mir war klar, welche Frage jetzt kommen würde.

»Und besteht die Gefahr einer Wiederholung eures …« Er räusperte sich. »Hast du dich im Griff?«

Nein wäre die richtige Antwort. Doch ich wollte diese Operation nicht gefährden und würde mich von nun an im Griff haben. »Ja, ich gebe mein Bestes.«

Er zog eine Augenbraue nach oben und musterte mich. »Du hast Gefühle für ihn.« Wieder eine Feststellung.

Ich nickte.

»Eigentlich sollte ich dich abziehen, aber wir haben keinen Ersatz. Und du hast gerade erst begonnen, Dantes Vertrauen zu gewinnen.« Er seufzte. »Ich weiß, wir sind auch nur Menschen. Was gedenkst du zu tun?«

Er überließ mir die Entscheidung. Das schätzte ich und antwortete: »Ich habe Claudio bereits gesagt, dass wir keinen Kontakt haben dürfen. Er ist sich dessen bewusst.« *Und zutiefst gekränkt,* fügte ich in Gedanken hinzu. Ich hatte nach diesem Einsatz einiges gutzumachen.

»Mhm. Weißt du, ich wünsche dir jemanden, der nach einem harten Tag zu Hause auf dich wartet. Und wenn dieser Claudio es sein könnte, dann werden wir jetzt diese Überwachung schnell und effizient über die Bühne bringen, damit du dein Glück finden kannst.«

Mein Kiefer klappte nach unten. Worte hatte ich keine, brauchte es auch nicht, denn Georg wechselte nach seinem empathischen Mini-Vortrag direkt wieder zurück zum Geschäftlichen.

»Durch die Infos von deinem Freund bestätigen sich die Puzzleteile, die wir bereits gesammelt haben. Sie arbeiten mit der gleichen Masche weiter, wie vor dem Hartmeier und Huber-Fall. Scheinbar neu mit Fußpflege-Studios anstelle ihrer Kebab- und Shisha-Läden, die nach diesem Kanzlei-Fall zahlreich Konkurs angemeldet haben.«

»Geldwäsche, Menschenhandel und Betrug im großen Stil«, murmelte ich. Das war seit einigen Jahren in der Schweiz ein weitreichendes Problem. Gefasst wurden immer die kleinen Angestellten, die oft gar keine Arbeitsbewilligungen hatten und kaum Infos zu den Drahtziehern geben konnten. Die großen Fische verschwanden von der Bildfläche, ließen etwas Gras darüber wachsen und starteten dann mit einem neuen Geschäft. Oder wie unser Verdacht bestätigte, einem anderen Geschäftsfeld in einem anderen Kanton. Und mein Gefühl sagte mir, dass da noch mehr war.

Kapitel 23

Claudio

Blinzelnd schaute ich auf meinen Wecker. Sieben Uhr. Ich stöhnte, schloss die Augen und zog die Decke über meinen Kopf. Gestern Abend war es spät geworden und ich hätte ausschlafen können. Aber nein, das war mir nicht vergönnt. Zusammen mit der Bettdecke drehte ich mich zur Seite und kuschelte mich darin ein, in der Hoffnung, wieder einzuschlafen.

Diesen Versuch hatte ich ohne meinen Denkapparat gemacht, der von null auf hundert in nur einer Sekunde seinen Dienst aufnahm. Wäre er nur so funktional, wenn es um die Arbeit ging. Die Gedanken hatten ausschließlich mit Leo zu tun und reisten mit mir zum gestrigen Abend.

Ich hatte Seline und mir nochmals einen Cocktail geholt, und als ich zurück an den Tisch kam, saß sie an meinem Platz, grinste mich frech an und zuckte mit den Schultern. Hinterhältiges und doch liebenswertes Biest, denn sie hatte mir die Aussicht auf Leo überlassen. Ob mir das gut bekam, tat für sie nichts zur Sache. Und dass ich danach leicht abgelenkt war, störte sie nicht.

Denn ja, ich hatte die Aussicht genossen. In aller Seelenruhe hatte ich Leo beobachtet, der strategisch gut, aber nicht neben Dante und seinem Gefolge gesessen hatte. Hätte ich nicht gewusst, dass er die Lage überwachte oder für was er sonst genau eingesetzt wurde, hätte ich ihn für einen gewöhnlichen Gast gehalten. Er spielte auf dem Smartphone, sprach mit einer Dame, die eindeutig etwas von ihm wollte, oder nippte gedankenverloren an seinem Drink. Ich kannte ihn gut genug, um zu wissen, dass das nicht der private Leo war. Hier war er voll im Undercover-Modus. Seine Körperhaltung war anders als im Hotelzimmer oder in der Lagerkammer des Fitnessraumes. Auch im Tessin hatte er nie so unnahbar gewirkt, trotz seines Einsatzes damals. Ob es an mir gelegen hatte? Ja, er war aufgeflogen, konnte nach dem Job nicht unbemerkt von der Bildfläche verschwinden. War es tatsächlich meinetwegen gewesen? Wenn ja, war ich schuld? Es gehörten immer zwei dazu. Nein, das war nicht mein Problem. Woher hätte ich wissen können, dass er nicht nur Gast im Bed & Breakfast Seeoase war, sondern verdeckt gearbeitet hatte?

Diese Tatsache beruhigte mich, die Wut nahm im Gegensatz an Intensität zu. Ich kochte innerlich, befreite mich vom Bettlaken und drehte mich auf den Rücken. Heftig ein- und ausatmend starrte ich an die Decke. Spätestens jetzt war mir klar, dass mir kein Schlaf mehr gegönnt war. Trotzdem blieb ich liegen und meine Gedanken flogen zurück zu Leo. Während seiner Arbeit spielte er einen introvertierten, in sich gekehrten und nicht sehr gesprächigen Bodyguard. Übte er das vor dem Spiegel? Oder war das sein wahres Gesicht und bei mir hatte er eine Rolle gespielt? Unsicherheit packte mich und hinterließ eine Gänsehaut. Die arme Bettdecke wurde erneut von mir umgeschichtet, sodass ich bis zum Kinn zugedeckt war.

Was, wenn ich für ihn ein Spielzeug war? Habe ich mich in ihm getäuscht? Bis anhin war immer Verlass auf meine Menschenkenntnis. Durch meinen kriminellen Bruder Antonio, der meine Schwester Valerie und mich jahrelang tyrannisiert hatte, wusste ich die Zeichen, die Körpersprache und die Stimmlage anderer Menschen zu deuten. Auch Antonios Kollegen hatten wir gelernt zu lesen und hatten gewusst, wann wir auf der Hut sein mussten, wie wir uns zu verhalten hatten, um den Schaden gering zu halten. Mehr als gedroht und uns unser Geld gestohlen, hatte er nicht. Ein Bankraub mit Verletzten wurde ihm zum Verhängnis. Und jetzt war er hinter Gittern, und das hoffentlich für lange Zeit. Dank oder wegen ihm hatte ich ein Gespür für Menschen entwickelt, was mir auch in meinem Beruf zugutekam. Ich konnte auf die Gäste eingehen, sie beruhigen oder ihnen bei ihren Wünschen entgegenkommen. Und bei Leo sollte mich diese Eigenschaft im Stich gelassen haben? Ich wusste rein gar nichts mehr. Da konnte ich auch gleich aufstehen.

Mit Wut im Bauch schwang ich die Beine über die Bettkante, schloss für einige Sekunden die Augen und rieb mir mit den Händen über die Oberschenkel. Seufzend stand ich auf und nahm mir eine Boxershorts aus der Schublade. Gedanklich abwesend tappte ich aus dem Schlafzimmer ins stockdunkle Badezimmer. Blind fand ich den Lichtschalter im fensterlosen, engen Raum und legte die Shorts neben das Waschbecken. Meine Wohnung war winzig und nicht im besten Quartier von Zürich gelegen. Aber ich hatte eine bezahlbare Bleibe, was nicht jeder behaupten konnte.

Ungelenk, um nicht an jeder Kante meine Glieder anzustoßen, zog ich die Unterhose aus, ließ die Dusche an und stellte mich unter das Wasser. Der kalte Wasserstrahl ließ mich nach Luft schnappen. Einige Sekunden später wurde es wärmer und meine Muskeln entspannten sich. Ich schloss die Augen und legte den Kopf in den Nacken. Wie selbstverständlich wanderten die Gedanken zu Leo. Leo, der zärtlich sein konnte, aber auch eine Härte ausstrahlte, die mich so anmachte. Mein Schwanz war derselben Meinung und zuckte erwartungsvoll. Ich sah nach unten und haderte mit mir. Sollte ich oder sollte ich nicht? Es konnte doch nicht sein, dass ich mir inzwischen jeden Morgen einen runterholte, mit dem Bild von Leo vor meinem geistigen Auge. Leo, der mir gehorchte, der zu Wachs wurde in meiner Nähe und unter meinen Befehlen. Der es genoss, geführt zu werden, sich fallen zu lassen. Längst hatte sich eine Hand um mein steifes Glied gelegt und fuhr gemächlich auf und ab. Mir entwich ein Stöhnen. Ich stellte mir Leos Mund vor, der genüsslich mit meinem besten Stück spielte. Immer noch langsam fuhr ich über den Schlitz und neckte meine Eichel. Ich stöhnte und stützte mich mit der anderen Hand an der Wand ab. Langsam neigte ich meine Stirn gegen die kalten Fliesen. Mein Atmen beschleunigte sich im Gleichtakt mit der rubbelnden Hand. Immer näher kam ich der Erlösung. Ich lechzte danach und dennoch zögerte ich den Augenblick hinaus. Wieder sah ich Leos verklärten Blick vor mir und das reichte, um mich abheben zu lassen.

Kapitel 24

Leo

Alles andere als entspannt steuerte ich den Ford Explorer durch Zürich. Verkehrstechnisch gesehen war es nicht meine Stadt, aber bei der Vorstellung, mit Dante in den öffentlichen Verkehrsmitteln umherzutingeln, zuckten meine Mundwinkel.

»Was grinst du so?«, fauchte mich Luca vom Beifahrersitz aus an.

»Nichts, hab an der Ampel einen schrägen Vogel gesehen. Bunt gekleidet, da erblasst jeder Papagei vor Neid.«

»Mhm.« Überzeugt klang er nicht. So oder so lag etwas in der Luft, das ich nicht greifen konnte. Ein Schauer erfasste mich und ich schluckte schwer. Hinter uns saßen Dante und Sergio und waren sich über das geplante Treffen nicht einig.

»Wieso muss das sein? Er ist unser härtester Konkurrent und zudem ist er —«

»Verbünde dich mit dem Feind und du wirst an Informationen kommen«, schnitt Dante ihm das Wort ab. »Merke dir meine Worte.«

Sergio räusperte sich, und niemand sagte mehr etwas. Und wieder starb ein Funke Hoffnung. Die Beweisbeschaffung floss zäh wie Lava. Dass ich heute als Bodyguard eingeteilt war — Felippe hatte frei — stimmte mich leicht zuversichtlich. Und trotzdem konnte ich das latent ungute Gefühl nicht abschütteln.

Am Ziel angekommen, parkte ich in Eingangsnähe, stieg aus und öffnete Dante die Tür. Er erhob sich und blieb stehen, bis ich die Autotür geschlossen hatte. Sergio und Luca gingen voraus und ich fiel mit Dante etwas zurück.

Er musterte mich von der Seite. »Du bleibst in Sichtweite und kontrollierst die Umgebung.«

»Ich dachte, ich bin dein Bodyguard?«

»Luca ist noch hier.«

»Er ist aber —«

Mit einem eindeutigen Handzeichen hielt er mich davon ab, weiterzusprechen. »Mein Geschäftspartner vertraut niemandem und du bist neu. Luca und Sergio kennt er seit Jahren. Also mach dich unsichtbar.«

Hervorragend. Ich nickte brav und öffnete Dante die Eingangstür zum Restaurant. Ohne zu zögern, lief er zackig zu einem Tisch, an dem zwei Männer saßen. Sergio und Luca warteten auf Dante, bevor sie sich setzten. Mit dem Kopf deutete der mir an, wo ich mich zu platzieren hatte. Ich nahm am kleinen Bistrotisch Platz. Langsam, unauffällig und dennoch mit geschultem Auge ließ ich meinen Blick im Raum umherwandern. Ein Mann, ungefähr in meinem Alter, kräftig gebaut, rotbraune Haare und offenbar am Beobachten, erregte meine Aufmerksamkeit. Nein, er war nicht mein Typ. Doch wie er die Umgebung abscannte, offenbarte mir einen Profi. Bodyguard? Oder …? Nein, das war zu weit hergeholt.

»Guten Tag, was möchten Sie?« Ein Servicemitarbeiter, schon eher mein Typ, aber eben nicht Claudio … Halt, Stopp! Ich schüttelte innerlich meine Gedanken ab und konzentrierte mich. »Ein Wasser, bitte.«

»Mit oder ohne Kohlensäure?«

»Ohne, danke.«

Er nickte und ging. Aus den Augenwinkeln sah ich, dass mich der Mann gegenüber beobachtete und soeben sein Smartphone auf den Tisch legte. Hatte er mich fotografiert? Shit. Dasselbe hatte ich mit diesem Geschäftspartner vorgehabt. Leichter gesagt als getan, denn während ich meine Chance sah, ein Bild zu machen, versperrte mir der Restaurantmitarbeiter die Sicht.

»Ihr Wasser.«

»Danke.« Ich lächelte gequält und nahm einen Schluck aus dem Glas, das er mir aufgefüllt hatte. Mein Blick wanderte zu Dante und seinem Konkurrenten, wie Sergio ihn betitelt hatte. Beide schauten in dieser Sekunde zu mir und dann zum anderen Typen. Also gehörte er zu ihnen, vermutete ich. Ein Foto für den Abgleich in unserer Datenbank wäre von Vorteil. Ich brummte leise und nahm mein Smartphone wieder unauffällig in die Hand, um gewappnet zu sein, böte sich mir eine Gelegenheit. Was sie mit Blick auf mich und den anderen Beobachter immer noch zu besprechen hatten, ließ meine Nervenenden surren. Es lag unbestreitbar etwas in der Luft. Der andere Typ war in Alarmbereitschaft, denn er setzte sich aufrechter hin. Fast so, als wäre er nervös. Damit ich mich nicht anstecken ließ, atmete ich einige Male tief ein und aus. Das Vibrieren in meinem Körper wurde weniger, verschwand aber leider nicht. Die zwei Oberbosse schienen sich über irgendetwas nicht einig zu sein, standen abrupt auf und kamen auf mich zu. Auch ich erhob mich, fischte ein paar Münzen aus meiner Hosentasche und legte sie auf den Tisch.

»Das ist mein Bodyguard Leo«, stellte Dante mich vor.

Der Kerl nickte, wurde mir aber nicht vorgestellt. Ich kramte in meinen Erinnerungen, denn das Gesicht kam mir bekannt vor. Mit dem Kinn deutet er auf den Typen gegenüber, so als wollte er ihn als seinen Bodyguard vorstellen. Dante verstand ihn scheinbar und nickte.

»Wir bleiben in Kontakt und … beobachten die Neuerungen.« Das letzte Wort sprach der Konkurrent so speziell betont aus, dass in mir alle Alarmglocken losgingen. Dem anderen Bodyguard ging es ebenso, denn er hatte den letzten Satz gehört, weil er zu uns gestoßen war. Kurz versteifte er sich und schaute mir eindringlich in die Augen, als wollte er mir telepathisch etwas mitteilen. Da ich diese Kommunikationsart nicht beherrschte, starrte ich ausdruckslos zurück. Der konnte mich mal. Echt. Ich hatte andere Probleme, als Spielchen zu spielen.

Dante schaute in die Runde, nickte und stapfte davon. Ich war immer wieder kurz davor, in einen Lachanfall auszubrechen, wenn ich das Machtgehabe der Kriminellen beobachtete. Gesten zählten mehr als Worte. Als wären Worte mit Schwäche gleichzustellen.

Gut, ich spielte auch den ruhigen, nicht sehr gesprächigen Bodyguard. Genau deswegen, um in diese Kreise zu passen.

Noch einmal schaute ich mir die Gesichter an, damit ich sie auf Bildern wiedererkennen würde, wenn ich schon keine Fotos hatte. Der andere Bodyguard grinste, als wüsste er, was ich vorhatte. Das ging mir so was von auf den Keks. Ich schenkte ihm einen düsteren Blick und lief hinter Dante her.

»Das war ergiebig«, sagte Sergio, kaum saßen wir im Auto. Luca neben mir brummte zustimmend. Nur Dante war in Gedanken versunken. Sein Stirnrunzeln deutete darauf hin, dass er Sorgen hatte. Im Rückspiegel begegnete mir sein Blick, und ich nickte ihm zu. Er tat dasselbe und ich wusste, dass wir zurück ins Hotel fuhren. Wie gesagt, in diesen Kreisen funktionierte einiges mit Gesten. Nur war sein Blick, den ich erhaschte, bevor ich mich auf die Straße konzentrierte, nachdenklicher und durchdringender als üblich und seine Augen strahlten Kälte aus. Da war es wieder, dieses unterschwellig unangenehme Gefühl, das mir eine Gänsehaut bescherte. Ich musste unbedingt mit meinem Chef sprechen.

Kapitel 25

Claudio

Ich trat soeben aus dem Hotel auf den Gehweg, als mein Smartphone vibrierte. Mit Daumen und Zeigefinger zog ich es aus der engen Hosentasche.

»Ja?«

»Hallo, Toni hier. Aus dem Gym.«

Ich schmunzelte. Viele Tonis kannte ich nicht. »Ich hätte dich an deiner Stimme erkannt«, witzelte ich.

»Man weiß nie. Wieso ich anrufe … Elena hat erwähnt, dass sie dich gern als Hilfstrainer einsetzen möchte. Krav Maga mit den Teens.«

»Das würde ich gern machen. Nur kann ich mit meiner Schichtarbeit nicht jeden Dienstag dabei sein.«

»Das wäre kein Problem. Wenn sie im Voraus weiß, ob du dabei bist oder nicht, kann sie das Training danach gestalten. Aber mir liegt die Bezahlung auf dem Magen.«

»Ich helfe gern ehrenamtlich. Hab ja auch keine Ausbildung dafür.«

»Nein, das möchte ich nicht. Aber ich kann dir einen großzügigen Rabatt auf dein Abo geben, wenn das für dich okay wäre.«

»Das wäre mehr, als ich erwartet habe. Danke dir.«

»Ich habe selbst gehört, wie die Kids geschwärmt haben, als ihr letzte Woche gemeinsam die Gruppe trainiert habt. Und jedem Teenager, dem wir dadurch mehr Selbstvertrauen mitgeben können, ist einer weniger, um dem ich mir Sorgen machen muss. Das hat für mich etwas Beruhigendes.«

»Genau, und deswegen möchte ich es machen.«

»Du gehörst auch zu denen, die so etwas vor Jahren gebraucht hätten.« Es war eine Feststellung, keine Frage. Toni hatte zu viel Schreckliches gesehen und hatte dieses Gym eröffnet, in Ehren an seinen Bruder, der bei einer gewalttätigen Auseinandersetzung ums Leben gekommen war. Das erzählte er jedem Neuzugang, um auf die Wichtigkeit der Selbstverteidigung und dem richtigen Umgang damit hinzuweisen.

»Ja, leider. Aber es ist alles gutgegangen. Mir geht es gut.«

»Das freut mich, Junge. Und ich danke dir für deine Hilfe. Arbeitest du?«

»Nein, bin auf dem Heimweg. Wieso?«

»Elena ist hier und trainiert. Falls du Zeit hättest, könntet ihr euch absprechen und vielleicht die nächsten Trainingsstunden fixieren.«

»Klar, bin auf dem Weg. Sag ihr, dass ich in …«, ich schaute auf das Telefondisplay, »zwanzig Minuten bei euch bin.«

»Mache ich. Und danke nochmals.«

»Gern geschehen. Bis nachher.« Ich beendete den Anruf und begab mich zur Tramhaltestelle.

Das unverkennbare Quietschen ertönte, als ich die schwere Eisentür öffnete. Scheppernd fiel sie hinter mir ins Schloss. Ich grinste. Eine Klingel brauchte es hier nicht. Ein paar Mal blinzelte ich, um meine Augen an die Dunkelheit im Eingangsbereich zu gewöhnen, und machte mich auf, Elena zu suchen. Im hinteren Trainingsbereich sah ich sie und steuerte auf sie zu. Sie war mit Dehnübungen beschäftigt, sah mich und lächelte. »Hey, schön, dass du so schnell vorbeikommen konntest.« Sie umarmte mich kurz und nickte. »Komm, wir setzen uns in die Kaffee-ecke.«

»Gern.«

»So, du bist also bereit, dich mit Teenagern herum-zuschlagen?«

»Ja. Ich möchte etwas Sinnvolles tun und da Krav Maga mein Hobby ist, sehe ich es als Win-Win-Situ-ation.«

»Sinnvoll ist es in jeder Hinsicht. Schon wie die Teens nach ein paar Lektionen selbstsicherer aus dem Gym spazieren, ist eine wahre Freude. Als Sozial-arbeiterin sehe ich leider eine Menge Unschönes. Und was ist dein Antrieb?«

»Ich hätte so was als Teenager gebraucht. Mein Bruder hat meine Schwester und mich tyrannisiert und auch seine Kollegen machten vor uns nicht Halt.«

»Mist, das klingt traumatisch. Sorry für die Direktheit.«

»Nein, alles okay. Er ist im Gefängnis und das für lange Zeit.«

»Weil er euch gequält hat?«

»Nein, missglückter Banküberfall und noch andere Dinge.«

Elena nickte langsam und mit aufgerissenen Augen. »Familie hat man, Freunde kann man sich aussuchen«, meinte sie dann trocken.

»Amen.«

Sie kicherte und ich fiel in ihr Lachen mit ein. Als ich mich erholt hatte, stand ich auf. »Ich hole mir eine Cola. Möchtest du auch etwas?«

»Nein, danke.« Sie deutete auf ihre Trinkflasche.

Vor dem Automaten gab ich die Zahlen für mein gewähltes Getränk ein, hielt die aufgeladene Gym-Karte hin, und die Coladose fiel nach unten. Mit der Hand drückte ich die Klappe nach hinten und ergriff die Dose. Ich öffnete sie und trank ein paar Schlucke, bevor ich mich wieder zu Elena setzte. »Ich kann nächste Woche nicht hier sein. Übernächste Woche geht wieder.«

»Kein Ding. Wir machen es wie letztes Mal. Ich zeige die Kombinationen und dann machen wir sie gemeinsam vor. Und ich überlege mir, was wir zu zweit in den weiteren Lektionen machen. Dazu hatte ich noch keine Zeit. Kam jetzt auch ziemlich spontan das Ganze.«

»Okay.« Ich nippte an meiner Cola. »Woher kommen die Teenager?«

»Die hier bei mir trainieren?«

Ich nickte.

»Einige machen es, einfach weil sie Selbstverteidigung lernen möchten. Andere bringe ich hierhin. Die meisten davon kommen aus schwierigen Familienverhältnissen und haben es dadurch auch in der Schule nicht leicht.«

»So jemanden wie dich hätte ich damals gebraucht.«

»Kann ich mir vorstellen. Tut mir leid, was dir passiert ist.« Elena legte eine Hand auf meinen Arm.

»Ich kam glimpflich davon. Habe keine nennenswerten, bleibenden Schäden«, ich zwinkerte, »und habe dadurch zu Krav Maga, dir, Toni und den Kids gefunden.«

»Du lebst nach dem Motto, dass alles einen Sinn hat, ein Ziel verfolgt, mhm.«

»Ja.« Nur bei Leo war ich nicht sicher, was unser zweites Aufeinandertreffen für einen Sinn hatte.

»Dieses Gesicht zeugt aber nicht nach Zuversicht.« Sie wedelte mit dem Zeigefinger vor meinen Augen herum.

»Tja, ich habe vor über einem Jahr jemanden kennengelernt und ihn vor Kurzem wiedergetroffen.«

»Ihn?«

»Na ja, ich bin schwul.« Hatte sie ein Problem damit? Würde sie mich doch nicht als Hilfstrainer einsetzen?

»Entschuldige. Ist für mich absolut kein Ding. Ich war schon wieder weiter mit meinen Gedanken, da ich auch öfters Jugendliche begleite, die es wegen ihrer sexuellen Orientierung zu Hause schwer haben oder sogar rausgeschmissen werden. Ich habe mir schon überlegt, ob du … Ach nein, nichts.«

»Was nichts? Sag es einfach.«

»Manchmal brauchen diese Kids ein paar aufmunternde Worte von jemandem, der auch nicht hetero ist.«

»Mach ich doch gern, wenn es zeitlich passt.«

»Würdest du wirklich?«

»Sicher.«

»Momentan habe ich niemanden, der akute Unterstützung braucht. Aber ich komme bei Gelegenheit gern auf dich zu. Danke. Du bist ein Schatz.«

Meine Wangen fühlten sich warm an und ich hoffte, dass das nicht gleichbedeutend mit rot war. Es war mir etwas unangenehm, für diese kleine Hilfe so hochgelobt zu werden.

»Ehrlich, du weißt gar nicht, wie froh ich bin, auf jemanden zurückgreifen zu können.«

Okay, die Wangen waren rot.

»Aber nun zu dir. Wen hast du kennengelernt oder wiedergetroffen?«

»Einen großartigen Mann, für den ich eventuell nur etwas Spaß bedeute.«

»Und das schließt du woraus?«

»Das weiß ich eben nicht.«

»Dann sprich mit ihm.«

»Das geht im Moment nicht. Ist kompliziert.«

Elenas Augen funkelten. »Pah, kompliziert.«

»Doch. Das ist für einmal keine Floskel oder Ausrede. Vielleicht kann ich es dir in ein paar Wochen erklären. Vorher darf ich nicht darüber reden.«

»Das klingt … mysteriös? Gefährlich?«

»Nichts von alledem. Hoffe ich.« Sicher war ich mir da schon lange nicht mehr.

Kapitel 26

Leo

Die Stimmung zwischen Dante, den Moretti-Brüdern und mir war kalt. Eher schon unter dem Gefrierpunkt, und ich hatte keine Ahnung, wieso. War ich aufgeflogen? Dann hätten sie mich sicher bereits beseitigt, gekündigt oder was auch immer. Ich ging nicht davon aus, dass Dante so skrupellos war, Luca, den Mann für das Grobe, auf mich anzusetzen und … Oder doch? Zumindest diesem Schmitt oder dem anderen Geschäftspartner traute ich Dinge in diese Richtung zu.

Für heute hatte mir Sergio freigegeben und gesagt, dass ich nicht im Hotel bleiben musste. Das war komisch, kam mir jedoch gelegen, um mich mit Georg zu treffen. Ich nahm meine Jacke vom Haken und schaute mich nochmals im Hotelzimmer um, prägte mir jedes Detail ein. Den Brüdern war alles zuzutrauen. Auch das Herumschnüffeln. Mein ganzer Körper war in Alarmbereitschaft und auf alle Eventualitäten gefasst. Nochmals ließ ich den Blick schweifen, öffnete die Tür, spähte hinaus und trat auf den Korridor. Die Tür schloss ich leise hinter mir. Außer einem Staubsauger hörte ich keine Geräusche. Wo Dante war, davon hatte ich null Kenntnis. Mir wurde nichts anvertraut, und neben der erhöhten Aufmerksamkeit schlich sich ein Grummeln in meine Magengegend. Ich war nicht zum Nichtstun geboren. Wollte etwas bewirken. Konnte ich das mit den Undercover-Einsätzen? Bis vor einem Jahr hätte ich *ja* geschrien. Nun brachte ich nicht einmal mehr ein Nicken zustande. Ideen formten sich in meinem Kopf und doch waren sie nicht fassbar.

Beim Lift angekommen, drückte ich den Knopf und die Tür öffnete sich sogleich. Ich stieg ein und hoffte, in der Lobby einen Blick auf Claudio erhaschen zu können. Ein kleiner Schauder erfasste meinen Körper. War das etwa Nervosität? Nein. Ich schüttelte den Kopf und ließ einen hysterischen Lacher fallen. Das fehlte gerade noch. Pfft. Die Aufzugtüren öffneten sich und ich trat in die Eingangshalle. Mein Blick schweifte automatisch zur Rezeption. Claudio war nicht zu sehen. Den dumpfen Druck auf meiner Brust konnte ich hingegen sehr gut deuten: Enttäuschung. Das hätte mich nervös machen sollen. Dass es das nicht tat, war ... merkwürdig. Doch inzwischen wunderte mich nichts mehr an meinem Gefühlschaos. Aber es machte mir Angst, denn ich fühlte mich verloren und das Surren meiner Nervenenden, die mir sagten, dass etwas im Busch war, half nicht, mich zu sortieren. Nochmals fiel mein Blick zur Theke und zu den Schreibtischen dahinter.

Doch keine Spur von Claudio. Mit langen Schritten ging ich zum Ausgang und danach weiter zur nächsten Tramhaltestelle.

»Leo, setz dich. Dir ist niemand gefolgt?«

»Nein, nach dreimaligem Umsteigen und Schaufenstershopping bin ich sicher, dass mich niemand verfolgt hat. Zudem sind wir hier«, ich schaute umher, »in einem Maklerbüro. Wie kommts?«

»Gehört einem Freund von mir. Ein Treffen in meinem Büro würde vor Fahrlässigkeit nur so triefen.«

»Nett hier. Die Immobilien auch.« Ich betrachtete einige Bilder. Unter zwei Millionen Schweizer Franken bekam man bei diesem Makler wohl nichts.

»Ja, nicht unsere Preisklasse. Ich weiß.«

Ich zuckte mit den Schultern. Für mein Glück brauchte ich keine Villa. Claudio würde mir … Scheiße, woher kam dieser Gedanke?

»Geht es dir gut? Ist etwas vorgefallen?«

»Kann man so sagen.« Meine entsetzte Miene bezog sich nicht auf den Fall, war aber eine gute Überleitung. »Irgendetwas geht vor. Gestern traf sich Dante mit einem Geschäftspartner.« Ich malte Anführungszeichen in die Luft und erzählte ihm von meinen Beobachtungen.

»Und dieser andere Mann, wahrscheinlich auch Bodyguard, wie du annimmst, sah wie aus?«

»Rotbraune wuschelige Haare. Ich glaube grüne Augen und Sommersprossen. Halt so der Rothaartyp.«

Georg schaltete seinen Laptop ein, klimperte auf der Tastatur herum. »Ah, hier hab ich ihn«, murmelte er und drehte den Bildschirm zu mir.

»Ja, genau der war es. Wer ist das?«

»Sein richtiger Name ist Zian Seiler. Momentan nennt er sich Doriano Loretan. Ist auch im Undercover-Einsatz. Doch erst seit Kurzem, daher kennst du ihn noch nicht. Mein Fehler, dass ich dir die Infos zu ihm nicht gegeben habe. Zudem riecht es stark danach, dass Dante und sein Kumpane —«

»Eher sein Konkurrent«, unterbrach ich ihn und hob beschwichtigend die Hand.

»Sein Konkurrent.« Georg notierte etwas. »Das ist ein interessantes Detail. Gut. Sedim Ivanilovic heißt der übrigens.«

»Ah, daher kam er mir bekannt vor. Er hat nun aber raspelkurze, schwarz gefärbte Haare und ist braungebrannt. Das undeutliche Foto, das wir in unserer Datenbank haben, zeigt ihn noch mit langen, graumelierten Haaren.«

»Okay, das habe ich notiert. Vielleicht haben wir die Info bereits von Zian erhalten. Habe noch nicht alle seine Berichte gelesen. Und er ist erst seit Kurzem da eingeschleust und hatte zuerst nur Kontakt mit den anderen Bodyguards und Mitarbeitern. Aber zurück zum Eigentlichen: Dante und Ivanilovic könnten euch entlarven. Mir ist mit der ganzen Sache nicht mehr wohl. Ich bespreche es mit meinem Vorgesetzten. Vielleicht ziehen wir euch ab. Versuch in der Zwischenzeit kein Aufsehen zu erregen und die Füße stillzuhalten.«

»Genau mein Ding«, antwortete ich sarkastisch und blies geräuschvoll Luft aus meinem Mund.

»Ich weiß. Aber ich schicke keinen meiner Leute ins Verderben.«

»Gehört Zian auch zu unserer Einheit? Hab ihn noch nie irgendwo gesehen.«

»Nein. Ich kenne ihn, aber er ist einer anderen Gruppe zugeteilt. Wir haben so viele Namen auf der Liste von Hartmeier und Huber, dass wir drei Ermittlerteams mit je zwei bis drei Undercover-Polizisten haben. Bei mir bist es im Moment nur du.« Georg blickte auf den Laptop und rieb sich die Schläfen. »Es gefällt mir einfach nicht.« Er hob den Kopf und schaute mich an. »Du meldest dich beim kleinsten Gefühl, dass etwas nicht in Ordnung ist. Oder besser gesagt, bringst dich in Sicherheit. Bis jetzt sind diese Gruppen für Steuerhinterziehung, Urkundenfälschung und weitere unorthodoxe Geschäftsgebaren bekannt. Was aber nicht heißt, dass sie nicht gewalttätig werden können, wenn sie sich bedroht fühlen.«

»Klar, ich pass auf mich auf.« Mit diesen Worten erhob ich mich und Georg tat es mir gleich. Er legte seine Lesebrille auf den Tisch, klopfte mir auf die Schultern und schaute mich nochmals eindringlich an. Er war ein väterlicher Typ, und die Sorge stand ihm in sein rundes Gesicht geschrieben. Ich nickte, drehte mich um, lief aus dem Büro ins Treppenhaus und hinunter ins Erdgeschoss. Langsam trat ich auf den Gehsteig, zückte mein Smartphone und tat, als würde ich etwas nachschlagen. In Wirklichkeit schaute ich mich unauffällig um, ob mir doch jemand gefolgt war

und auf mich wartete. Doch außer einer alten Dame
mit ihrem Pudel, einem telefonierenden Mann im
Anzug und einer Katze, die sich die Pfote leckte,
konnte ich nichts Verdächtiges ausmachen. Ich
steckte das Telefon in die Tasche und ging zur Tramhaltestelle.

Kapitel 27

Claudio

Heute war es wie verhext. Gefühlt jeder Gast hatte entweder etwas zu meckern, Extrawünsche oder war in Plauderlaune. *Dass ich zu nichts komme, muss ich nicht erwähnen!* Andererseits tat es gut, von einem Ort und von einem Gast zum anderen zu stressen. Das ließ mir wenig Zeit, über Dinge nachzudenken, die ohnehin zu keinem Resultat führten. Denn nach dem gestrigen Gespräch mit Elena hatte mich eine glückliche Leichtigkeit erfasst. Neben Seline und ihren Kolleginnen und Kollegen konnte ich sicher Elena zu meinen Freunden zählen und zudem hatte ich zukünftig eine sinnvolle Freizeit-Aufgabe, die mir Spaß bereiten würde. Wenn ich den Jugendlichen auch mit Gesprächen und Aufmunterungen beistehen konnte, dann war es ein Leichtes, daneben auf Leo zu verzichten.

Genau. Ich habe mir gestern Abend im Bett geschworen, mir keine Hoffnungen mehr zu machen und mein Leben zu leben. Ich freute mich auf die

Auszeit in Freiburg und würde dort in einen Club gehen. Abstinenz war gestern, ab sofort galt es, zu genießen.

Das Telefon an der Rezeption riss mich aus den Gedanken. »Rezeption, mein Name ist Claudio Tesso. Was kann ich für Sie tun?«

»Moretti hier, aus Zimmer dreihundertzwanzig. Könnten Sie vorbeikommen? Bei mir riecht es widerlich.«

»Ich schicke Ihnen gern den Hausdienst. Der sollte in ein paar Minuten —«

»Ich will Sie!« Sein energischer Tonfall ließ mich zusammenzucken. Er räusperte sich. »Entschuldigen Sie. Schlechter Tag heute. Können Sie bitte sofort vorbeikommen?«

Ich schielte über die Schulter und entdeckte Nathalie. »Geht in Ordnung.«

Aufgelegt. Wahrscheinlich war heute wirklich Vollmond.

»Nathalie, ich muss kurz rauf zu Zimmer dreihundertzwanzig.«

»Was ist denn heute los? Vollmond?«

»Dasselbe ging mir auch durch den Kopf. Hatte schon lange nicht mehr einen solch turbulenten Tag.«

Sie schüttelte den Kopf und hob das klingelnde Telefon ab.

Zwei Stufen auf einmal nehmend rannte ich in die dritte Etage. Oben angekommen, schnappte ich erst mal nach Luft, um meinen Puls zu beruhigen. Langsam ging ich den Korridor entlang. Bis ich vor der Zimmertür ankam, hatte sich meine Atmung normalisiert. Ich hob die Hand, doch bevor ich anklopfen konnte, öffnete sich die Tür.

»Da sind Sie ja.«

»Äh, ja.« Der hatte es aber sehr eilig. Ich war Profi genug, um meine negativen Gedanken mit einem charmanten Lächeln zu schmücken.

»Kommen Sie rein, kommen Sie.«

Ich trat ins Zimmer und nahm den süßlichen Geruch sofort wahr.

»Mhm, ja, ein merkwürdiger Geruch. Wie lange liegt der schon in der Luft?«

»Ein, zwei Stunden in etwa.«

»Schon gelüftet?«

»Klar, was denken Sie denn?«

Ich nickte und drehte mich um meine eigene Achse. »Darf ich mich umschauen?«

»Sicher.«

Zuerst lief ich zum angrenzenden Badezimmer.

»Sagen Sie, sind Sie neu hier?«

Ich ging ins Bad hinein und steuerte das Waschbecken an. »So neu auch nicht mehr«, warf ich ihm über die Schulter zu.

»Ich war schon einmal hier, da waren Sie noch nicht da. Oder hatten frei.«

»Kann sein.« Ich bückte mich und schnüffelte, konnte aber nichts Außergewöhnliches feststellen. Als ich mich aufrichtete und umdrehte, stand dieser Moretti unangenehm nahe vor mir. »Äh, Sie entschuldigen.« Unsere Arme berührten sich, als ich mich an ihm vorbei zurück ins Schlafzimmer drängte.

»Kennen Sie unseren Bodyguard Leo Giovetti?«

Für einen Moment hielt ich die Luft an und hoffte inständig, mich damit nicht verraten zu haben. Möglichst locker schlenderte ich zur Lüftung. »Nein. Wieso?«

»Nur so.« Seine Stimme hatte einen warnenden Unterton.

Hart schluckte ich und wandte mich ihm zu. Er schaute mir mit stechendem Blick in die Augen. Ich ließ mir nichts anmerken und lief zum Tisch. Dort griff ich nach dem Stuhl und stellte ihn unter die Lüftung. Dann zog ich die Schuhe aus und stieg auf die Sitzfläche. Hier oben wurde der Duft schwächer, also war die Lüftung nicht das Problem. Vorsichtig trat ich wieder auf den Boden, schlüpfte in die Schuhe und stellte den Stuhl zurück.

Erneut schnüffelte ich. »Finden Sie nicht auch, dass der Geruch schwächer wird?«

Er kam auf mich zu, stand schon wieder viel zu nahe vor mir. »Jetzt, wo Sie es sagen. Vielleicht kam es sogar von draußen, als ich gelüftet habe. Ich entschuldige mich vielmals dafür, Ihre Zeit in Anspruch genommen zu haben.« Der sarkastische Ton strafte seiner Worte Lügen.

Inzwischen vibrierte meine Haut, und mein ganzes System war auf Flucht eingestellt. Es kostete mich alle Kraft, gelassen zu bleiben, langsam zu atmen und mir nichts anmerken zu lassen. »Dann gehe ich wieder. Wenn nochmals etwas ist, rufen Sie an.« *Bitte, bitte nicht.*

»Das werde ich ganz sicher tun.«

Beim Gedanken an seine drohende Stimme lief mir ein Schauder über den Rücken. Was war hier los? War Leo in Gefahr? Ich trat auf den Korridor, und Moretti schloss sofort die Tür hinter mir. Zischend ließ ich die Luft aus meinen Lungen, schaute auf meine Hände. Sie zitterten. Leo. Die Angst um Leo, aber auch um mich selbst, erfasste meinen ganzen Körper. Schnell lief ich ins Treppenhaus, stieg wie der Blitz die Stufen hinunter und rannte in den Mitarbeiterraum. Erschöpft setzte ich mich auf die Bank vor den Spinden und rieb mir über das Gesicht. So viel dazu, mir Leo aus dem Kopf zu schlagen.

»Verdammt!« Ich raufte mir die Haare und wiegte mich hin und her. »Verdammt, verdammt, verdammt!«

Kapitel 28

Leo

Nun war ich mir hundertprozentig sicher, dass die Kacke am Dampfen war. Ich hatte erneut frei bekommen. Dante war mit Sergio und Felippe unterwegs. Luca wurde wieder als Babysitter für mich eingesetzt. Er tauchte ständig in meiner Nähe auf. Nun trainierte er neben mir im Fitnessraum. Logischerweise machte auch er viel Sport, um sich fit zu halten. Aber inzwischen waren es mir zu viele Zufälle. Gestern Abend war er mir sogar nach draußen gefolgt. Ich wollte einen Spaziergang machen, mehr um zu testen, ob ich mit meiner Vermutung richtig lag. Lieber hätte ich mich geirrt. Aber kaum war ich auf den Gehweg getreten, ging die gläserne Hotelschiebetür auf und Luca trat neben mich. Angeblich, um eine Zigarette zu rauchen. Ich war mir sicher, dass er irgendwo in unserem Stockwerk eine Kamera installiert hatte, damit er immer wusste, wann ich das Zimmer verließ. Dummerweise konnte ich nicht danach suchen, ohne dass es auffiel. Doch eigentlich reichte meine Annahme, um vorsichtig zu sein. Ich wäre nicht Polizist, wenn ich nicht auf solche Eventualitäten geschult worden wäre. Leider waren Dante und die Morettis auch keine Anfänger in ihrem kriminellen Metier, denn sonst wären sie bereits aufgeflogen. Und dass sie mir nicht trauten, war ein weiterer Beweis dafür.

Ich schielte zu Luca, der bei der Beinpresse war und bei jedem Stoß grunzte wie ein Schwein. Innerlich schüttelte ich den Kopf. Gewisse Menschen hatten immer noch das Gefühl, Krafttraining mit Geräuschen zu untermalen, wäre männlich und cool.

Na ja, jedem wie ihm beliebte. Ich drückte auf den Stopp-Knopf beim Laufband und lief locker aus. Mit dem Frotteetuch tupfte ich mir die Stirn ab und ging zum Wasserspender. Das gekühlte Wasser tat gut in meiner Kehle und füllte meinen Flüssigkeitsspeicher. Ich drehte mich um und sah, wie Luca mich beobachtete. »Was ist?«

»Was machst du heute noch?«

»Ist dir langweilig?«

Er brummte verächtlich. »Nein, darf man nicht mehr fragen?«

»Doch. Mir ist übrigens langweilig.« Vielleicht kam ich durch ihn zu Infos.

»Hol dir doch den Twink von der Rezeption.«

Ich brauchte jede Faser meiner Selbstbeherrschung, um gleichgültig zu bleiben. »Scheint eher dein Typ zu sein. Das ist bereits das zweite Mal, dass du ihn erwähnst.« Was sehr verdächtig war. Wie gesagt: Mein Bauchgefühl schlug Alarm, die Kacke war nicht nur am Dampfen, sondern am Brennen. Claudio musste dringend aus der Schusslinie. Mich erfasste ein unangenehmer Druck auf der Brust und ich atmete konzentriert ein und aus.

Luca schnaubte. »Zu twinky.«

Wenn der wüsste, wie Claudio drauf war. Von einem Twink war Claudio in etwa so weit entfernt wie die Möglichkeit, in den nächsten zwei Jahren als Normalsterblicher einen Ausflug auf den Jupiter zu buchen. »Wenn du meinst. Wieso, willst du ihn mir anpreisen?«

»Du siehst ihn manchmal so träumerisch an.«

Verdammte Scheiße. Ich war kurz davor, erneut einen Job in den Sand zu setzen, wegen meiner Gefühle, die ich nicht im Griff hatte. »Er erinnert mich an einen Schulkollegen, der jedoch unter tragischen Umständen gestorben ist. Dass ihm jemand so ähnlich sieht, irritiert mich jedes Mal, wenn ich ihn sehe.«

»Mhm.«

War ich überzeugend? Jedenfalls kamen keine Fragen mehr. »Ich geh duschen.«

Er nickte und widmete sich der Beinpresse. Sein Grunzen hörte ich bis hinaus in den Korridor.

Frisch geduscht ging ich meine Möglichkeiten für den Zeitvertreib durch. Ich war ein leidenschaftlicher Fotograf. Alltagssituationen fing ich am liebsten mit meiner nicht ganz billigen Kamera ein. Nur hatte ich diese nicht bei mir. Fotografieren passte nicht zu meiner Tarnung und es wäre allgemein verdächtig, würde ich Fotos schießen.

Ich nahm einen Prospekt vom kleinen Schreibtisch im Hotelzimmer und blätterte darin herum. Auf Sightseeing hatte ich wenig Lust. Dennoch könnte ich durch die Stadt flanieren. Irgendwie musste ich die Zeit totschlagen. Selten hatte ich mich so gelangweilt bei einem Undercover-Einsatz. Von Georg hatte ich auch keine News und hoffte, dieser Zian Seiler oder ein anderer Polizist hatten mehr Erfolg. Wir hatten bei der Beschlagnahmung der Unterlagen dieser Kanzlei Hartmeier und Huber nur wenige Kunden verhaften können. Die meisten waren nicht auffindbar oder die Zahlungen an die verhafteten Anwälte waren über Strohfirmen erfolgt. Mit penibler Rechercharbeit hatten die Ermittler einige wenige Namen herausgefunden und ebendiese wurden von uns überwacht. Polizei und Staatsanwaltschaft hofften, so an die größeren Fische heranzukommen. Schmitt war sicher einer davon. Ich hatte ihn seit der Besprechung in der Lobby nicht mehr gesehen. Klar könnte ich Claudio fragen, ob er abgereist war. Aber ich hatte ihn von mir gestoßen und die Regel aufgestellt, uns voneinander fernzuhalten. Zudem will ich um jeden Preis vermeiden, Claudio in irgendeiner Form in Gefahr zu bringen.

Seufzend legte ich den Prospekt zurück auf den Tisch und fuhr mir durch die feuchten Haare. Eigentlich war ich sicher, dass Schmitt noch in der Gegend war. Sonst hätte mich Georg informiert.

Genervt schritt ich zur Garderobe, zog mir die Schuhe und die Jacke an, schnappte mir die Schlüsselkarte aus dem Licht-Slot, trat auf den Korridor und zog die Tür hinter mir zu. Unauffällig schaute ich umher, um meine Theorie mit der Kamera zu prüfen. Ich sah nur das hoteleigene Überwachungssystem, und dass sich Sergio da reingehackt hatte, war fast unmöglich. Trotzdem behielt ich das im Hinterkopf. Trödelnd lief ich zum Fahrstuhl und fuhr in die Lobby. Auch da nahm ich es gemütlich. Ich wollte Luca eine Chance geben, mir zu folgen. Dieser hatte sicher kurz nach mir die Fitness-Session gestoppt und war ins Zimmer gegangen.

Langsam spazierte ich zum Ausgang und war froh, Claudio nirgends zu sehen. Vor dem Hotel blieb ich stehen, zückte mein Smartphone aus der Hosentasche und tat so, als würde ich etwas nachschauen.

Es überraschte mich nicht, als Luca mir auf die Schulter klopfte, sich dann neben mich stellte und meinte: »Na, hatten wir die gleiche Idee? Shopping?«

Von der Seite her blickte ich ihn an. »Nee, nur ein bisschen flanieren und den Gedanken nachhängen. Vielleicht rufe ich meinen Bruder an. Der wohnt in Italien.« Was nicht einmal gelogen war.

»Was macht er da?«

»Ist mit einer Italienerin verheiratet und hat eine Schreinerei.« Auch die Wahrheit.

»Na ja, dann. Ich geh shoppen.« Er ging davon und ich war mir sicher, dass er sich hinter der nächsten Hausecke verstecken würde, um mich zu beobachten.

Zum Glück wollte ich nur etwas frische Luft schnappen. Ich entschied mich, nicht an den See zu gehen, sondern weniger frequentierte Orte aufzusuchen. Vielleicht sah ich das eine oder andere Fotomotiv und könnte, nachdem dieser zähe Job zu Ende war, nochmals herkommen und Bilder mit meiner Systemkamera schießen. Die Idee gefiel mir und ich stapfte davon.

Kapitel 29

Claudio

Mit dem Fahrrad fuhr ich in den nahegelegenen Supermarkt, um die gähnende Leere in meinem Kühlschrank zu füllen.

Ich stellte das Rad in den vorgesehenen Ständer, schloss es mit der Fahrradkette daran fest und ging in den Laden. Viel brauchte ich nicht. Heute Abend konnte ich im Hotel etwas Kleines essen, und dasselbe galt für mindestens eine Mahlzeit am Samstag und Sonntag. Und am Montagmorgen würde ich nach Freiburg fahren.

Lächelnd schnappte ich mir einen Einkaufskorb. Diese Auszeit brauchte ich dringend. Abstand zur Arbeit und Abstand von Leo. Allein der Gedanke an ihn weckte einen ganzen Schwarm Schmetterlinge in mir. Und das, obwohl er mir die Schuld an vielem gab und mich abgewiesen hatte. Mein Körper war anderer Meinung. Ich schnaubte und konzentrierte mich auf den Einkauf. An der Fleischtheke hielt ich inne und erinnerte mich an den Grillabend letztes Jahr im

Bed & Breakfast Seeoase im Tessin, als die Welt in Ordnung schien. Was sie, nachträglich gesehen, nicht gewesen war. Zu diesem Zeitpunkt hatte es jedoch keine Rolle gespielt, denn ich war glücklich und hatte mir Hoffnung auf eine Zukunft mit Leo gemacht. Und das, obwohl wir uns zu dem Zeitpunkt erst ein paar Tage gekannt hatten. Es hatte sich damals angefühlt, als wären wir füreinander geschaffen. Das Universum hatte andere, perfidere und hinterhältigere Pläne mit mir. Kurz: Es wollte mich allem Anschein nach leiden sehen.

Leise seufzend zwang ich meinen Blick weg von der Theke und beeilte mich, den Einkauf zu beenden und zur Kasse zu gehen. Die Kassiererin grüßte mich freundlich. Schnell legte ich meine Produkte auf das Band, ließ es einscannen, bezahlte und packte alles in meinen Rucksack, den ich mir umhängte.

Als ich aus dem Laden trat, blendete mich die Sonne, die soeben hinter einer Wolke hervorkam, sodass ich blinzeln musste. Ich kniff etwas die Augen zusammen und da sah ich ihn – Leo. Nein, das konnte nicht sein. Erneut blinzelte ich, doch er verschwand nicht, stand auf der anderen Straßenseite und betrachtete ein Graffiti an der Wand des einsturzgefährdeten und abgesperrten Gebäudes. Was hatte er da zu suchen? Formte er mit den Fingern ein Viereck? Gehörte das zu seinem Job und die Immobilie war ein Tatort oder so ähnlich? Zugegeben, die Gegend hier war nicht das Gelbe vom Ei, aber dass es hier mehr Kriminalität gab als in anderen Quartieren, war mir nicht bekannt. Möglicherweise waren im

Abrissgebäude Wohnhausbesetzer und Leo kontrollierte das? Aber *what the fuck* kümmerte mich das?

Schnaubend wollte ich mich meinem Fahrrad zuwenden, als Leo sich umdrehte und erstarrte. Sogar über die Straße hinweg sah ich seine vor Schreck geweiteten Augen. Na danke. Nun bescherte ich ihm auch noch Albträume. Wut brodelte in meinem Inneren und ich stapfte zum Rad. Der konnte mich echt kreuzweise. Wenn das für meinen Körper kein Zeichen war, dass er Leo vergessen sollte, dann war ich definitiv nicht mehr zu retten.

»Hallo Claudio.«

Ohne ihn zu beachten, bückte ich mich, um das Schloss zu öffnen, und hängte es um die Sattelstange.

»Du hast allen Grund, mich nicht zu beachten. Ich entschuldige mich für meine Worte in der Lagerkammer und wollte dich —«

»Du wolltest mich loswerden. Schon klar.«

»Nein, aber wir müssen vorsichtig sein.«

»Ist. Mir. Klar. Ich halte mich von dir fern. Keine Angst.«

»Kannst du nicht Urlaub nehmen, einen familiären Notfall vortäuschen und ins Tessin zu Valerie fahren? Es wäre mir wohler.«

»Dir wäre es wohler? Dir? Echt, du hast Nerven. Du verfolgst mich doch. Oder wieso sonst solltest du hier in meinem Wohnquartier erscheinen?«

»Ich war spazieren, habe heute frei. Dich zu treffen hat mich auch überrascht und ist gefährlich.«

»Wieso bist du denn nicht auf der anderen Straßenseite geblieben?«

»Weil ich dich warnen wollte. Bitte, Claudio. Es ist nicht mehr sicher. Dante und die Morettis trauen mir nicht und haben auch dich beobachtet. Wir sind scheinbar nicht so unauffällig. Wir dürfen keine Fehler machen. Ich kann das nicht noch einmal durchmachen.«

»Wie gesagt. Ich stehe deiner Karriere nicht im Weg. Lass mich einfach in Ruhe, dann ist uns beiden geholfen. Und je eher du deinen Job erledigt hast, je schneller sehen wir uns nicht mehr.«

»Das ist nicht das, was —«

»Spar dir deine Ausflüchte.« Ich rupfte am Fahrrad, das im Ständer eingeklemmt war, bis es mir entgegensprang und mich voll am Schienbein erwischte. Den Schmerz schluckte ich hinunter, schwang mich auf den Drahtesel und brauste davon. Mein Magen zog sich zusammen und ich zitterte. Dieses Gespräch hatte mich fertiggemacht, mir alle Kraft geraubt. Und ja, am liebsten hätte ich mich krankgemeldet, um Leo im Hotel nicht zu begegnen. Doch ich wollte meine Kolleginnen und Kollegen nicht unnötig hängen lassen, da ich nächste Woche schon Frei-Tage hatte. Dann war ich drei Tage weg, sehr zum Wohlgefallen von Leo. Ich schnaubte. Dass er so dreist war, hätte ich mir nie vorstellen können. So konnte man sich in einem Menschen täuschen. Noch mehr war ich von mir enttäuscht, dass mich meine Menschenkenntnis so im Stich gelassen hatte.

Inzwischen liefen mir Tränen über die Wangen und ich war froh, zu Hause angekommen zu sein. Ich öffnete das niedrige Holztor zum Hinterhof, stellte das Fahrrad ab und sicherte es auch hier mit dem Schloss am Ständer. Langsam schlich ich zum Eingang und stieg in den zweiten Stock hinauf. Vor der Wohnungstür blieb ich stehen und kramte in der Hosentasche nach dem Schlüssel, schloss auf, trat ein und drückte die Tür zu. Mit der Gewissheit, allein zu sein, ließ ich den unterdrückten Schluchzer frei. Meine Brust schnürte sich zu. Ich zog den Rucksack ab, in der Hoffnung besser Luft abzubekommen, und sank der Wand entlang auf den Boden. Mein aufgestauter Frust, die Trauer um den Verlust der Hoffnung auf Leo, der Verrat von ihm und die unerwiderten Gefühle entluden sich in hemmungslosem Schluchzen. Ich weinte über meine Naivität und die Schmetterlinge in meinem Bauch, die sich nie ganz entfalten durften und um die verpasste Möglichkeit, den Einen gefunden zu haben.

Kapitel 30

Leo

Das war komplett aus dem Ruder gelaufen. Ich schaute verdattert hinter Claudio her, der wie ein Flüchtiger auf seinem Fahrrad davonbrauste. Das Schlimmste an der Sache war nicht einmal die Tatsache, dass ich mich nicht hatte erklären können, sondern mir sicher war, dass Luca dieses Schauspiel beobachtet hatte. In mir zog sich jedes Organ zusammen und mir wurde übel. Ich musste mich bei Georg melden und suchte eine Straßenecke, an der ich den Überblick hatte und es keine Möglichkeit gab, mich zu belauschen. Falls er mich telefonieren sah, konnte er annehmen, dass ich meinen Bruder anrief. Ich zog das Smartphone aus der Jackentasche und wählte.

»Leo, alle okay?«

»Nein, ich denke, es könnte gefährlich werden.«

»Kannst du sprechen?«

»Ja.« Ich erzählte ihm von der Überwachung durch Luca Moretti, dass ich nicht mehr eingesetzt wurde und Claudio, der ebenso ins Visier geraten war.

»Nicht gut, nicht gut.«

»Ich weiß, dass ich wieder Scheiße gebaut habe.«

»Hast du nicht. Wir haben dasselbe von Zian Seiler gehört. Auch ihn haben sie quasi beurlaubt. Obwohl wir mehrere Sicherheitsfirmen fingiert haben und eure Lebensläufe und Ausbildungen komplett unterschiedlich sind, seid ihr beide wohl dem Misstrauen unserer Zielpersonen zum Opfer gefallen. Ich habe es intern besprochen. Wir können euch nicht von heute auf morgen abziehen. Das wäre erst recht verdächtig.«

»Und Claudio?«

»Ich beantrage Personenschutz für ihn. Unauffällig natürlich.«

»Danke, ich schulde dir etwas.«

»Kannst mir danken, wenn alles über die Bühne ist. Bis dahin, spiel das Spiel weiter und gib auf dich acht.«

»Werde ich. Tschüss.«

Verstohlen blickte ich mich umher, während ich das Smartphone in die Gesäßtasche steckte. Von Luca keine Spur, was nicht hieß, dass er nicht in der Nähe war. Etwas leichter war mir ums Herz, nun da ich wusste, dass jemand auf Claudio aufpassen würde. Die Angst war größer und fraß sich immer noch durch meine Eingeweide. Ich atmete tief durch und ging auf dem Weg zurück, auf dem ich herkam. Dass ich mitten in Zürich auf Claudio gestoßen war, war entweder ein Wink des Schicksals oder eine Strafe des Universums, weil ich letzten Sonntag in der Kammer ein Arschloch gewesen war. So oder so zog es meinen Körper automatisch zu ihm. Wenn nur die Umstände problemloser wären, dann würde ich auf Knien um seine Vergebung bitten. Nein, ich war mir nicht einmal dafür zu schade, was viel über meine Gefühle aussagte.

Vierzig Minuten später trat ich in die Lobby. *Na wer sagt es denn. Luca.*

»Warst lange unterwegs.«

»Ja, habe mich verlaufen und bin unerwartet an Herrn Tesso geraten. Zürich scheint kleiner als angenommen. Und sogar meinen Bruder habe ich erreicht.« Ich konnte ihm sagen, dass ich Claudio getroffen hatte. So nahm ich im sicher etwas Wind aus den Segeln.

»So, so, Herr Tesso.«

»Ja, er schien in Eile. Was guckst du so? Bist du eifersüchtig?« Hoffentlich ging meine Strategie auf.

»Nein, finde es nur … spannend.«

»Weißt du, wann ich wieder eingesetzt werde?«

»Natürlich. Morgen Samstag und am Sonntag. Wir machen Ausflüge. Du bist der Fahrer.«

»Gut, bin froh, etwas zu tun zu haben. Bin nicht fürs Rumsitzen gemacht. Ich geh nach oben. Gibst du mir die Zeit durch, wann ich morgen bereit sein muss?«

Er nickte und ich ging zu den Fahrstühlen. Endlich konnte ich etwas tun. Scheinbar war ich noch nicht ganz abgeschrieben oder hatte einem weiteren

Hintergrundcheck standgehalten. Hoffentlich würden die nächsten zwei Tage infotechnisch ergiebiger werden als die vergangenen Wochen. Schon so lange war ich Dantes Bodyguard und konnte dennoch nichts zu den Ermittlungen beitragen. Claudio hatte mit seiner Aktion, Schmitt und Dante zu belauschen, mehr in Erfahrung gebracht als ich. Ich war stolz auf ihn. Er hatte sich nie unterkriegen lassen, war sogar an den Herausforderungen in seinem Leben gewachsen. Der Blick in den Fahrstuhlspiegel verriet mein debiles Grinsen. Ja, letztes Jahr war mir Claudio beim ersten Blick unter die Haut gegangen, wenn nicht sogar in mein Herz gekrochen.

So ne Scheiße! Ich war desillusioniert, gefrustet und wütend, durfte mir aber nichts anmerken lassen, da ich im am Steuer saß. Wie Luca angekündigt hatte, war ich der Fahrer. Nicht mehr und nicht weniger. Ich musste sogar im Auto warten, wenn Dante und die Morettis ein Restaurant oder eine Wohnung betreten hatten. Auch weitere Ladenlokale hatten sie besichtigt. Nein, ich genoss kein Vertrauen. Hatte ich wahrscheinlich nie. Im Auto hatten sie beharrlich geschwiegen. Es fühlte sich an, als hätten sie eine strengere Sicherheitsstufe aktiviert. Ich war sicher, dass in ihren Kreisen etwas vorgefallen war, weil auch Zian zurückgestuft worden war. Gern hätte ich mich mit ihm ausgetauscht, aber das war aus taktischen Gründen nicht möglich.

Ich fuhr in die Hotelgarage. Sergio, Luca und Dante stiegen aus.

»Du hast bis Donnerstag frei. Wir müssen uns um gewisse Leute und Dinge kümmern«, informierte mich Luca, grinste und erhielt von Sergio einen warnenden Blick.

»Was Luca sagen will, ist, dass wir Besprechungen haben mit Klienten, die nicht gern neue Gesichter in unseren Kreisen sehen. Sie sind sehr misstrauisch«, erklärte Sergio.

Ich nickte. Mein Hals war trocken und ich wurde den Verdacht nicht los, dass Luca mit *um Leute kümmern,* keine Wellnessbehandlung meinte.

Die drei Männer gingen zu den Fahrstühlen. Ich schloss das Auto. Es zog mich automatisch zum Treppenhaus und von da in die Lobby. Ich wollte Claudio sehen, mit eigenen Augen kontrollieren, dass es ihm gutging. Leider war er nicht an der Rezeption. Einige Zeit lungerte ich im Eingangsbereich herum, er tauchte nicht auf, daher verkrümelte ich mich in mein Zimmer und bestellte einen Snack, der mir eine halbe Stunde später gebracht wurde. Ich setzte mich damit an den kleinen runden Tisch. Hunger hatte ich keinen, biss dennoch in das belegte Brötchen und schaute gedankenverloren aus dem Fenster in die Nacht hinaus. Die Straßenlampen tauchten das Gebäude nebenan in ein gespenstiges Licht, was meine Gedanken alles andere als aufhellten. Die Angst um Claudio kroch wie eine Kletterpflanze an meinem Körper hoch und nahm mir die Luft zum Atmen. Schnell schluckte ich den Bissen hinunter und drückte die Fäuste auf die Brust. Kalter Schweiß drang durch meine Poren. Das Atmen wurde hektischer und vor meinen Augen flimmerte es. »Claudio«, wimmerte ich und wiegte mich hin und her.

Eine kleine Ewigkeit später hatte ich meinen Körper so weit im Griff, dass ich ins Badezimmer gehen und mir kaltes Wasser ins Gesicht spritzen konnte. Meine Wangen waren rot und gefleckt. Mit den Händen stützte ich mich auf dem Waschbecken ab. Nun erfassten mich die Albträume um Claudio am helllichten Tag. Als Panikattacke. Dabei war ich mir so sicher gewesen, dass ich diese Phase der Verarbeitung hinter mir hatte. Nach dem Krankenhausaufenthalt und den Therapiestunden beim Psychologen waren diese Aussetzer immer weniger geworden. Einzig nachts suchten mich Träume heim, in denen ich Claudio retten wollte und nicht konnte. Ich ging zurück ins Zimmer und setzte mich wieder an den Tisch. Das Essen war mir vergangen, dafür würde ich die freien Tage nutzen, mir etwas für Claudios Sicherheit zu überlegen.

Kapitel 31

Claudio

Am Zürcher Hauptbahnhof stieg ich in den ICE, der direkt nach Freiburg im Breisgau fuhr. Als ich meinen reservierten Sitz gefunden hatte, verstaute ich den Rollkoffer auf der Gepäckablage über den Sitzen. Den kleinen Rucksack stellte ich auf den Nebensitz, zog die Jacke aus, setzte mich hin und schloss die Augen. Sofort kam mir das Gespräch mit Leo in den Sinn. Seit Freitag hatte ich ihn nicht mehr gesehen. Dafür spukte mir sein Gesichtsausdruck, als ich mich auf das Fahrrad geschwungen und ihn dann einfach stehengelassen hatte, unaufhörlich in meinem Kopf herum. Erst nach meinem Heulkrampf war mir bewusst geworden, dass ich ihm vielleicht besser hätte zuhören sollen. Doch ich war so wütend gewesen. Bin es immer noch.

Ich ballte meine Hände zu Fäusten und öffnete sie wieder, als vor meinem geistigen Auge erneut sein Gesicht erschien. Er hatte fast zerbrechlich und voller Panik ausgesehen. In der Hoffnung, mein Unwohlsein wegmassieren zu können, rieb ich mir über die Brust. Immerhin war ich, wie von ihm gewünscht, im Urlaub. Wenn auch nur für drei Tage. Ehrlich gesagt, fühlte ich mich wohler dabei, diesen Dante einige Tage nicht sehen zu müssen. Schmitt schlich auch nach wie vor im Hotel herum und hatte einige Male Besuch von nicht minder zwielichtigen Personen mit Bodyguards bekommen. Einer hatte mich an Leo erinnert. Möglichst unauffällig schüttelte ich den Kopf. Was mich nicht an ihn erinnerte, wäre einfacher zu beantworten.

Grummelnd nahm ich meinen Reader aus dem Rucksack. Ich schaltete das Gerät ein, verband es mit dem Smartphone-Hotspot und scrollte durch den Kindle-Shop, konnte mich aber für nichts begeistern. Eine Liebesgeschichte – nein danke. Krimi? Hatte ich selbst eine Portion davon in meinem Leben. Fantasy, na ja, nicht unbedingt mein Genre. Seufzend legte ich den Reader auf meine Oberschenkel und sah aus dem Fenster. Die Bäume hatten ihr Kleid von Grün auf Braun gewechselt. Der Herbst hatte definitiv Einzug gehalten. Die Sonne blickte zwischen den Wolken hervor, aber die Temperaturen waren seit ein paar Tagen um einige Grade gefallen. Ich genoss den Wechsel der Jahreszeit. Es fühlte sich für mich immer an, wie der Anfang von etwas Neuem. Diese Freude wollte allerdings heute nicht aufkommen. In meinem Körper widerspiegelte sich eins zu eins dieser Temperatursturz. Mein Shirt reichte nicht mehr, um mich zu wärmen. Ich öffnete erneut den Rucksack, verstaute den Reader, fischte dafür einen Pullover heraus und zog ihn an. Leider vertrieb er die Kälte nicht.

Ein bekanntes Gefühl breitete sich in mir aus. Das gleiche, das ich hatte, bevor Leo auf der Bildfläche erschienen war. Ob das etwas mit seinen Worten, dass wir aufpassen mussten und ich beobachtet wurde, zu tun hatte? Ein Frösteln durchfuhr mich. Wieso hatte jemand Interesse an mir? Hatten sie Leo und mich im Fitnesslagerraum gehört? Vielleicht sogar gesehen? Aber was hieße das für uns? Wir waren Männer mit Bedürfnissen. Das konnten sie uns doch nicht krummnehmen. Waren sie homophob? Wäre durchaus möglich. Aber das spielte jetzt keine Rolle mehr, denn Leo hatte mich abserviert. Oder? Und da war sie wieder, die Hoffnung, ihn falsch verstanden zu haben, er mich nur schützen wollte und wir nach seinem Einsatz eine Chance hätten. Zu märchenhaft, um wahr zu sein.

Ich musste eingenickt sein und erwachte durch das Vibrieren meines Smartphones in meiner Hand. Seline. Komisch. »Hallo Süße, hast du bereits Sehnsucht nach mir?«

»Sicher, ohne dich ist es hier öde.«

»Ja, hättest mitkommen sollen.«

»Nächstes Mal vielleicht. Aber du wirst nicht lange allein sein.«

»Inzwischen habe ich weder Lust auf einen Clubbesuch noch auf ein Bettabenteuer.«

»Ich spreche auch nicht davon. Leo ist auf dem Weg zu dir.«

»Leo!«, presse ich etwas zu laut hervor und schaute mich verlegen um. Die meisten Passagiere trugen Kopfhörer und hatten meinen Ausbruch nicht mitbekommen. Leiser fragte ich nach: »Der Leo?«

»Ja, er kam zu mir, sah dabei völlig durcheinander aus und hat nach dir gefragt. Er hatte sogar dunkle Augenringe. Na ja, er tat mir leid und da habe ich ihm deinen Aufenthaltsort anvertraut.«

Meine Hand zitterte leicht, als ich mir durch die Haare fuhr. Ich war unschlüssig, ob ich das toll finden oder ihr eine Standpauke halten sollte, also schnaubte ich nur.

»Jetzt könntest du dich bei mir bedanken.« Sie kicherte.

»Das werde ich erst tun, wenn ich weiß, was er von mir will.«

»Was glaubst du denn, was er von dir möchte?«, sagte sie anzüglich und ich konnte ihr Zwinkern förmlich sehen.

»Das … weiß ich auch nicht.« Ich seufzte.

»Dann lass es auf dich zukommen. Und wenn es sich gut anfühlt, dann genieß es.«

»Ha, danke für den Rat.«

»Gern geschehen. Ich muss wieder, wollte dich einfach vorwarnen.«

»Wie nett von dir«, antwortete ich sarkastisch.

»Weiß ich doch. Tschüss.«

»Ja, ja, tschüss.«

Leo war auf dem Weg zu mir? Wie? Auch mit der Bahn oder mit dem Auto? Noch mal seufzte ich. Es blieb mir nichts anderes übrig, als abzuwarten.

Vor dem Hotel atmete ich tief durch und stieg die zwei steinernen Stufen zum Eingang hinauf. Ich drückte die schwere Glastüre auf, trat in den dämmrigen Korridor und sog das Ambiente in mir auf. Das Gemurmel der Restaurantgäste drang an meine Ohren und ich nahm den unverkennbaren Duft von Fleisch wahr. Erschrocken wich ich einem Pärchen aus, das ich, durch meine Träumereien erst im letzten Moment sah, und hätte um ein Haar den großen Kerzenständer umgeworfen. Nur meinen schnellen Reflexen verdankte ich es, dass der Eisenständer mit den elektrischen Kerzen nicht zu Boden krachte. Erleichtert über das verhinderte Unglück steuerte ich die in dunklem Holz gehaltene Rezeption an, die ebenso als Bartheke für das angrenzende Restaurant diente. Ich checkte ein, beobachtete die Mitarbeiterin – Berufskrankheit – und hatte Glück, dass das Zimmer bezugsbereit war. Von Leo keine Spur. Was nicht verwunderlich war, denn wenn er Seline kurz vor ihrem Anruf nach mir gefragt hatte, musste er noch ein Auto organisieren oder auf eine Bahnverbindung warten.

Nachdem ich mein Gepäck im Zimmer verstaut und mich frisch gemacht hatte, ging ich in die Innenstadt. Ich flanierte den unzähligen kleinen Läden entlang. Dabei war ich immer auf der Hut, nicht mit dem Fuß in die Freiburger Bächle zu treten. Dem Wahrzeichen der Stadt, wobei es sich um künstlich angelegte Wasserläufe handelte, die in den meisten Straßen und Gassen der Altstadt anzutreffen waren. Trotz interessantem Shoppingangebot reizte mich nichts. Lag es an der Vorfreude auf Leo? Denn die hatte ich definitiv. Meine Gefühle für ihn konnte ich nicht mehr leugnen oder ignorieren. Und es war mir sehr wohl bewusst, dass ich unweigerlich wieder mit einem schmerzhaften Knall auf dem Boden der Tatsachen landen würde, falls mich Leo ein weiteres Mal abservieren sollte. Ich fluchte leise vor mich hin und erntete schräge Blicke dafür.

Mein innerer Kompass hatte mich wieder in Richtung meiner Unterkunft geführt und in der Nähe des Hotels wurden meine Schritte langsamer. Instinktiv spürte ich, dass er da war. Tatsächlich sah ich ihn dann auch schon von Weitem vor dem Hotel herumtigern. Sogar aus der Distanz konnte ich die Nervosität erkennen, die ihn wie Nebel einhüllte. Er hatte mich noch nicht gesehen. Ich trat hinter einen Baum, die Nervosität hatte auch mich ergriffen, und ich musste mir zuerst eine Taktik zurechtlegen, wie ich auf ihn zugehen würde. Er sollte nicht merken, dass ich mich wahnsinnig freute, ihn zu sehen. Er hatte es verdient, etwas zu leiden. Egal, weswegen er hier war.

Kapitel 32

Leo

Seit – ich blickte auf die Armbanduhr – zwei Stunden tigerte ich vor dem Hotel auf und ab. Von Claudio keine Spur. Natürlich nicht. Er war auch nicht hierhergekommen, um im Hotel zu chillen. Was war ich nur für ein Idiot? Ich hätte die Fahrt nach Freiburg besser durchdenken sollen. Abrupt blieb ich stehen und sah zum tausendsten Mal die Straße hinauf und hinunter. Kalt war mir inzwischen auch, aber ich traute mich nicht, mich in einem Restaurant zu verkrümeln und damit Claudio zu verpassen.

Seine Arbeitskollegin musste mich für durchgeknallt halten. Da ich die beiden in der Bar beobachtet hatte, ging ich davon aus, dass sie gut befreundet waren. Ihrer Reaktion nach zu urteilen, wusste sie mehr über uns, als mir lieb war. Aber damit hatte ich mich nicht beschäftigen können. Unverhofft bereitwillig hatte sie mir mitgeteilt, dass Claudio nach Freiburg gereist war. Auszeit für zwei Nächte. Selbst das Hotel hatte sie mir verraten und anzüglich gegrinst.

Ja, sie wusste definitiv zu viel. Zudem hatte sie mir auch noch ihre Nummer in mein Telefon eingespeichert und sich selbst angerufen. *Für den Notfall* war ihre Begründung gewesen. Daraufhin hatte ich Felippe Bescheid gegeben, dass ich zu meiner Wohnung fahren und bis Mittwochabend dort bleiben würde, um Kleider zu waschen und nach dem Rechten zu sehen. Meine temporäre Wohnung hatte mich nicht lange gesehen. Ich hatte lediglich einige neue Klamotten eingepackt, den Koffer in meinem Auto verstaut und war nach Freiburg gefahren. Mehrmals hatte ich kontrolliert, ob ich verfolgt wurde. Was nicht der Fall gewesen war. Dennoch hatte ich meinen Chef über die Reise in Kenntnis gesetzt. Er hatte es begrüßt und mir ausgerichtet, dass er für Claudio keinen Polizisten hatte abbestellen können. Personalmangel. Immer das Gleiche. Er war also ohne Schutz, was mich frösteln ließ. Und das lag nicht nur am Temperatursturz der letzten Tage.

Ich zog den Reißverschluss meiner Sweatjacke bis ganz nach oben. Vielleicht hätte ich besser die Daunenjacke anziehen sollen, aber die hing zu Hause im Schrank. Als ich nach links blickte, erstarrte ich. War das …? Ja! Claudio kam die Straße entlanggeschlendert und blickte mich an. Ungefähr dreißig Meter von mir entfernt, blieb er stehen. Sein Gesicht war ausdruckslos. Mein Puls raste. Dann setzte er sich wieder in Bewegung und kam zu mir.

»Was machst du hier?«

»Ich bin dir nachgereist.«

»Offensichtlich.« Ohne ein weiteres Wort ging er an mir vorbei Richtung Hoteleingang.

»Ich wollte dich sehen.« Schnell setzte ich mich in Bewegung.

»Das hast du ja jetzt.«

»Und mit dir sprechen.«

Erneut blieb er stehen und drehte sich zu mir um. »Ich wüsste nicht, was es noch zu besprechen gibt. Du hast deinen Standpunkt deutlich gemacht.«

»Das, was du annimmst, ist nicht mein Standpunkt. Zudem muss ich über Dante und den Undercover-Einsatz mit dir sprechen.«

»Mach's kurz.«

Ich atmete tief ein und aus. Er durfte mich nicht abwimmeln. Das hier war meine letzte Chance. »Können wir irgendwo hingehen, wo wir ungestört sind? Bitte. Es ist sehr wichtig.«

Durchdringend schaute er mich an, als wollte er prüfen, ob ich es ernst meinte. Dann nickte er und ging ins Hotel. Ich folgte ihm. An der Rezeption verlangte er seinen Schlüssel. Dieser wurde ihm ausgehändigt und baumelte an einem altmodischen, glockenähnlichen und schwer aussehenden Anhänger. Ohne mich nochmals anzusehen, lief er zur Treppe. Brav schlich ich hinterher. Mein Herz wummerte. Vor keinem meiner bisherigen Einsätze war ich so nervös gewesen wie jetzt vor diesem Gespräch. Ich war schon in Schießereien geraten, mit dem Messer bedroht worden oder musste ein Fluchtauto verfolgen, doch nicht ein einziges Mal hatte ich feuchte Hände oder Atemnot.

Möglichst unauffällig wischte ich die Hände an der Jeans ab und konzentrierte mich auf meine Atmung. Dass wir bis in den dritten Stock laufen mussten, kam meiner Luftzufuhr nicht entgegen. Oben angekommen, fühlte ich mich, als hätte ich einen Berg erklommen.

Abrupt blieb Claudio stehen, sodass ich fast in seinen Rücken prallte. Er schloss die Tür auf und trat ein. Ich folgte ihm. Solange er nichts sagte, schickte er mich auch nicht weg. Schön positiv denken. Die Tür machte ich hinter mir zu und schaute mich unschlüssig um, da ich nicht wusste, wo ich mich hinsetzen sollte. Claudio deutete auf das Bett, er nahm den Stuhl, drehte ihn in meine Richtung und nahm Platz. Fast hätte ich über seinen strategischen Schachzug geschmunzelt. Ich wirkte auf dem Bett kleiner, er auf dem Stuhl überlegener. Nun bediente er sich auch noch dem Schweigen, um mich aus dem Konzept zu bringen. An ihm war ein Verhörspezialist verlorengegangen.

Er neigte den Kopf und ich räusperte mich. »Ich will dich nicht loswerden. Im Gegenteil.« Für einen Moment schloss ich die Augen, um mich zu sammeln, und sah ihn wieder an. »Du bedeutest mir so verdammt viel. Und deshalb habe ich auch eine Scheißangst, dass dir etwas zustoßen könnte.« Mein Hals verengte sich, die Bilder aus dem Tessin flackerten vor meinem inneren Auge auf. Mir wurde übel. Ich schluckte und schaute auf den Boden. Mein Atem kam abgehackt und ich probierte krampfhaft, genügend Luft in meine Lungen zu bringen.

»Leo, atmen!«

Ich spürte seine Hände auf meinen Oberschenkeln, dennoch nahm ich nur wie durch einen Nebel wahr, dass Claudio vor mir kniete.

»Einatmen, ausatmen. Leo, bitte, mach mit.« Die Panik in seiner Stimme lichtete den Dunst vor meinen Augen und half mir, Luft zu holen.

»Sehr gut. Weiter so.«

Inzwischen liefen mir Tränen über die Wangen, doch das war mir egal. Hauptsache, Claudio war hier und ich konnte wieder atmen. Vorsichtig legte ich meine Hände auf seine und genoss den Körperkontakt. Die Wärme, die von Claudio abging, beruhigte mich. Wie hatte ich nur ohne ihn sein können? Ich schaute ihm in die Augen. »Ich brauche dich.«

Als er aufstand, erfasste mich erneut Panik. Doch er setzte sich neben mich auf das Bett und nahm mich in die Arme. Sofort kehrte Ruhe in meinen Körper ein. Ich entspannte mich, ließ mich in seine Umarmung fallen und umklammerte ihn, als wäre er mein rettender Ast im reißenden Fluss.

Kapitel 33

Claudio

Leo klammerte sich an mich, als wäre ich seine letzte Rettung. Was war mit ihm passiert? Hatte er den Einsatz im Tessin nicht verarbeitet? Und die Angst um mich? Bedeutete ich ihm wirklich so viel, wie er gesagt hatte? Meine Gefühle gerieten in einen Strudel voller Hoffnungen, Ängste und sexueller Spannung. Die Nähe zu ihm hatte mir gefehlt, genau wie die elektrisch aufgeladene Spannung, die immer sofort, wenn er bei mir war, zwischen uns surrte. Der Körperkontakt, der mir Ruhe brachte und das Bewusstsein, dass ich bei ihm ich selbst sein konnte.

Inzwischen atmete Leo wieder regelmäßig. Er hatte mir einen verdammten Schrecken eingejagt. Hatte er das öfter? Sein warmer Atem an meinem Hals schickte Stromstöße durch mich hindurch, direkt in meinen Schwanz. Nun ging mein Atem unregelmäßig, seiner schloss sich meinem an. Ich schob ihn leicht von mir, um zu prüfen, ob es ihm gut ging. Seine Wangen waren gerötet und die Tränen darauf noch zu sehen. Sanft fuhr ich mit den Daumen darüber. Er seufzte und schloss die Augen. Leo war so wunderschön mit seinen dunkelbraunen, vollen Haaren und dem sexy Dreitagebart. Wie hatte ich ihn vermisst. Ich nahm sein Gesicht in meine Hände und drückte ihm sanft einen Kuss auf den Mund. Er wimmerte, brauchte das genauso wie ich. Als er die Augen öffnete, sah ich Verlangen und Hoffnung in ihnen lodern.

Konnte es wirklich sein, dass dieser taffe Kerl sich beim Sex mit mir fallenlassen wollte? Wollte er, dass ich die Führung übernahm? Ich war immer etwas argwöhnisch, weil er mich bei unseren kurzen und doch leidenschaftlichen Techtelmechtel-Intermezzos den Ton angeben ließ, er kam so oder so auf seine Kosten. Aber wollte er das ohne Wenn und Aber? Ich musste sicher sein. »Leo?«

Er öffnete die Augen, die er wieder geschlossen hatte.

»Was willst du?«

»Dich, nur dich.«

»Wie?«

»So, wie du es willst. Sag du es mir. Ich …« Er senkte den Blick und ich hob seinen Kopf mit meinen Händen, die ich nicht von seinen Wangen genommen hatte, an.

»Ich muss es von dir hören.«

Tief atmete er durch. Ich war sicher, dass es Mut brauchte, mir sein Bedürfnis mitzuteilen. Durch sein Verhalten die letzten Male ahnte ich es, hoffte es so sehr. Aber wenn das hier zwischen uns funktionieren sollte, dann wollte ich es klar und deutlich hören.

»Ich will, dass du mich führst, du mir sagst, wo es langgeht.«

Mir fiel das ganze Walliser Gebirge von meinem Herzen. Es war so, wie ich gehofft hatte. Das war keine einmalige oder viermalige Sex-Sache gewesen. Nein, dieser perfekte Kerl liebte es, im Bett die Kontrolle abzugeben.

»Nicht?« Seine Stimme zitterte und seine Gesichtszüge entgleisten ihm. »Ich dachte, du übernimmst gern die Führung. Wenn nicht …«

Als Antwort küsste ich ihn, ließ aber nach einigen Sekunden von ihm ab. »Ich liebe es, im Bett das Sagen zu haben, war nur nicht sicher, ob das für dich auch stimmt.«

»Hab ich dir das damals im Tessin und dieser Tage im Hotel nicht signalisiert?«

»Na ja, schon. Dennoch hatte ich Zweifel.«

»Durch deine Erfahrungen mit deinem Bruder war ich mir eigentlich sicher, dass du in gewissen Bereichen gern die Kontrolle hast. Und es war wie ein Geschenk des Himmels für mich.«

Ich konnte nicht warten und küsste ihn leidenschaftlich. Wir fielen nach hinten auf das Bett und Leo wurde sofort willig und anschmiegsam. Kopfüber tauchte ich in mein persönliches Paradies ein.

Kapitel 34

Leo

O mein Gott! Ich war im siebten Himmel. Wie hatte ich mich danach gesehnt, mich fallen zu lassen, nicht mehr denken zu müssen und mich hingeben zu können. Es war perfekt. Mein Körper wurde schwerelos. Ich ließ Claudio mit mir spielen. Er konnte mit mir machen, was er wollte. Ich vertraute ihm auf ganzer Ebene. Er war mein Ein und Alles. Der Gedanke ließ mich leer schlucken.

»Ist etwas nicht in Ordnung? Zu schnell?«

»Nein, perfekt. Mach weiter, bitte. Ich will dich spüren. Überall.« Ich hoffte, er verstand, was ich damit meinte. Jep, seine aufgerissenen Augen sprachen Bände.

»Du willst mich auch … in dir spüren?«

»Nicht nur spüren. Ich brauche dich.«

Er lächelte weich und schaute mir einige Sekunden voller Liebe in die Augen. Sagte ich schon, dass das hier der Himmel auf Erden war?

Er nahm den Kuss wieder auf und legte sich auf mich. Ich spürte seine Härte an meiner und stöhnte in seinen Mund. Mit der Hüfte suchte ich Reibung. Claudio verstand und bewegte sich hin und her.

»Scheiße, ist das gut. Mehr«, ließ ich verlauten.

»Ich habe hier das Sagen«, erwiderte er mit tiefer Stimme.

Hitze durchfuhr mich, ich wimmerte und rekelte mich unter ihm.

»Na, na, na so ungeduldig?«

Gott, diese sexy Stimme. »Claudio, bitte.« Ich wusste nicht, nach was ich bettelte. Mehr Körperkontakt, weniger Kleider, mehr Küsse. Keine Ahnung. Doch er wusste, was ich brauchte, half mir aus der Sweatjacke und dem Shirt und verwöhnte meine Nippel. Er leckte darüber und nahm die Zähne dazu. Ein langgezogenes Stöhnen entfuhr mir. Er ließ von mir ab und setzte sich auf, um sich seiner Fleecejacke und dem Oberteil zu entledigen. Wow, diese schlanke Brust. Glatt und ohne Haare. Mit meinen Händen strich ich darüber und knurrte, als sich eine Gänsehaut bildete. So wunderschön.

Claudio machte sich an meiner Jeans zu schaffen, öffnete den Knopf und den Reißverschluss. Ich hob meine Hüfte an und er zog sie mir samt Boxershorts nach unten. Dann zog er mir erst die Schuhe und danach die Hosen aus. Nackt lag ich vor ihm. Er starrte mich an, als wäre ich ein leckeres Dessert. »Hast du fertig gesabbert?«, konnte ich mir nicht verkneifen.

»Wie gesagt, ich gebe das Tempo vor.«

Schwer schluckte ich. Eine Leichtigkeit erfasste mich. Ich durfte alles abgeben, die ganze Verantwortung. Endlich war diese Tatsache auch bei meinem Verstand angekommen. Meine Gedanken beruhigten sich und fokussierten sich auf Claudio. Er zog sich soeben die Schuhe aus und streifte sich seine Jeans und die Unterhose über die Füße. Sein Penis war steif, rosa und auf der Spitze glänzten Lusttropfen. Ich fuhr mit der Zunge über meine Lippen. Konnte den Geschmack schon schmecken.

Claudio krabbelte zurück auf das Bett, über mich, bis zu meinem Gesicht.

»Nimm ihn.«

Das ließ ich mir nicht zweimal sagen, öffnete den Mund für diesen wunderbaren Schwanz und saugte und leckte daran.

Claudio stöhnte und sein Kopf fiel nach hinten. »Wie habe ich das vermisst. Meine Hand ist nichts im Vergleich zu deinem Mund. Ahhh, ja, genau so.«

Was? Hatte er keinen Sex mehr seit … seit wir zwei im Tessin miteinander geschlafen hatten? Das würde ich ihn irgendwann mal fragen. Aber nun widmete ich mich meiner Aufgabe, die ich sehr ernst nahm.

»Stopp.«

Sofort hörte ich auf.

»Du bist zu gut. Ich habe noch etwas anderes mit dir vor.« Mein Schwanz zuckte vor Freude und mein Loch zog sich in Erwartung zusammen.

Claudio stand auf und ging ins Badezimmer. Als er zurückkam, warf er ein Sachet mit Gleitgel und Kondome auf das Bett. Ich zog eine Augenbraue hoch.

»Hab ich sicherheitshalber immer in meinem Kulturbeutel«, deutete er meine Mimik richtig, kroch wieder zu mir ins Bett und küsste mich. Mit einer Hand wanderte er an meinem Körper hinunter und umfasste meinen Penis. Das war so gut. Er setzte sich auf, ließ mein bestes Stück viel zu schnell wieder los, griff nach dem Gleitgel, öffnete es und tropfte sich davon auf die Handinnenfläche. Mein Schwanz vermisste seine Berührungen. Dafür nahm ich seinen feuchten, kalten Finger an meinem Eingang wahr. Zärtlich spielte er mit der Rosette, dehnte den Muskelring und drang sanft in mich ein. Den Blick immer mir zugewandt, als würde er jede meiner Regungen überprüfen. Ich krallte mich am Bettlaken fest, als er den zweiten Finger hinzunahm. Ein Blitz durchfuhr mich, ich stöhnte und windete mich. Treffsicher hatte er meine Prostata gefunden. »Claudio, ich will dich.«

Ein schelmisches Lächeln umspielte seine Mundwinkel. Er hielt Wort und behielt die Kontrolle, gab das Tempo vor und brachte mich an den Rand der Verzweiflung. Und ich hätte es nicht anders gewollt. Als er einen dritten Finger in mich schob, schloss ich genüsslich die Augen und gab mich seinen Bewegungen hin. Ich öffnete die Lider, als sich seine Finger zurückzogen. Langsam zog er sich das Kondom über. Mein Loch pochte erwartungsvoll. Er platzierte seine

Eichel an meinem Eingang. Sein weicher Blick ruhte nach wie vor auf mir.

»Leo«, flüsterte er.

Ich griff nach seinen Hüften, um unsere Verbindung zu intensivieren. Langsam drang er vollständig in mich ein. Die Gefühle überwältigten mich und ich spürte Tränen in meinen Augenwinkeln. Mit einem Finger wischte Claudio sie mir ab und lächelte mich mit ebenso feuchten Augen an. Langsam bewegte er sich und biss sich auf die Unterlippe. Ich konnte den Blick nicht von dem schönen und innerlich starken Mann abwenden. Wir schauten uns in die Augen und brauchten keine Worte, um unsere Gefühle auszutauschen. Ich griff nach meinem Penis, doch er wischte meine Hand mit seiner weg, hielt sie einen Moment fest und schüttelte leicht den Kopf.

Erneut schloss ich die Augen und konzentrierte mich auf die Reibung unserer Körper, auf seinen Schwanz in mir, seine Hände auf meiner Haut und sein Stöhnen. Es kam mir wie ein Musikstück vor, ein Liebeslied. Spannung baute sich in mir auf und ohne eine Berührung meines Glieds kam ich und wurde in Sphären katapultiert, die ich nie für möglich gehalten hätte.

Claudios Muskeln spannten sich an, er stöhnte und brach dann auf mir zusammen. Wahnsinn!

Kapitel 35

Claudio

Musste ich mich von diesem warmen und verschwitzten Körper runterbewegen? Mit dem Kopf ruhte ich auf Leos Brust. Während ein Glücksgefühl durch meine Adern rauschte, lauschte ich seinem rasenden Herzschlag und fühlte mich geborgen. Hatte auch er diese Verbindung zwischen uns wahrgenommen? Und was bedeutete das für uns? Brauchte er mich wirklich? Ich brauchte ihn. Das war mir bewusst geworden, als er mit einer Panikattacke vor mir gesessen hatte. Ich brauchte ihn nicht nur, ich wollte für ihn da sein. Ihn umarmen und ihm Kraft geben. Und ihn im Bett herumkommandieren, die Zügel für uns halten. Mehr als vorhin. Aber die Sanftheit hatten wir beide gebraucht.

»Ich höre dich denken.«

Ich hob meinen Kopf, schaute ihn an. Sein Blick war unsicher und angespannt. Scheiße, bereute er es?

Schweigend entzog ich mich ihm, streifte das Kondom ab, verknotete es und ging ins Badezimmer.

Nachdem ich das Kondom entsorgt hatte, wusch ich mir meine Hände und mich, nahm einen Waschlappen, machte ihn feucht und ging zurück ins Schlafzimmer. Ich kletterte auf das Bett, säuberte Leos Bauch und Brust, warf das Tuch auf den Boden und fragte: »Ist das der Moment, in dem du mir wieder sagst, dass wir uns voneinander fernhalten sollen, oder so einen Scheiß?« Meine Stimme hatte gezittert.

»Was? Nein! Hast du kalt?«

»Mhm.« Ich war zu aufgewühlt, um zu antworten. Leo zog mich näher an sich heran und deckte uns zu. Mein Herz machte einen Hüpfer. Vielleicht auch zwei oder drei.

»Was geht in deinem Kopf vor?«

»Warum hast du vorhin kaum mehr Luft bekommen?«

»Weil ich eine Panikattacke hatte.«

Es war wohl nicht seine erste. »Hast du das öfter?«

»Nein, nicht mehr. Nach dem Vorfall mit deinem Bruder im Tessin habe ich eine Therapie gemacht. Das hat mir sehr geholfen, aber geblieben sind mir sporadische Albträume.«

»Was für Träume?«

Er rutschte nach oben, um sich an der gepolsterten Rückwand des Bettes anzulehnen, dabei zog er mich mit sich. Ich löste mich von ihm, wollte ihm in die Augen sehen.

»Sie handeln immer von dir. Dass ich dich retten muss und nicht kann.«

»Fuck, Leo! Das wusste ich nicht.«

»Wie solltest du auch? Ich wurde in ein anderes Krankenhaus verlegt und dann in die Deutschschweiz versetzt. Und später hatte ich nicht mehr den Mut, mich bei dir zu melden. Bei jedem Albtraum habe ich mir gesagt, dass es besser für dich ist, nichts mehr mit mir zu tun zu haben. Eine Beziehung mit einem Undercover-Polizisten ist schwierig.« Er seufzte und seine Augen strahlten unendliche Trauer aus.

»Und das ist es, was du möchtest? Eine Beziehung?«

Langsam hob Leo den Kopf. Sah mich eindringlich an. Wahrscheinlich, um herauszufinden, was ich davon hielt. Aber auch ich war ein guter Schauspieler. Hatte durch meinen Bruder gelernt, ein Pokergesicht aufzusetzen, damit er meine Angst nicht gespürt oder gesehen hatte. Und durch die Gäste im Hotel, bei denen ich in lustigen wie auch in tragischen oder unanständigen Situationen eine neutrale Miene behalten musste.

Leo schluckte. »Ja, das wünsche ich mir. Mit dir.«

Ich griff nach seiner Hand, drückte sie leicht. »Das wünsche ich mir auch. Sehr sogar.«

Sein Gesicht leuchtete auf, ein Lächeln stahl sich darauf und seine Augen glänzten. Er legte seine Hände an meine Wangen, zog mich an sich und küsste mich voller Liebe, bevor er flüsterte: »Du weißt nicht, wie glücklich du mich machst.«

»Doch, weil es umgekehrt genauso ist. Und ich war übrigens auch nicht besser. Hätte mich nach dir erkundigen können. Valerie hat es gemacht, jedoch keine konkreten Infos erhalten.«

»Ja, ich weiß. Ich wurde darüber informiert. Hätte mich daraufhin auch melden können. Aber, na ja. Mein Job und die Geschehnisse.« Er stockte.

»Findest du nicht, du hättest die Entscheidung, ob ich mit deinem Beruf umgehen kann, mir überlassen sollen?«

»Wahrscheinlich schon.« Er sah geknickt aus.

»Ich will dich. Auch wenn wir uns wochenlang nicht sehen können, wenn du undercover im Einsatz bist. Aber das ist immer noch besser, als ohne dich zu leben.«

Er zog mich in seine Arme. Ich kuschelte mich an ihn.

»Du hast gesagt, dass du kaum mehr Panikattacken hast, nur gelegentlich Albträume. Wieso hattest du vorhin eine?«, nuschelte ich an seine Brust.

Sein Oberkörper hob und senkte sich kraftvoll, als versuchte er, sich zu sammeln.

»Das war bereits die zweite, seit ich dich wieder getroffen habe. Die Bemerkungen durch Luca haben die Angst um dich ausgelöst.«

»Was für Bemerkungen?«

»Zuerst hat er anzüglich über dich gesprochen. Ich hatte die Befürchtung, dass er dich anbaggern könnte. Dann hat er mich ins Spiel gebracht, als wüsste er, dass wir uns kennen und du mir etwas bedeutest.«

»Hat er uns beobachtet und vielleicht erwischt? Du weißt schon, bei unserem Intermezzo?«

»Ich weiß nicht. Auch wenn Luca und Felippe nicht die hellsten Kerzen auf der Torte sind, haben sie Instinkte und eine gute Beobachtungsgabe. In deiner

Nähe werde ich unvorsichtig. Und nein, das ist allein meine Schuld.«

Ich grinste. »Danke. Aber ich denke, auch ich habe dich nicht ganz jugendfrei angeschaut. Du bist einfach verboten sexy.« Ich quietschte auf, als er mich kitzelte. »Was machen wir jetzt?«

»Es ist leider eine Tatsache, dass wir uns voneinander fernhalten müssen. Zumindest so lange, bis der Fall geklärt ist.«

»Wenn wir danach zusammen sein können, ist das für mich in Ordnung.«

»Danke für dein Verständnis. Aber du musst mir versprechen, auf dich aufzupassen. Eigentlich wollte mein Chef dir einen Polizisten zur Seite stellen. Unauffällig, um dich zu schützen.«

»Schätzt ihr die Gefahr so groß ein, dass das nötig ist?«

»Wir wollen auf alle Eventualitäten gefasst sein. Aber dieser Schutz kann dir leider wegen Personalmangel nicht gestellt werden.«

»Macht nichts. Ich kann mich wehren.«

Leo zog die Augenbrauen nach oben und mir entwich ein Lacher. »Ich trainiere Krav Maga. Das hat mir beim Verarbeiten der Geschehnisse im Tessin geholfen.«

»Wow. Ich würde gern einmal mit dir zusammen trainieren.«

»Unbedingt.« Ich freute mich, dass wir über gemeinsame Unternehmungen sprachen, und hoffte, dass Leo diesen Dante-Fall bald abschließen konnte.

»Gehen wir noch irgendwohin einen Kaffee trinken und später etwas essen?« In diesem Moment knurrte mein Magen. Ich hatte seit dem Frühstück nichts mehr zu mir genommen.

»Vielleicht zuerst etwas essen und dann einen Kaffee?« Er zwinkerte mir zu, schälte sich aus meinen Armen und stand auf.

Kapitel 36

Claudio

Im Halbschlaf kuschelte ich mich näher an Leo und genoss die Wärme, die er ausstrahlte. Er seufzte zwischendurch beim Ausatmen, was richtig niedlich war. Nicht, dass ich ihm das sagen würde. Ein Lächeln stahl sich auf meine Lippen und ich blinzelte. Helligkeit fiel durch den Spalt der dicken Hotelvorhänge. Gerne wäre ich mit Leo noch viele Tage und Nächte hier in Freiburg geblieben. Wir hatten gestern einen wunderschönen Nachmittag und Abend in der Stadt verbracht, bevor wir zurück ins Hotel gingen und … viele heiße Dinge im Hotelbett gemacht hatten. Bevor meine Gedanken zu besagten Dingen ins Detail gehen konnten, vibrierte mein Smartphone. Stöhnend drehte ich mich auf die andere Seite und griff danach.

»Seline? Ist etwas passiert?«, krächzte ich ins Telefon. Meine Stimme war noch nicht wach.

»Ja!«

Im Nullkommanichts saß ich im Bett, angespannt wie ein Brett. Auch Leo war wach geworden und schaute mich erschrocken an.

»Sag schon, was ist los?« Ich war ganz Ohr und malte mir die schlimmsten Dinge aus.

»Ich habe zwei Tickets für das Konzert von Jann Dannion gewonnen!«, schrie sie.

Das durfte doch nicht wahr sein. »Seline«, stöhnte ich ins Telefon.

»Was? Freust du dich nicht für mich und für dich? Ich möchte dich mitnehmen.« Sie klang beleidigt.

»Doch, aber du hast mir fast einen Herzinfarkt verpasst.« Ich schaute zur Seite. »Und Leo auch.«

»Leo!«, quietschte sie. Gott, wieso musste sie um diese Zeit so laut sein?

»Ich bin nicht bereit für tiefgründige Gespräche. Eigentlich schlafe ich noch«, brummte ich.

»Okay, okay. Entschuldige. Ich habe noch nie etwas gewonnen. Und nun zwei Tickets für das Konzert, das ausverkauft ist. Das musste ich dir einfach mitteilen. Du kommst doch mit, oder?«

»Ja, sehr gern. Wann und wo findet es statt?«

»Am kommenden Freitagabend im Kaufleuten. Du hast Frühdienst. Habe ich bereits gecheckt.«

»Ich freue mich. War einfach noch nicht ganz wach.«

»Soso. Hat dich ein gewisser Herr nachts am Schlaf gehindert?«, schrie sie ins Telefon.

»Seline!«, zischte ich und Leo prustete neben mir los, was wohl ihr Ziel war, um besagtem Herrn zu zeigen, dass sie wusste, was bei uns abging.

»Ich grüße deinen Lover!«, brüllte sie erneut ins Telefon, sodass ich es von meinem Ohr weghielt und auf Lautsprecher stellte.

»Grüße zurück. Und danke nochmals für die Infos zu Claudios Aufenthalt.«

»Habe ich gern gemacht, Süßer. Und jetzt lass ich euch tun, was ihr tun müsst.«

»Seline, bitte, noch zu keinem ein Wort über Claudio und mich«, schaltete sich Leo nochmals ins Gespräch ein. »Es ist überlebenswichtig.«

»Von mir erfährt niemand auch nur ein Sterbenswörtchen.«

»Danke dir. Du hast was gut bei mir.«

»Ich komme darauf zurück. Und … Halt, Stopp! Ich wollte euch ja noch sagen, dass sich eure *Freunde* irgendwie wie kopflose Hühner benehmen.«

»Wen meinst du damit?«, wollte Leo wissen.

»Dante und sein Gefolge.«

»Wie kommst du darauf?«

»Wenn sie sich beim Essen unterhalten, wirken sie sehr nervös. Ich kann es nicht richtig beschreiben. Jedenfalls anders als noch vor wenigen Tagen.«

»Danke für den Hinweis. Das bestätigt, dass sich etwas tut. Was, das müssen wir herausfinden.«

»Okay, wollte es nur erwähnt haben. Aber nun sag ich einfach nur noch: Tschüss, ihr beiden.«

Aufgehängt.

»Deine Arbeitskollegin ist eine Nummer für sich.«

»Das kannst du laut sagen. Aber ein Goldschatz.«

»Wie viel weiß sie von mir und meinem Job? Weil sie solche Beobachtungen macht?«

»Alles?« Ich kaute auf meiner Unterlippe herum.

»Mhm«, antwortete er und starrte dabei gedankenverloren auf meine Brust.

»Ich hab ihr von dir bereits erzählt, als du noch nicht im Hotel aufgetaucht bist. Aber nur die Geschehnisse im Tessin. Dass du *der* Leo aus meinen Erzählungen bist, hat sie selbst herausgefunden. Sie ist inzwischen meine beste Freundin. Und sie ist verschwiegen, hat selbst einen Cousin, der bei der Polizei arbeitet.«

»Ich mache dir keinen Vorwurf. Komm her.« Ich rutschte zu Leo und schmiegte mich an ihn. »Das kann ich dir nachfühlen. Meine Freunde sind dünn gesät, weil sich das mit meiner Arbeit nicht verträgt. Zwischen zwei Einsätzen habe ich mich zu meinem Bruder nach Italien eingeladen oder meine Eltern im Tessin besucht. Hier in der Deutschschweiz kenne ich niemanden. Na ja, außer den Personen, mit denen ich dienstlich zu tun habe.«

»Ach Leo, das klingt traurig.« Mein Herz schmerzte für ihn. Was musste das für ein einsames Leben sein?

»Bis jetzt war es für mich in Ordnung. Die Einsätze gaben mir die Abwechslung. Ich brauchte diesen Adrenalin-Kick, das Vibrieren in meinem Körper, wenn ich mich auf einen Job vorbereitet habe und die Vorfreude.«

»Und jetzt?«

»Stimmt es nicht mehr. Seit dem Vorfall im Tessin. Der Einsatz in Zürich ist mein erster nach meiner Verletzung.« Kurz stockte er, als ich ihm sanft über die Narbe strich. »Aber ich spüre keine Begeisterung mehr. Ich nerve mich, dass ich nichts zur Lösung des Falles beitragen kann. Dieses Mal ist es extrem, weil ich von Dante gar nicht richtig als Bodyguard eingesetzt werde. Es ist frustrierend.«

»Und was willst du machen? Um spannendere Einsätze bitten?«

»Nein, ich möchte aktiv an Ermittlungen teilnehmen. Also Polizeiarbeit im eigentlichen Sinne.«

»Du willst aber nicht wegen mir aufhören?«, wagte ich mich, zu fragen.

»Nein. Das ging mir seit Beginn dieses Undercover-Einsatzes durch den Kopf. Ich habe das viele Jahre gemacht und brauche einen Wechsel.«

»Sicher?« Ich musste es wissen, wollte nicht riskieren, dass er sich in ein paar Monaten oder Jahren langweilte und mir die Schuld daran gab.

»Ganz sicher. So sicher wie ich mir mit uns beiden bin.«

Ich warf mich regelrecht auf ihn und küsste ihn um den Verstand. Okay, meiner hatte sich ebenfalls verabschiedet. »Dreh dich um«, befahl ich.

Leo stöhnte unter mir. Ich machte ihm Platz, und er drehte sich willig auf den Bauch.

Langsam startete ich bei seinen Füßen, küsste sie, glitt langsam zu seinen Unterschenkeln. Auch meine Hände waren nicht untätig. Leo rieb seinen Unterleib an der Matratze.

»Ruhig bleiben. Du verschaffst dir keine Erleichterung.«

Er wimmerte und dieses Geräusch brachte mich endgültig um den Verstand. Brav hörte er mit den Bewegungen auf, krallte aber seine Hände in das Bettlaken. Etwas Erleichterung gestand ich ihm zu. Küssend und leckend arbeitete ich mich seinen Körper hinauf. Ich liebte seine durchtrainierte Figur. Nie hätte ich es für möglich gehalten, den richtigen Partner zu finden. Und das wollte ich ehren. Den Bereich um seinen Po sparte ich aus. Fies, das wusste ich. Es kostete auch mich enorme Selbstbeherrschung. Er zuckte, als er merkte, dass ich den schönsten Teil ausließ.

»Wer will denn hier ungeduldig werden?«

»Claudio, bitte.«

»Bitte was?«

»Ich … ich … mach weiter«, stotterte er.

Ich lächelte. Bald hatte ich ihn da, wo ich ihn haben wollte. Mit der Zunge glitt ich über seinen Rücken und knabberte dann an seinem Ohr. Er war bemüht, sich nicht zu bewegen.

»Du darfst dich auf den Rücken drehen.«

Langsam drehte er sich zu mir um. Seine glasigen Augen verrieten mir seine Erregung und seine langsamen Bewegungen seine Entspanntheit. Er hatte sich fallengelassen und vertraute mir völlig. Hitze, gepaart mit einem Flattern, durchfuhr mich und ich wollte ihn für seine Hingabe belohnen.

»Beine aufstellen.«

Er gehorchte sofort und ich nahm seinen Penis in den Mund. Mit einer Hand spielte ich mit seinen Eiern und näherte mich seinem Loch. Sein Stöhnen wurde lauter und er hob fast vom Bett ab. Ich spuckte auf meinen Finger und glitt in ihn. Durch unser nächtliches Verwöhnprogramm war er immer noch locker und weich.

»Bitte, Claudio, bitte«, stammelte er.

Ich nahm ein Kondom vom Nachttisch, öffnete die Packung und zog es mir über. Dann öffnete ich die Tube und verteilte großzügig Gleitgel darauf. Mit meiner Eichel stupste ich sein Loch an und er drückte sich mir entgegen. Nein, ich würde ihn nicht mehr maßregeln. Ich brauchte ihn. Jetzt.

Langsam schob ich mich in ihn. »Du fühlst dich so gut an. So gut. So schön.«

Leo lächelte verklärt und ich beugte mich vor, um ihn zu küssen. Wir fanden einen Rhythmus und trieben uns immer schneller dem Höhepunkt entgegen. Ich umfasste seinen Schwanz mit meiner Hand und wichste ihn.

»Claudio, ahhhhh …!« Er war höchst erregend und wunderschön, wie er das Gesicht selig verzog und sich an mich drückte.

Sein Loch zog sich zusammen. Ich spannte mich an, ließ los und sah alle Farben des Regenbogens vor meinen Augen.

Erschöpft sank ich auf seine Brust.

Kapitel 37

Leo

Sanft streichelte ich Claudio. Ihn auf mir liegen zu haben, war wie eine heilende Decke. Mir war auch aufgefallen, dass ich keinen Albtraum gehabt hatte. Allgemein fühlte ich mich ausgeruht, trotz unseres ausdauernden Bett-Sportprogramms. Claudio tat mir gut.

Ich drückte ihm einen Kuss auf den Kopf. »Sag mal, hattest du für deine Auszeit hier eigentlich Pläne?«

Er hob seinen Kopf, um mich von unten herauf anzusehen. »Nicht viel. Shopping, Flanieren und gut essen.«

»Bin bei allem dabei. Falls das für dich in Ordnung ist.«

»Musst du nicht zurück?«

»Nein, noch nicht, Dante hat mir frei gegeben. Ich muss ab Donnerstag wieder anwesend sein. Besser noch wäre Mittwochabend.«

»Okay, ich fahre auch am Mittwoch zurück. Und ja, es ist für mich mehr als in Ordnung, dich hier zu haben. Diese Auszeit mit dir ist so viel besser als alle vorherigen einsamen Ausflüge nach Freiburg zusammen.«

»Kannst du mir Freiburg zeigen? Ein paar schöne Gassen, Häuser und andere Sehenswürdigkeiten. Ich würde gern einige Fotos machen.«

»Sicher. Brauchst du die Fotos?«

»Ja und nein. Fotografieren ist mein Hobby. Ich mag vor allem Alltagssituationen wie unperfekte Gebäude, vollgesprayte Wände, unordentliche Hinterhöfe und solche Dinge. Normalerweise benutze ich meine Systemkamera, aber für heute reicht auch mein Smartphone. Nächstes Mal nehme ich die Kamera mit.«

»Ah, hast du in Zürich, bevor du mich vor dem Supermarkt erblickt hast, ein Fotomotiv gesehen?«

»Ja, genau. Die besprayte Wand. Wieso meinst du?«

»Du hast mit deinen Händen ein Viereck geformt.«

»Du bist ein guter Beobachter.«

»Das musste ich lernen, um meinen Bruder lesen zu können. Zu wissen, in welcher Stimmung er war und wie ich darauf reagieren musste, konnte mir damals viel Ärger ersparen. Und in meinem Beruf kommt mir diese angeeignete Gabe auch zugute.«

»Du ziehst immer viel Positives aus der Situation. Ich bewundere dich dafür.«

»Ja, ich glaube daran, dass alles, was passiert, einen Grund hat. Vielleicht sieht man diesen im ersten Moment nicht, aber wenn man zurückblickt, erkennt man meistens, was das Gute daran war.«

»Diese Einstellung gefällt mir. Und du denkst, unser Umweg zueinander hat auch einen Grund?«

»Hundertprozentig. Ich würde sagen, wir brauchten beide Zeit, um zu merken, was wir aneinander haben. In dieser Hinsicht habe ich in den letzten Monaten meine Lebenseinstellung oft hinterfragt. Manchmal braucht man einfach Geduld. Und nun haben wir uns wiedergefunden. Ich behaupte sogar, dass wir immer im Geiste verbunden waren.«

Ich drückte ihn an mich.

Wir kuschelten noch eine ganze Weile, bevor wir mich an der Rezeption offiziell anmeldeten und uns danach am Frühstücksbuffet die Bäuche vollschlugen. Danach machten wir uns auf den Weg in die Innenstadt.

»Langweile ich dich nicht, wenn ich an jeder Ecke anhalte, um ein Bild zu machen?«, fragte ich Claudio nach einer Weile.

»Im Gegenteil. Ich sehe die Stadt heute aus einer anderen Perspektive. Es ist faszinierend, was du siehst und wie genial das Motiv auf den Fotos rüberkommt. Und dich beobachte ich auch sehr gern.«

Ich hob mein Smartphone, drückte ab und hielt einen lächelnden und glücklichen Claudio bildlich fest. »Damit ich dich immer anschauen kann, wenn du nicht in meiner Nähe bist.«

Er zog sein Smartphone aus der Hosentasche und machte das Gleiche mit meinem Konterfei. »Gleiches Recht für beide«, feixte er.

»Klar.« Ich drückte ihm einen Kuss auf den Mund.

Mein Smartphone vibrierte, was mich leicht zusammenzucken ließ, da ich Dante oder einen der Morettis erwartete. Doch es war mein Chef. Ich hatte ja auch mein eigenes Telefon in der Hand und nicht mein Undercover-Gerät, über das ich mit Dante und Co. kommunizierte. Was sagte diese Zerstreutheit über mich aus? Dieser Frage ging ich nicht auf den Grund, sondern nahm ab.

»Chef?«, meldete ich mich, damit Claudio informiert war, warum ich das Telefongespräch annahm.

»Leo, hier ist die Hölle los. Zian Seiler ist verschwunden.«

»Was zum Henker?« Ich fuhr mir durch die Haare. Claudio blickte mich aus geweiteten Augen an.

»Ja, so habe ich auch reagiert. Wir wissen nicht, ob es etwas mit dem Undercoverauftrag zu tun hat, gehen aber davon aus. Er würde garantiert nicht einfach so verschwinden.«

»Ortung ist nicht möglich?«

»Nein, Telefon ist ausgeschaltet. Letztes Signal kam von irgendwo auf der Autobahn.«

»Was heißt das jetzt?«

»Du wirst Mittwochabend wieder erwartet, oder?«

»Ja. Und ich werde da sein. Es ist die einzige Chance, dass wir noch etwas erfahren. Auch über Zian.«

»Eigentlich möchte ich dich lieber abziehen von diesem Auftrag.«

»Und dann? Das ist noch verdächtiger und könnte Zian schaden.«

»Im Prinzip hast du schon recht.«

»Schau, Georg, nach diesem Einsatz müssen wir darüber sprechen, wo ich in Zukunft eingesetzt werde. Aber diesen Auftrag erledige ich. Egal, was ich dafür tun muss. Auch, um Claudio zu schützen.«

»Dachte ich mir schon, dass du dich jobmäßig verändern willst. Kommt für mich nicht überraschend. Und ich stehe hinter dir. Und wenn du weiter deine Tarnung aufrechterhalten willst, machen wir das. Du wirst aber mit einem Peilsender ausgestattet. Hätten wir bei Zian schon tun sollen. Gott, wir haben das Ganze komplett unterschätzt.«

»Mach dich nicht kaputt. Wir holen Zian da raus.« Und ich war überzeugt, dass wir das schaffen würden. Tragisch, dass ich das Kribbeln, den Adrenalinkick erst jetzt spürte. Aber wenn jemand in Gefahr war, lief ich zur Höchstform auf. So war es mir auch im Tessin ergangen, als Claudio und seine Schwester Valerie bedroht worden waren.

»Ich hoffe es. Die Info, wann und wo du den Peilsender bekommen wirst, schick ich dir noch. Und du weißt, was sonst für deine Sicherheit zu tun ist?«

»Klar. Soll ich mich heute bereits auf den Rückweg machen?«

»Nein, das ist nicht nötig. Dann hören wir uns.« Er klang nicht überzeugt.

»Ist gut. Bis dann.« Wir unterbrachen die Verbindung und ich schaute in Claudios Gesicht, indem sich
Neugier und Angst widerspiegelte. Ich würde mit
Hilfe meiner Kollegen und Kolleginnen den Fall
lösen, da war ich überzeugt. Doch Claudio war die
Komponente in meiner Gleichung, die mir Angst ein-
jagte und mir die Luft zum Atmen nahm.

Kapitel 38

Claudio

»Leo? Leo!« Ich strich ihm über die Oberarme.

Er blinzelte und schaute mich an. Dann umarmte er mich, als gäbe es kein Morgen. Was hatte das Telefonat zu bedeuten? Es hatte bedrohlich geklungen, doch Leos Worte hatten vor Überzeugung und Selbstvertrauen gestrotzt. Was passte hier nicht zusammen?

»Ich liebe dich, Claudio.«

Was? Halt! Ich drückte ihn sanft von mir. »Leo?«

»Ich liebe dich.«

Perplex blinzelte ich und spürte, wie meine Augen feucht wurden. »Du … du liebst mich?«

»Ja. Und wenn du es nicht oder noch nicht erwidern kannst: Ich kann damit leben. Aber ich musste es dir sagen.«

»Ich liebe dich doch auch.« Die Tränen fanden den Weg über meine Wangen und Leo strich sie mir zärtlich weg.

»Wirklich?«

»Ja. Wahrscheinlich seit unserem ersten Treffen im Garten in der Seeoase. Frag meine Schwester. Als ich dich da sitzen sah, mit einem Buch in der Hand – das war eine Offenbarung für mich.«

»Das stimmt. Wir haben Valerie einfach ausgeblendet und ich habe nur noch dich gesehen.«

Wir grinsten einander an.

»Darf ich nach dem Telefongespräch fragen?«

»Ja, aber können wir uns irgendwo hinsetzen?«

»Sicher. Da vorn ist ein Restaurant.«

Leo nickte und wir gingen Hand in Hand zum Lokal. Er öffnete uns die Tür und wir traten ein. Es war eine traditionelle Beiz mit Holz und altmodischen Trockenblumengestecken an den Wänden. Und scheinbar ein Treffpunkt für Einheimische. Umso besser. Die interessierten sich sicher nicht für unsere Gespräche. Schauten nicht einmal auf, sondern diskutierten weiter.

»Komm, da drüben sollte es etwas ruhiger sein.« Ich zog Leo hinter mir her und wir setzten uns an einen Tisch neben dem Bartresen.

»Guten Tag.« Eine Kellnerin, die aussah, als wäre sie längst in Pension, sah uns erwartungsvoll an. »Möchten Sie etwas essen?«

»Für mich nur eine Cola«, sagte ich.

»Eine Apfelschorle, bitte.«

»Gern. Bring ich Ihnen gleich.«

Leo schaute sich im Lokal um. Er wollte allem Anschein nach warten, bis wir die Getränke hatten, und ich ließ ihm diese Zeit. Doch ich konnte nicht leugnen, dass ich nervös war und Angst mich erfasste.

Irgendein Zian war verschwunden und Leo war überzeugt, ihn – wo auch immer – herauszuholen. Das klang in meinen Ohren gefährlich.

»So, hier Ihre Getränke.« Die Kellnerin schenkte uns ein und ging direkt zum nächsten Tisch.

»Das war mein Chef Georg.«

Ich nickte, um ihm zu signalisieren, weiterzufahren.

»Ein Polizist, der auch verdeckt ermittelt, ist verschwunden.«

»Dieser Zian?«

Er drehte sein Glas in den Händen. »Genau. Ich kenne ihn eigentlich nicht, bin ihm aber bei einem Treffen zwischen Dante und einem anderen Typen begegnet. Dieser Typ scheint auch ins Visier der Polizei geraten zu sein, da wir Zian dort eingeschleust haben. Mein Chef hat mir das bestätigt.«

»Wie sieht er den aus? Dante hat sich mal mit jemandem getroffen und ich dachte noch, einer seiner Bodyguards erinnert mich an dich.«

Leo lachte. »Er sieht anders aus als ich. Rotbraune Haare, Sommersprossen. Okay, vielleicht dieselbe Größe und ebenso trainiert.«

»Ja, das war er. Und er hat mich an dich erinnert, weil er das gleiche Auftreten hatte wie du.«

»Okay, soviel zu deiner genialen Beobachtungsgabe.«

»Und er ist verschwunden? Einfach so?«

»Scheint so. Und ich werde ab Mittwoch weiter verdeckt ermitteln.«

»Ist das nicht gefährlich? Die haben vielleicht den Braten gerochen.«

»Ich kann nicht leugnen, dass es kein Risiko ist. Aber wenn ich fernbleibe oder zu früh zurück bin, dann wäre das noch verdächtiger.«

Ich nickte verstehend.

»Was mir mehr Sorgen macht, bist du.«

»Meinst du nicht, du übertreibst? Weil … weil du mich liebst?«, ergänzte ich und nahm einen Schluck von meiner Cola.

Leo sah mir in die Augen und überlegte einige Sekunden. »Mag sein. Aber Luca hat dich im Visier, also ist meine Angst nicht unbegründet.«

Ja, darauf konnte ich nichts erwidern.

»Kannst du nicht noch mal ein paar Tage freinehmen? Bitte?«

»Ich weiß nicht.« Vielleicht war das keine so schlechte Idee. »Aber ich habe Seline versprochen, am Freitag mit zu dem Konzert von Jann Dannion zu gehen.«

»Das sollte schon gehen. Hauptsache du bist nicht im Hotel oder in der Nähe.«

»Gut, ich versuche es.«

»Danke, Claudio. Du weißt nicht, wie mich das beruhigt.« Er griff nach meiner Hand. »Ich muss Zian finden und diesen Fall abschließen. Und danach spreche ich mit Georg über einen internen Wechsel. Vorzugsweise in die Ermittlungsabteilung. Ich möchte aktiv nach Infos suchen, Menschen, Zeugen, Opfer befragen, Recherche betreiben und nicht mehr darauf angewiesen sein, dass mir nur mit Glück während

meiner Undercover-Einsätze Informationen zuge-
spielt werden oder eben nicht.«

»Das klingt nach einer spannenden Lösung. Meinst
du, das ist möglich?«

»Ja, Georg hat mir ein Gespräch zugesagt und
positiv geklungen.«

Ich drückte Leos Hand. »Du wirst diesen Fall
lösen und dann starten wir unser gemeinsames
Leben.«

»Das hört sich nach einem guten Plan an.«

Kapitel 39

Leo

Claudio und ich waren getrennt aus Freiburg zurückgefahren. Er mit dem Zug, ich mit dem Auto. Es tat weh, ihn gehen zu lassen. Doch die Aussicht auf eine gemeinsame Zukunft machte die Trennung erträglicher.

Ich öffnete die Tür zu meiner Wohnung, zog meinen Koffer hinein und schloss sie hinter mir. In meinem Bad erklang die Toilettenspülung. Georg hatte Wort gehalten.

»Hei, ich bin fast fertig«, sagte die Putzfee und zeigte mit dem Kopf auf meine Eingangskommode. Da lag es. Das Kuvert mit den Peilsendern. Ich hatte nachträglich noch einen für Claudio verlangt.

Ich nickte und antwortete: »Nur kein Stress. Ich hole mir nur ein paar neue Kleider und bin dann schon wieder weg. Sie können in Ruhe fertig putzen.«

Mit dem Koffer marschierte ich ins Schlafzimmer und grinste. Das Auto mit der Aufschrift *Gmeiner Reinigung und Hauswartungen* hatte ich vor dem Mehrfamilienhaus gesehen. Und meine Putzfee war irgendeine Polizeiaspirantin, die das Vergnügen hatte, meine Wohnung zu putzen. Und dieser Aufwand allein wegen der Peilsender. Aber da wir nie sicher sein konnten, dass Dante meine Wohnung beobachten ließ, mussten wir kreativ sein. Auch Abhörwanzen hätte er deponieren können, und da ich schon einige Tage nicht mehr danach gesucht hatte, hielten wir dieses Schauspiel für das Unauffälligste. Und dass ich dieses Mal noch eine saubere Wohnung bekam, darüber beklagte ich mich ganz sicher nicht.

Den Koffer legte ich auf den Boden, öffnete ihn und sortierte die schmutzige Kleidung heraus. Mit der Schmutzwäsche auf dem Arm ging ich ins Badezimmer, das inzwischen nach Putzmittel roch, und warf alles in den Wäschekorb. Langsam überquoll er und nächstes Mal, wenn ich Zeit hatte, musste ich dringend waschen.

Zurück im Schlafzimmer zückte ich einige Kleidungsstücke aus dem inzwischen gähnend leeren Schrank, schloss den Koffer und ging ins Wohnzimmer.

»Ich bin wieder weg«, rief ich über den lauten Staubsauger hinweg. Als mich die mir unbekannte Polizistin anschaute, formte ich mit den Lippen ein Danke. Sie nickte und widmete sich wieder ihrer Arbeit.

Unsere Vorsicht und unser Schauspiel hatten sich hoffentlich ausgezahlt, denn kaum war ich später durch die Lobby gelaufen, hatte sich Luca an meine

Fersen geheftet. Manchmal erkennbar, und teilweise so, dass ich ihn nicht sah. Also hatten sie mich beobachtet, wussten genau, wann ich zurückgekehrt war. Ich verhielt mich unauffällig und war auf direktem Weg in mein Zimmer gegangen.

Es klopfte, kaum hatte ich die Tür hinter mir geschlossen. Na wer sagts denn. Wobei Sergio vor mir stand und nicht Luca. Er schritt ohne Einladung an mir vorbei, setzte sich breitbeinig auf den Stuhl und lehnte behäbig sich zurück.

Notgedrungen blieb ich stehen. Sergio schien sich nicht daran zu stören, dass ich auf ihn hinabsah.

»Ab morgen wirst du die Umgebung wieder beobachten. Wir werden definitiv von der Polizei überwacht.« Er schaute mich eindringlich an, bestimmt, um meine Reaktion darauf zu prüfen.

»Scheiße.« Ich rieb mir über den Nacken und täuschte echte Besorgnis vor. »Wie kommt ihr darauf und können wir etwas dagegen tun?«

»Wir haben unsere Verbindungen und Informanten. Ein Problem wird in den nächsten Tagen geklärt, vielleicht zwei. Mehr hat dich nicht zu interessieren.«

»Was kann ich tun?«

»Wie gesagt, die Umgebung abchecken, nach verdächtigen Personen Ausschau halten. Luca hat mir auch gesagt, dass der Rezeptions-Kerl verdächtig sein könnte. Ich habe bereits abgeklärt, wieso er seit Montag nicht mehr hier ist, und mir wurde gesagt, er hätte Ferien.« Sergio starrte an die Decke, als suchte er dort nach der Richtigkeit dieser Antwort. »Aber ich weiß nicht. Luca hat ein Gespür für solche Gefahren. Er ist vielleicht nicht der Cleverste, aber dieses Gespür ist eine Gabe, und wir konnten bis jetzt immer darauf vertrauen.« Er stand auf und machte einen Schritt auf mich zu und legte er mir die Hand auf die Schulter. »Leo, ich hoffe, wir können dir vertrauen. Enttäusch uns nicht.« Das war eindeutig eine Drohung. Sergio drehte sich von mir weg und verließ das Zimmer.

Mein Herz pochte. Nicht wegen dieser Drohung, sondern wegen Claudio. Sie hatten ihn immer noch auf dem Radar. Er musste den Peilsender so schnell wie möglich bekommen, nur konnte ich ihn nicht selbst überbringen. Dafür brauchte ich Seline. Aber wenn ich jetzt das Zimmer verließ und sie suchte, war das definitiv auffällig. Claudio und ich würden uns nicht treffen und uns auch nicht schreiben oder telefonieren. Seine Sicherheit hatte für mich oberste Priorität, und wenn ich dafür einige Tage auf Kontakt mit ihm verzichten musste, war es das wert.

Ich öffnete meinen Koffer und nahm eine kurze Laufhose und ein Shirt raus. Als ich mich umgezogen hatte, holte ich aus dem Badezimmer ein kleines Frotteetuch und machte mich auf in den Fitnessraum.

Nach dem Training duschte ich und zog mich an. Beide Smartphones steckte ich in die Gesäßtasche beziehungsweise Sakko-Tasche.

Ich verließ das Zimmer und war mir bewusst, dass das von Luca oder sonst wem registriert wurde, wie schon vorhin mein Fitnesstraining.

Gut, war ein Restaurantbesuch nicht verdächtig. Ich hoffte, dass Seline Dienst hatte.

Das Glück war mir hold und sie wies mir einen Tisch in ihrem Bereich zu.

»Was darf ich dir bringen?«

»Gerne ein Wasser. Ich habe eine Bitte. Du weißt, was für einen Job ich habe. Hast es herausgefunden, oder?« So hatte es mir Claudio erzählt.

Sie nickte.

»Ich werde überwacht, daher ist es wichtig, dass wir so tun, als wäre ich ein normaler Gast. Danach erkläre ich dir meine Bitte.«

»Ich bringe dir die Speisekarte.« Sie drehte sich um, holte mir eine und gab sie mir in die Hände.

Ich öffnete die Karte und las mich quer durch das Angebot. Großen Hunger hatte ich nicht, aber um die Tarnung aufrecht zu halten, winkte ich Seline zu.

»Was darf es sein?«

»Ich nehme die Ravioli mit Lachsfüllung und die Brokkolicremesuppe voraus.«

»Kommt sofort.« Sie nahm die Speisekarte zurück und ging zur Theke, um meine Bestellung aufzugeben.

Das Fleur war nobel eingerichtet, wie man es von einem Restaurant in einem Fünf-Sterne-Hotel erwartete. Hell, weiße Tischtücher, auf jedem Tisch ein dezentes Blumengesteck und eine kleine Kerze. Bis auf wenige freie Plätze war es voll.

»Hier, dein Wasser.«

»Danke. Du musst Claudio etwas geben. Ich sag dir nachher, was.«

»In Ordnung.« Sie ging zu einem anderen Gast, der nach ihr verlangt hatte.

Ich nahm einen Schluck aus dem Wasserglas und zückte mein Smartphone. Gedankenverloren scrollte ich darauf herum und blickte immer einmal wieder umher und zum Eingang. Von Dante und den Morettis keine Spur.

»So, deine Suppe.«

»Danke dir. Du musst Claudio einen Peilsender geben und ihn überzeugen, den irgendwo unauffällig auf sich zu tragen. Sag ihm, dass das sicher übertrieben ist, mich aber beruhigt.«

»Klar, kein Problem.« Sie lächelte, aber es wirkte gezwungen. »Ist Claudio in Gefahr?«

»Ich würde gern nein sagen. Aber ich weiß es nicht. Und ich will einfach auf Nummer sicher gehen.«

Sie schluckte, nickte dann aber und ging zum nächsten Tisch.

Ich kostete von der Suppe und sie war verdammt lecker, cremig und perfekt gewürzt.

Kurze Zeit später stellte mir ein anderer Servicemitarbeiter die Ravioli hin. Trotz der Anspannung, die mich seit dem Telefonat von Georg in Freiburg im Griff hatte, genoss ich das feine Essen. Als ich fertig war, winkte ich Seline.

»Es war wunderbar. Ich lege dir den Peilsender zur Rechnung, die du mir nachher bringst zum Unterschreiben. Okay?«

»Perfekt.« Sie räumte meine leeren Teller ab und war kurz darauf wieder bei mit.

»Leo, ich hab dir die Rechnung noch nicht gebracht. Weil …« Sie drehte ihre Augäpfel in Richtung Restauranteingang. Ich nickte, wartete einige Sekunden und drehte dann den Kopf kurz zur Seite. Und tatsächlich, im Eingang standen Luca und Sergio. Ganz toll.

»Warte noch mit der Rechnung.«

»Okay, mache ich«, antwortete sie und ging wieder ihrer Tätigkeit nach.

Die Moretti-Brüder kamen auf mich zu und ich wappnete mich auf alle Eventualitäten. Doch sie nickten nur und gingen zu einem der hinteren Tische, von wo ihnen ein Kellner zuwinkte. Ich nickte zurück und atmete erleichtert aus.

Seline musste gesehen haben, dass die Herren außer Sichtweite waren, und brachte mir die Rechnung.

Ich unterschrieb die Quittung und legte ein Trinkgeld und den Peilsender darauf.

»Vielen Dank und einen schönen Abend.« Seline nahm das Holzbrettchen, auf dem die Rechnung lag und ging zur Theke.

Ich stand auf und bevor ich aus dem Restaurant lief, drehte ich mich um und winkte den Morettis zu. Luca, der mit dem Gesicht zu mir saß, deutete ein Nicken an und vertiefte sich wieder mit ernstem Gesicht ins Gespräch mit Sergio. Zu gern hätte ich erfahren, was die beiden besprachen. Das war nicht möglich und ich verließ das Restaurant Richtung Lobby. Die Fahrstuhltür war bereits geöffnet, ich stieg ein und drückte den Etagenknopf. Ich war sicher, dass ich mich auf Seline verlassen konnte. Claudio vertraute ihr und er war der Menschenkenner schlechthin, durchschaute sein Gegenüber. Er las auch mich. Vor allem beim Sex. Auf alle meine Reaktionen drückte er die richtigen Knöpfe und katapultierte mich regelmäßig in andere Welten.

Ich würde ihn nicht mehr hergeben. Wenn nur mein Bauchgefühl nicht jedes Mal grummeln würde, wenn ich an ihn dachte. Die Angst war unerträglich.

Kapitel 40

Claudio

»Der ist wirklich, wirklich gut!«, schrie ich Seline ins Ohr. »Und total süß!« War er, wenn auch nicht mein Typ.

»Sag ich doch«, schrie sie ebenso laut zurück und grinste mich an.

Ich ließ den Blick umherschweifen. Das kleine, aber feine Konzertlokal vermittelte eine Stimmung wie an einer privaten Show. Die Musiker schienen greifbar und das, obwohl die Bühne etwas erhöht war. Der Raum und die Atmosphäre gaben mir das Gefühl, als wären die Menschen auf der Bühne ein Teil der tanzenden Gäste. Der Bass vibrierte in mir, und der Song, den Jann Dannion zum Besten gab, ließ die Härchen an meinen Armen aufstehen. Seine Stimme fuhr mir direkt in die Brust und ließ Glückshormone sprühen. Überwältigt schloss ich die Augen und tanzte im Rhythmus mit der Menge. Ich schwitzte wie ein Bär in den Tropen. Den Pullover und die Jacke hatte ich mir schon vor geraumer Zeit um die Hüften gebunden. In diesem Konzertlokal kochte nicht nur die Menge, sondern auch die Luft.

Mit einem Lächeln dachte ich an Leo und stellte mir vor, er wäre mit mir an diesem Konzert. Würde mich im Arm halten, mit mir tanzen und mich küssen.

Passend zu meinen Gedanken wechselte Jann vom aktuellen, fetzigen Lied zu einer Ballade. Auch das hatte er mit seiner Stimme voll im Griff. Bei dieser Melodie stellten sich alle restlichen Haare an meinem Körper auf. Wow, er war ein Virtuose mit seinem Gesang und den Instrumenten. Mir lief es kalt den Rücken hinunter, die Musik nahm mich gefangen und ich driftete mit meinen Gedanken zurück zu Leo. Dachte an die Tage in Freiburg. Wir hatten diskutiert, einander besser kennengelernt und unendlich viel Sex gehabt. Ich vermisste seine Umarmungen, seinen Körper und seine völlige Hingabe. Ich vermisste ihn.

Ein Schlag in meine Seite ließ mich zusammenschrecken. Blinzelnd und mit schräg geneigtem Kopf schaute ich zu Seline, die mich daraufhin angrinste.

»Du warst komplett weg. Träumst wohl von Leo«, sagte sie dicht an meinem Ohr.

Ich zuckte ertappt mit den Schultern und erntete einen Lacher.

»Ich gönn es dir. Er gehört zu den Guten.«

Da hatte sie recht. Ich legte meinen Arm über ihre Schultern und zog sie an mich. Wir wiegten uns gemeinsam zum Takt hin und her. Sie war die beste Freundin, die man sich wünschen konnte.

Das Lied endete und die Zuschauer verharrten einige Sekunden still und regungslos. Zweifelsfrei waren alle geflasht von dieser gefühlvollen Ballade, die direkt ins Herz ging. Doch dann brach Jubel aus. Die Fans waren außer sich.

Jann bedankte sich und setzte sich an das Schlagzeug. Wow, ein Musiker durch und durch, denn vorher hatte er schon eine Kostprobe auf der Geige gegeben. Der Schlagzeuger indes trat beiseite und schäkerte mit der Gitarristin. Die einzige Frau in der Band. Wobei sie vorher bereits bei ihrem Gitarrensolo mit dem Keyboarder eine Show abgezogen hatte. Nur der Bassist schien in sich gekehrt und wirkte fast ein wenig unbeeindruckt von dem, was um ihn herum abging. Ob er nervös war oder einfach die Ruhe selbst? Bevor ich meinen Gedanken weiter nachhängen konnte, legte Jann los. Der absolute Hammer. So was hatte ich noch nie gehört. Er holte alles aus dem Schlagzeug heraus und seine Bandmitglieder sorgten für die nötige Melodie. Die Backgroundsängerin gab dem Stück den letzten Schliff, obwohl mir das Schlagzeugsolo allein, ohne Zugemüse, schon gereicht hätte. Jann war ein Künstler der Extraklasse.

Die Menschen tobten und hüpften im Takt. Seline und ich tanzten nicht weniger enthusiastisch mit der Menge mit.

»Wow, geil!«, schrie sie.

Ich nickte ihr zu.

Das Stück endete und Jann wechselte zum Keyboard. Instrument Nummer drei. Mir blieb der Mund offen stehen. Große Hochachtung vor diesem Musiker.

Er wartete einige Sekunden, bis es im Saal still wurde. Völlig fokussiert schlug er die ersten Tasten an, die wie ein echtes Klavier klangen. Jann schloss die Augen. Ich war froh, waren wir früh hier gewesen und standen somit weit vorn. So konnte ich seinen Gesichtsausdruck sehen und der verriet mir, dass er völlig in der Musik versank. Dieser Kerl liebte, lebte und atmete die Musik, das stand fest. Als er mit dem Gesang einsetzte und *Not the last Chance* zum Besten gab, war es um mich geschehen und ich spürte, wie ich emotional vollkommen abhob.

Mit diesem Gefühl im Bauch verbrachte ich den Rest des Konzerts. Ich ließ mich davontragen von Liedern, die zu Tränen rührten, so gefühlvoll waren sie, bis zu Songs, gefüllt mit kräftigen Bässen, die die Menge zum Ausflippen brachten.

Ungefähr zwei Stunden später traten wir nach draußen, wo uns kalte Luft entgegenschlug.

»Gut haben wir uns im Zwiebelprinzip gekleidet«, sagte ich zu Seline und löste den Knopf, mit dem ich die Jacke um meine Hüften gebunden hatte. Dann löste ich den Pullover, den ich mir zuerst über den Kopf zog, und dann folgte die Jacke, die ich vorn mit dem Reißverschluss schloss. »So, nun erkälte ich mich nicht.«

Ich half Seline in ihre Jacke, da sie mit einem Ärmel kämpfte.

»Danke. Spazieren wir Richtung Bahnhof? Ich brauche frische Luft«, schlug Seline vor.

»Unbedingt. Ich muss auch noch etwas runterkommen, sonst schlafe ich heute nicht, so aufgedreht bin ich.«

Seline hängte sich bei mir ein. »Ich wusste ja, dass dieser Jann Dannion gut ist. Aber das war unbeschreiblich. Der füllt bald das Hallenstadion.«

»Ja, garantiert. Wobei ich hoffe, dass er die Musik weiterhin spielt, weil er sie liebt und nicht, um nur Geld zu machen.«

»Wie kommst du darauf?«

»Er war an den Instrumenten völlig in einer anderen Welt, hatte einen seligen Blick, so als gäbe es nichts um ihn herum. Nur er und die Musik.«

Meine beste Freundin erwiderte nichts, und ich drehte mich zu ihr. Mit leicht schief geneigtem Kopf sah sie mich an.

»Was?«

»Das Gleiche ging mir auch durch den Kopf. Dass er die Musik lebt. Aber du hast recht, hoffentlich machen ihn die Medien, der Rummel und der Erfolg nicht kaputt. Wäre schade um ihn.«

»Wir drücken ihm die Daumen.«

»Und gehen auch an das nächste Konzert von ihm. Oder?«

»Unbedingt! Ich freue —«

Brutal wurden wir auseinandergerissen. Seline schrie und ich schnappte nach Luft, wollte etwas sagen. Doch mir wurde ein Tuch oder Ähnliches über den Kopf gezogen. Mein Herz raste. Unsanft wurde ich weggeschleift. Wie einen Kartoffelsack warf man mich auf einen harten Boden. Als ich in derselben Sekunde eine Schiebetür hörte, wusste ich, dass ich mich in einem Transporter, Van oder so was Ähnliches befand. Scheiße, scheiße, scheiße! Was hatte das zu bedeuten?

Kapitel 41

Leo

Das ungute Gefühl nagte an mir wie ein Bazillus. Es war früher Abend, ich saß in der Lobby des Hotels und durfte wieder einmal nur beobachten. Dante hatte eine weitere Besprechung mit Schmitt. Letzterer war angepisst. Und das megamäßig. Dass Dante durch die eindringlichen Blicke von Hannes Schmitt nicht tot umkippte, sprach für ihn. Die Luft funkte zwischen den beiden. Es schien große Probleme zu geben. Ich dachte an Claudio, der heute mit Seline an einem Konzert war. Gott war ich froh, wenn das hier vorbei und Claudio in Sicherheit war. An den Gedanken, dass er das auch jetzt war, klammerte ich mich wie ein Affe an einen Baum. Das arge Gefühl verstärkte sich, doch ich konnte dem nicht nach-gehen, denn soeben trat Sedim Ivanilovic durch die elektronische Schiebetür. Ich stand auf, machte sofort einen Schritt auf ihn zu und hielt ihn und sein Gefolge auf. Dante winkte mir zu und nickte. So ließ ich die Herren zu den anderen durch und setzte mich wieder an meinen weit entfernten Tisch. Auch Ivanilovic war wütend. Er sagte etwas zu Dante und deutete mit dem Kinn zu mir. Einmal mehr konnte ich weder die Worte von Ivanilovic noch die von Dante verstehen. Was mir mehr Sorgen bereitete, war die Tatsache, dass Zian nicht dabei war. Wo war er? Gemäß Georg hatte er sich immer noch nicht gemeldet, war nicht aufzufinden. Ich fuhr mir nervös durch die Haare, besann mich aber sofort auf meinen Job, nahm die Zeitung und beobachtete weiter. Weniger, ob jemand Dante, Moretti und die anderen beobachtete – weil ich das ja war, haha – sondern, ob ich durch ihre Körpersprache und Gesten einen Hinweis auf irgendetwas erhielt. Leider nicht und ich stand ebenfalls auf, als die Herren sich erhoben und auf mich zukamen.

»Wir werden uns heute Abend melden, wenn alles gut über die Bühne läuft.« Sie nickten einander zu und Ivanilovic verließ mit seinen zwei Begleitern das Hotel.

Felippe trat zu mir. »Ich übernehme ab sofort. Du hast frei. Geh trainieren, brauchst du vielleicht noch.«

Langsam wurde ich paranoid. Das war doch wieder eine versteckte Drohung. Ich verzog keine Miene und nickte lediglich. Dante, Sergio und Felippe machten sich auf den Weg zur Tiefgarage. Ich schaute ihnen hinterher und ging rauf ins Zimmer. Trainieren war sicher nicht die dümmste Idee. Aber zuerst musste ich telefonieren, denn irgendetwas würde heute Abend geschehen.

Ich schnappte mein privates Telefon, ging ins angrenzende Bad und wählte Georgs Nummer.

»Sag mir bitte, dass du etwas hast«, sagte Georg, ohne mich zu begrüßen.

»Nicht viel. Dieser Ivanilovic, dem Zian zugeteilt war, führte ein sehr kurzes Gespräch mit Dante und Schmitt. Zian war leider nicht dabei. Aber heute Abend scheint etwas zu laufen.« Ich wiederholte die gehörten Worte.

»Kann alles und nichts sein. Verdammt! Wir haben immer noch keinen Kontakt zu Zian. Die verschwindend geringe Hoffnung, an die wir uns klammern, ist, dass Zian nach wie vor als Bodyguard fungiert, sich aber aus uns unbekannten Gründen nicht melden kann. Shit! Das stinkt zum Himmel und sein Vorgesetzter geht schon vom Schlimmsten aus.«

Ich atmete tief ein und aus und rieb mir mit der freien Hand über die Stirn. »Kann ich was tun? Ich habe wieder frei.«

»Nein, verhalt dich unauffällig. Ich möchte kein Risiko eingehen. Deinen Peilsender hast du bei dir? Jedenfalls erscheint er auf unserer App. Im Hotel.«

»Ja, da bin ich und habe ihn bei mir. Claudio sollte ihn hoffentlich von seiner Kollegin erhalten haben. Gemäß seinem Sender hält er sich in Zürich auf. Ich weiß jedoch nicht, ob das noch Seline ist oder schon Claudio, der ihn auf sich trägt.«

»Er wird sicher sein. Aber wenn dir wohler dabei ist, ist der Peilsender ein gutes Instrument. Personenschutz liegt einfach nicht drin im Moment.«

»Das ist okay, daher überwache ich ihn über die App.«

»Gut. Pass auf dich auf.« Georg beendete das Gespräch. Seine Stimme hatte besorgt und resigniert geklungen. War Zian tatsächlich Opfer dieser Leute geworden? Das durfte einfach nicht sein!

Ich öffnete die Peilsender-App und zoomte heran. Sie blinkte in der Nähe des Kaufleuten-Clubs. Gut, da fand das Konzert statt. Beruhigt sperrte ich das Smartphone und zog mich für ein weiteres Training um.

Zuerst stieg ich auf das Laufband, hängte das Frotteetuch über die seitliche Stange und startete ein gemächliches Programm. Verausgaben wollte ich mich nicht. Das unangenehme Gefühl fraß sich stetig durch meinen Körper, der wiederum surrte und flirrte in höchster Alarmbereitschaft, als hätte er eine Vorahnung. Daher brauchte ich genügend Energie für alle Eventualitäten. Vielleicht hatte Felippe recht und ich brauchte sie.

Die Kraftübungen beschränkte ich auf ein Minimum und zum Abschluss stellte ich mich erneut auf das Laufband und machte ein kurzes Auslaufen. Dann schnappte ich mir das Tuch, warf es mir über die Schulter und ging zum Wasserspender. Mit einem Becher in der Hand trat ich an das Fenster und schaute auf die Straße hinunter. Obwohl der Feierabendverkehr vorbei war, stauten sich die Autos vor dem Rotlicht. Ich nahm einen Schluck Wasser. Was konnte ich tun, um diesem Fall zum Fortschritt zu verhelfen und was, um Zian zu finden? Vorzugsweise lebend. Ich schüttelte den Kopf. Er war am Leben. Davon mussten wir ausgehen. Nachdem ich ausgetrunken hatte, ging ich zum Abfalleimer und warf den Becher hinein. Zeit zu duschen und selbst etwas Recherche zu betreiben.

Geduscht und angezogen, rief ich den Zimmerservice an und bestellte ein spätes Abendessen. Es war sicher unauffälliger, wenn Luca sah, dass ich die meiste Zeit im Zimmer war, als in Zürich umherzustreunen.

Während ich auf das Essen wartete, holte ich den Laptop aus dem Koffer und schaltete ihn ein.

»Na, wer sagt es denn. Bingo.« Eine Warnung leuchtet auf, als er zum Leben erwachte. Sergio war in meinem Zimmer gewesen und hatte sich am Computer zu schaffen gemacht. Zum Glück war alles tausendfach gesichert. Man drang nur zu meinen allgemeinen Dateien vor, alles andere war nicht sichtbar. Nicht einmal für Sergio, der eine Ahnung von diesem Zeug hatte. Aber ich würde ihm sagen, dass ich es gemerkt hatte, und wählte mit dem Smartphone seine Nummer.

»Leo?«, knurrte er ins Telefon.

»Hast du an meinem Laptop herumgefummelt? Du weißt, ich bin auch in diesen Dingen ausgebildet.«

»Natürlich ist mir das bewusst. Aber ich will wissen, wer für uns arbeitet.«

»Und, weißt du es jetzt?«

»Ich hoffe es.«

»Na dann bin ich beruhigt. Meld dich, wenn ihr mich braucht.«

Er hängte ohne ein Wort auf und ich startete die Programme, mit denen ich recherchieren konnte. In diesem Moment klopfte es an der Zimmertür. Das würde hoffentlich nicht Luca oder Sergio sein. Schnell schloss ich die Programme wieder und trat an die Tür.

»Guten Abend. Ich bringe Ihnen Ihr Abendessen.«

»Vielen Dank. Sie können es auf den Tisch stellen.«

Der junge Mann stellte den Teller mit dem Metalldeckel auf besagten Tisch, und ich holte in der Zwischenzeit ein Trinkgeld aus meiner Geldbörse.

»Hier, für Sie.«

»Vielen Dank und guten Appetit.« Er verschwand lautlos und ich schloss die Tür. Zuerst würde ich das Zimmer nach Wanzen absuchen und hoffte, dass Luca heute keine von diesen Dingern versteckt hatte. Ich hätte mich ohrfeigen können, denn die Suche hätte ich vor dem Telefonat mit Georg machen müssen. Shit!

Nach einer Viertelstunde hatte ich jede Ecke, vor allem das Badezimmer, das meine persönliche Telefonkabine war, abgesucht und nichts gefunden. Wahrscheinlich gingen Dante und Moretti davon aus, dass ich auf das Finden von Wanzen geschult war und sie ohnehin entdecken würde, was mir zugutekam, mich aber trotzdem an mir zweifeln ließ. Mit diesem unangenehmen Gefühl hob ich den Deckel vom Teller, und ein leckerer Duft nach einem thailändischen Gericht stieg mir in die Nase. Der Magen meldete seinen Unmut mit Knurren und ich setzte mich.

Etwas später, neben mir der leere Teller und einige Infos mehr auf meinem Bericht, den ich täglich aktualisierte, lehnte ich mich im Stuhl zurück. Gefunden hatte ich wenig Bahnbrechendes, aber ich hatte gesehen, was Zian und alle anderen Ermittler protokolliert hatten. Musste kurz vor seinem Verschwinden gewesen sein. Da war auch ein Hinweis, dass sein zu überwachendes Objekt Zweifel an ihm und mir hegte. Das hatten Georg und die anderen Ermittler ja vermutet. Ob es für Zian zu spät war?

Bevor sich der Druck auf meiner Brust über die Sorge um Zian verstärken konnte, vibrierte mein privates Smartphone auf dem Tisch vor mir. Was wollte denn Seline von mir? Ich nahm ab.

»Leo! Claudio wurde entführt!« Ein Schluchzen und dann hörte ich nichts mehr, nur mein Herz, dass heftig gegen meine Brust hämmerte.

»Seline? Seline!«

»Ich … ich bin noch dran.«

Inzwischen stand ich bei der Tür und schnappte meine Jacke. »Wo bist du?«

»Ich … weiß es nicht genau. Irgendwo in Zürich.«

»Schick mir deinen Standort.« Ich wartete. Kurz darauf hatte ich diesen auf meinem Telefon. »Bin unterwegs.«

Im letzten Moment besann ich mich, ruhig aus dem Zimmer zu gehen und so zu tun, als würde ich zu einem Spaziergang aufbrechen. Innerlich zerbrach ich vor Sorge um Claudio, trotzdem hatte mein Polizisten-Ich übernommen und ich fokussierte mich auf meinen Job.

Als ich vor dem Hotel stand, wählte ich Georgs Nummer und erklärte ihm, was passiert war.

»Fahr bitte zu dieser Seline.«

»Hatte ich vor. Aber ich werde auffliegen, denn ganz sicher werden Luca Moretti oder Felippe mich beobachten.«

»Ist mir bewusst. Du bist aber der Beste, wenn es um Krisensituationen geht, also übernimmst du. Kannst du das? Trotz der Sache mit Claudio?«

Ich horchte in mich hinein. Die Angst war da, der Drang, Claudio zu retten noch größer. »Ich schaff das.«

Georg musste die Überzeugung und Sicherheit in meiner Stimme gehört haben.

»Gut. Ich schicke dir Verstärkung und leite alles andere in die Wege. Schickst du mir den Standort?«

»Mache ich.« Wir unterbrachen den Anruf, ich schickte ihm den Standort von Seline weiter und schob zitternd das Telefon in die Hosentasche. Mehrmals atmete ich die kühle Nachtluft ein und aus, sammelte mich und rannte auf ein Taxi zu, das am Rotlicht neben dem Hotel stand. Zum Glück nickte mir der Fahrer auf mein Klopfen hin zu, ich stieg ein und nannte ihm die Adresse. Ich schloss die Augen, um in Gedanken durchzugehen, welches die nächsten Schritte waren, um ja keine Fehler zu machen und Claudio nicht zu gefährden.

Kapitel 42

Claudio

Ahhh, mein Kopf. Ich drehte mich, wollte mich aufsetzen, und kippte zur Seite, als der Transporter um die Kurve fuhr. Erneut schlug ich mit dem Schädel auf, weil sie mir die Hände hinter dem Rücken gefesselt hatten. Es blitzte unter meinen Augenlidern. Dunkel war es sowieso, da mein Kopf immer noch in etwas steckte, das müffelte.

Gespräche drangen an meine Ohren. »Ja, wir haben es.« Ich kannte diese Stimme. Aber woher? Mir wurde übel. Ob von den Kopfschmerzen oder dem Fahrstil des Chauffeurs wusste ich nicht. Wahrscheinlich trug beides zu meinem Unwohlsein bei. Obwohl ich mich bemühte, langsam und ruhig zu atmen, schnappte ich in immer kürzeren Abständen nach Luft, bis ich nur noch japste. Das Rauschen in meinen Ohren nahm zu, und obwohl ich auf dem kalten Transporterboden lag, lief mir der Schweiß über den Rücken. Gleichzeitig klapperte ich mit den Zähnen, mein Körper geriet außer Kontrolle. Ich schluckte die Magensäure hinunter und stöhnte.

»Hey, da hinten. Du kotzt uns nicht in den Wagen.«

Ich wimmerte und atmete die Übelkeit weg.

»Ja, ich bin noch dran. Das Paket will uns den Wagen versauen.«

Hat wohl einige Agentenfilme zu viel gesehen. Fast hätte ich gelacht. Heraus kam jedoch ein lauter Schluchzer, den ich mühevoll zu unterdrücken versuchte.

»Wir bringen es an den Treffpunkt … Ja, ist gut verschnürt.«

Meine Handgelenke schmerzten. Der Kabelbinder war viel zu fest angezogen worden. Panik erfasste mich, als sich ein Kribbeln in meinen Händen bemerkbar machte.

»Nein, haben wir nicht … Ja, ja, mach ich.«

»Was ist?«, fragte ein anderer Kerl.

»Muss den da hinten noch einmal durchsuchen.«

»Du hast sein Telefon doch bereits aus dem Fenster geworfen.«

»Ja, aber der Boss will es gründlicher.«

Der andere lachte dreckig und mir wurde heiß und kalt, denn sie hatten mir zwar das Smartphone weggenommen, aber der Peilsender, den Seline mir vor dem Konzert zugesteckt hatte, befand sich in meiner Hosentasche. Völlig unauffällig. Dieses Ding gab mir die nötige Zuversicht, gefunden zu werden. Ich hatte gelacht, als Seline ihn mir gegeben hatte und über Leos dezent übertriebenen Beschützerinstinkt

geschmunzelt. Nun hätte ich ihn dafür küssen
können. »He!«, schrie ich, als ich eine Hand, lasziv
abtastend, an meiner Hüfte wahrnahm.

»So was liebst du doch.«

»Nein!«

»Na, na, na, nicht so zickig.« Er tastete mich weiter
ab und ich hielt die Luft an. »Kannst von Glück sprechen, müssen wir dich unversehrt abliefern. Ich hätte
da nämlich einige Ideen, was ich mit dir anstellen
möchte.«

Das war dieser Luca Moretti! Hatte Leo nicht
gesagt, dass es diesem Typ so ziemlich egal war, ob
sich zwischen den Beinen ein Penis oder eine Vagina
befand? Die Vorstellung, dass er weiß Gott was mit
mir machen könnte, ließ mich erzittern.

»Weißt du was? Ich ziehe dich aus. Dann sind wir
sicher, dass du nichts bei dir trägst, was du nicht solltest.« Er öffnete meine Jeans, rupfte sie mir unsanft
nach unten und zog sie samt den Schuhen über meine
Füße. Danach zog er mir ruppig das stinkende Etwas
vom Kopf und hielt mir das Messer an die Kehle.
»Versuch erst gar nicht, dich zu wehren. Solltest du es
dennoch tun, schneide ich dir die Kehle durch …
oder anderes.« Er wedelte mit dem Messer vor
meinen Weichteilen rum, schaute mich eindringlich an
und durchschnitt mir dann die Kabelbinder, um mir
auch meine Jacke, den Pullover und das Shirt auszu-
ziehen. Sofort zog er einen neuen Kabelbinder aus
seiner Hosentasche und band ihn mir um die Handgelenke. Und leider vergaß er auch die Kopfbede-
ckung nicht und zog sie mir wieder über. Dass ich

halb nackt in einem Transporter lag, war nicht einmal das Tragische an der Geschichte. Nein, das Öffnen der Schiebetür, das dreckige Lachen von Luca und seine Worte ließen mich erstarren: »Alles draußen auf der Straße. Egal, was du dabei hattest, Sexy-Boy, es liegt nun an der frischen Luft.«

Tränen schossen mir in die Augen. Meine Hoffnung hatte soeben einen Abflug gemacht. Wortwörtlich. Was würde mit mir passieren? Würde ich Leo wiedersehen? Wie ging es ihm? Unendliche Minuten suhlte ich mich in Selbstmitleid, bevor ich gegen etwas Hartes geschleudert wurde, weil der Fahrer abgebremst hatte. Mir tat alles weh und inzwischen fror ich jämmerlich in meiner Kleidung, die nur noch aus den Boxershorts, Socken und dem stinkenden Etwas über dem Kopf bestand.

Die Schiebetür öffnete sich und jemand rupfte an mir.

»So, komm raus. Tragen werde ich dich nicht. Obwohl, wenn ich es mir recht überlege …«

Das war wieder dieser schmierige Luca. Mit den Fingern fuhr er meinen Rücken hinab, bis seine Hand auf meinem Gesäß liegen blieb. Vor lauter Schreck machte ich einen Schritt vorwärts, stolperte über die eigenen Füße und landete auf dem Boden. Stechender Schmerz durchfuhr mich, denn durch den ungebremsten Aufprall hatte ich mir garantiert die rechte Schulter, den Arm, die Brust, den Bauch sowie die Knie blutig geschlagen. Luca zerrte an mir und stellte mich auf die Beine. Am liebsten würde ich dem Scheißkerl eine verpassen. Aber ins Blaue hinein konnte ich nicht kämpfen. Schon gar nicht mit hinter dem Rücken gefesselten Händen. Momentan wusste ich nicht, ob ich es mit zwei oder mehr Entführern zu tun hatte. Also besann ich mich auf meine Sinne. Riechen konnte ich nicht viel. Dazu war der Duft des Stoffes auf meinem Kopf zu penetrant. Ich spitzte meine Ohren und hörte Autos. Sehr nah. Hoffentlich fielen wir auf. Es war eine stark befahrene Straße. Eine Prise Hoffnung keimte in mir auf. Wir waren also nicht irgendwo im Nirgendwo wie in den Krimis, die ich manchmal las.

»Vorwärts!« Luca stieß mich an und ich stolperte erneut. Dieses Mal hielt er mich. Auch wenn seine Tatzen an meiner Haut in mir erneut Übelkeit hervorriefen, so war ich doch froh, nicht mehr Bekanntschaft mit dem harten Boden gemacht zu haben. Meine Wunden brannten und ich fror erbärmlich.

Ich hörte einen Schlüsselbund klirren, dann, wie eine Tür aufgeschlossen und geöffnet wurde. Luca führte mich zwei Tritte nach oben. Die Tür wurde geschlossen. Wahrscheinlich befanden wir uns in einem Raum, denn nun war der Autolärm nur noch gedämpft wahrnehmbar.

»Los, weiter.«

An Lucas Seite stolperte ich einige Schritte weiter und hörte, wie eine weitere Tür geöffnet wurde. Der Griff um meinen Oberarm wurde schmerzhafter. Als ich ins Leere trat, wusste ich, wieso. Eine Treppe. Luca hielt mich, und ich tapste langsam Stufe für Stufe hinab. Doch leider warnte er mich nicht vor, als ich unten ankam, und ich fiel erneut hin, schrie auf vor Schmerz. Alles brannte. Auch mein Kopf hatte Bekanntschaft mit dem Boden gemacht. Umständlich setzte ich mich auf. Augenblicklich wurde mir schwindlig. Ich würgte und erbrach in den Stoff vor meinem Gesicht.

»Fuck, was für eine Schweinerei!« Jemand riss mir das Tuch vom Kopf und im gleichen Moment wurde ich mit eiskaltem Wasser übergossen. Ich atmete etwas davon ein und hustete mich um Kopf und Kragen.

»Appetitlich bist du nicht mehr. Aber hier unten stinkt es bereits von Kotze und Pisse. Spielt also keine Rolle mehr.« Das war Luca. Immerhin würde er sich so nicht an mir vergreifen. Schwacher Trost, aber an irgendetwas musste ich mich in dieser ausweglosen Situation klammern. Ich blinzelte. Sah aber nur die Beine von Luca.

»Lassen wir ihn. Komm.« Das war der Fahrer. Ich wollte mich drehen und sehen, wer er war, wurde aber zurückgerissen und ein Schmerz durchfuhr meine Handgelenke. Dann Erleichterung. Luca schnitt die Kabelbinder durch. Er gab mir einen Stoß, und ich fiel zur Seite. Seine Schritte entfernten sich von mir. Die Tür oben an der Treppe knallte ins Schloss, und ich war allein. Ich atmete die nächste Übelkeitswelle weg, setzte mich auf und blinzelte. Langsam gewöhnte ich mich an die Dunkelheit und sah Umrisse vom Keller.

»Wer bist du?«

Mein Herz setzte aus. Ich war nicht allein! Voller Panik rutschte ich auf meinem Allerwertesten nach hinten und prallte mit dem Rücken gegen eine Wand.

Kapitel 43

Leo

Das Taxi hielt in einer Seitenstraße, die für Zürcher Verhältnisse wenig frequentiert war. Auf der rechten Straßenseite befand sich eine große Baustelle. Neben dem Bauzaun stand ein Polizeiwagen. Die hintere Tür des Autos war geöffnet. Auf dem Sitz saß Seline. Soeben legte eine Polizistin ihr eine Decke über die Schultern.

Schnell bezahlte ich den Fahrer und hüpfte aus dem Auto.

»Seline. Geht es dir gut?«

Der Polizist stieß sich mit der Hüfte von der Fahrertür ab, trat auf mich zu und hielt mich zurück. Ja, ganz toll. Ich hatte keinen Ausweis bei mir.

»Ah, du bist Leo Sutter«, sagte er.

Meinen echten Namen hatte ich schon wochenlang nicht mehr gehört und wollte aus Reflex nein und Giovetti sagen, schloss aber den Mund in letzter Sekunde wieder und nickte.

»Wir wurden über dich informiert. Ich bin Sandro Hager und das ist meine Kollegin Jasmin Novak.«

»Okay. Danke, dass ihr euch um Seline gekümmert habt. Darf ich?« Sie nickten und ich trat auf Seline zu, ging vor ihr in die Hocke. »Was ist passiert?«

»Claudio und ich waren auf dem Weg zum Bahnhof. Ich hatte mich bei ihm am Arm eingehängt. Dann wurden wir auseinandergerissen und …« Sie schluchzte. »Claudio wurde weggeschleppt. Dieser Moretti aus dem Hotel war dabei.« Erneut schluchzte sie. »Und ein anderer Mann, den ich noch nie gesehen habe. Dann haben sie ihn in so ein Handwerkerfahrzeug geworfen.« Unaufhörlich rannen ihr Tränen über die Wangen. Gern hätte ich sie in den Arm genommen, aber ich brauchte Infos.

»Welcher Moretti?«

»Der, der immer hinter dir herlief.«

»Luca«, murmelte ich, stand auf und zückte mein Smartphone. Im Taxi hatte ich gesehen, dass Claudio sich gemäß Peilsender nach wie vor in Zürich aufhielt. »Claudio hat den Peilsender?«, fragte ich sicherheitshalber nach.

»Ja!« Ein Lächeln huschte über ihr Gesicht. »Findest du ihn?«

Ich schaute auf die App. Er blinkte an Ort und Stelle. Wenn wir Glück hatten, dann waren Claudio und Luca dort.

Ein Krankenwagen ertönte und bog in die Seitenstraße ein.

»Lass dich durchchecken. Ich werde Claudio finden.«

»Bitte. Ich habe ihn an dieses Konzert eingeladen. Wenn wir nicht da gewesen und danach hierdurch spaziert wären, dann … dann …«

Ich kniete mich wieder zu ihr hin. »Es ist nicht deine Schuld. Die hätten ihn auch so entführt. Egal, was er gemacht oder wo er gewesen wäre.«

Sie nickte.

»Komm, wir gehen rüber zu den Sanitätern.« Ich half ihr beim Aufstehen und führte sie zum Krankenwagen, sprach kurz mit einem der Sanitäter und war froh, sie in guten Händen zu wissen. Das Adrenalin pumpte durch meine Adern, gemischt mit Angst und Ungewissheit. Schlappmachen lag nicht drin, denn ich hatte einen Job zu erledigen und meine große und einzige Liebe zu retten. Ja, ich liebte Claudio von ganzem Herzen, und es war keine Option, ihn zu verlieren.

Ich trat einen Schritt zur Seite und wählte Georgs Nummer.

»Ja? Hast du was, Leo?«

»Nicht viel.« Ich wiederholte die Infos von Seline.

»Wir haben die Daten von Claudios Peilsender nun auch aufgeschaltet und verfolgen ihn. Wobei er sich im Moment nicht bewegt. Als hätten sie angehalten. Ein ziviles Polizeifahrzeug wird unauffällig vorbeifahren, um die Lage einzuschätzen. Wir haben eine Besprechung einberufen. Komm zum Polizeiposten.«

»Zum Hauptsitz?«

»Ja. Hager und Novak fahren dich. Sie sind dir zugeteilt.«

»Okay, danke.« Ich beendete den Anruf und ging zum Polizeiauto.

»Könnt ihr mich zum Hauptsitz fahren?« Inzwischen waren weitere Polizisten eingetroffen, die sich um Seline kümmerten.

»Klar.« Sandro Hager nickte und stieg auf der Fahrerseite ein.

»Ich nehme hinten Platz«, kam es von Jasmin Novak.

Somit stieg ich auf der Beifahrerseite ein und legte den Sicherheitsgurt an. »Wie lange dauert es bis zum Hauptsitz?«

»Zirka zehn Minuten.« Sandro fuhr los und stellte das Blaulicht inklusive der Sirene an.

Ich seufzte und strich mir durch die Haare. Der Adrenalinschub baute sich leider langsam ab und mir wurde das ganze Ausmaß dieses Schlamassels bewusst. Es war genau so eine Situation, die ich nie mehr erleben wollte. Die mich in meinen Albträumen und Panikattacken heimsuchte. Womit hatte ich das verdient? Und Claudio? Er konnte nichts dafür, war unschuldig und meinetwegen in Gefahr geraten. Ich durfte mir nicht ausmalen, was ihm geschehen könnte oder vielleicht schon geschah. »Shit!«, entfuhr es mir. »Sorry«, schob ich hinterher.

»Alles okay. Ist nicht so, als würden wir immer in Blümchensprache reden. Kennst du diesen Claudio?«, fragte Jasmin vom Rücksitz aus.

»Er ist mein Freund. Fester Freund.« Wieso ich das so betonte, war mir nicht klar.

Sandro zischte neben mir und Jasmin legte ihre Hand auf meine Schulter und drückte sie. »Das ist mehr als nur Shit. Tut mir leid.«

Ich nickte und schluckte schwer. Eine Antwort konnte ich nicht geben, meiner Stimme traute ich nicht. Meine Sicht verschwamm und ich schloss die Augen für einen Augenblick, um mich zu beruhigen und zu sammeln.

Du bist für solche Einsätze ausgebildet. Läufst unter Druck in Höchstform auf. Vertrau deinem Können. Diese Sätze visualisierte ich vor meinem geistigen Auge, bis mein Puls wieder unter hundert war.

»Wir sind da«, holte mich Sandro aus meinen Gedanken.

»Danke.«

»Gern geschehen. Dein Ruf eilt dir voraus und wenn jemand Claudio retten kann, dann du.«

Dankbar nickte ich ihm zu und stieg aus dem Auto. Nein, versagen war keine Option. Am liebsten hätte ich vor den Eingang der Polizeistation gekotzt, so übel war mir. Aber das war keine Lösung und würde Claudio nicht retten. Schnell trat ich auf die Tür zu, öffnete sie und ging in das Gebäude. Ich hoffte, dass meine Kollegen und Kolleginnen in der Zwischenzeit Claudios Standort ermittelt hatten und bereits ein Plan zu seiner Rettung stand. Wir durften keine Zeit verlieren. Das Gespräch heute zwischen Dante und seinen Geschäftspartnern hatte mir gezeigt, dass sie nervös waren. Und es gab nichts Unberechenbareres als eine Horde unter Spannung stehender Krimineller.

Kapitel 44

Claudio

»Wer bist du?«, fragte die Stimme erneut in einem autoritären Ton.

»Wer bist du?«, gab ich zurück.

Der andere kam auf mich zu, war offenbar die Dunkelheit besser gewohnt. Doch auch er war verletzt, wenn ich sein Humpeln richtig deutete.

»Antworte! Wer bist du? Was hast du mit denen zu tun?« Bedrohlich ragte er vor mir auf.

Ich stützte mich an der Wand ab und stand auf. Keinesfalls wollte ich hier vor ihm kauern. Ich blickte in sein blutverkrustetes Gesicht. Ein Auge war fast vollständig zugeschwollen. Die hatten ihn übel zugerichtet. Irgendwoher kannte ich ihn.

»Mit *denen* habe ich nichts zu tun. Ich heiße Claudio Tesso.« Ich war bereit zu kämpfen, sollte das die falsche Antwort gewesen sein.

»Mhm«, brummte der Fremde.

»Ich kann es dir leider nicht beweisen, hab keinen Ausweis dabei.« Mit den Händen zeigte ich an mir hinunter.

»Woher kennst du die?«

»Ich arbeite im Hotel Marinella und einige dieser Gangster sind Gäste bei uns.«

Der andere kratzte sich am Hinterkopf, als würde er überlegen, was er von mir halten sollte.

Mein Hirn arbeitete auf Hochtouren, auch wenn die Kopfschmerzen inzwischen kaum aushaltbar waren. Erkenntnis erfasste mich. »Du warst im Hotel. Mit einem dieser … dieser schmierigen Typen, der sich mit Dante getroffen hat.«

Er trat auf mich zu. »War ich. Ja. Aber mich würde interessieren, warum du hier bist. Bist du ein Hotelangestellter?«

»Weil ich … mit Leo zusammen bin.« Den zweiten Teil flüsterte ich nur.

»Leo? Leo Giovetti?«

»Ja, wenn du ihn unter dem Namen kennst.«

»Unter welchem Namen kennst du ihn denn?«, fragte er misstrauisch.

»Unter Leo Sutter.« Dieser Name, den ich aus der Zeit im Tessin kannte, war sein Richtiger. Das hatte er mir in Freiburg erzählt.

»Shit!«, entfuhr es dem Fremden und er drehte sich von mir weg.

Wer war er? Doch nicht etwa … »Ähm, bist du Zian?«

Ruckartig wendete er sich wieder mir zu. »Wieso kennst du meinen richtigen Namen?«

»Ich war bei Leo, als er von seinem Chef die Information über dein Verschwinden erhalten hat. Ich weiß, ich sollte davon nichts wissen, aber zwischen uns ist, nein, war es kompliziert.« Ich gab ihm einen Abriss, was damals im Tessin geschehen war. Zudem informierte ich ihn darüber, dass Dante und seine Männer mir nicht trauten, wohl weil Leo und ich uns trotz aller Vorsätze zu auffällig benommen hatten. Ich erwähnte auch die Tage in Freiburg, den Peilsender, den Leo mir durch Seline gegeben hatte und dass ich nach dem Konzert entführt wurde.

»Ach Scheiße, das ist nicht gut. Und übrigens, hier bin ich Doriano Loretan, nicht Zian Seiler. Verrat mich bitte nicht.«

»Okay.«

»Gut. Und den Peilsender haben sie dir abgenommen?«

»Aus dem fahrenden Auto geworfen.«

»Seid ihr danach noch weit gefahren?«

»Mhm, ich denke so fünfzehn Minuten. Wieso?«

»Wir haben unsere Methoden, wie wir Aufenthaltsorte ermitteln können. Doch je weiter weg vom letzten bekannten Punkt, desto schwieriger wird die Nachforschung. Ich wurde erst gestern Nacht hierher gebracht. War vorher woanders eingesperrt. Aber sie haben mir was gespritzt, sodass ich während der Fahrt ausgeknockt war.«

Ich wollte etwas erwidern, doch mir wurde schwindlig und meine Knie knickten ein.

»Hab dich.« Zian stütze mich und half mir, mich zu setzen. »Warte, da hinten hat es irgendwelche

Planen.« Er tastete sich durch den Raum und kam mit einer Plastikplane zurück. »Sonst erfrierst du mir hier noch.« Er wickelte mich damit ein. »Besser als nichts.«

»Danke.« War tatsächlich keine Daunendecke und trotzdem mehr, als halb nackt auf dem kalten Boden zu sitzen.

Zian setzte sich zu mir. Eine Gefahr stellte ich anscheinend nicht mehr dar.

»Du und Leo.«

»Kennst du ihn?«

»Nein, nur vom Hörensagen und einmal habe ich ihn gesehen. Bei einem Treffen unserer *Bosse*.« Das Wort Bosse betonte er, also meinte er die Kriminellen. »Er wird uns finden. Hat den Ruf, in Krisensituationen einen kühlen Kopf zu bewahren und zur Höchstform aufzulaufen.«

Ja, das klang nach Leo. So hatte ich ihn im Tessin wahrgenommen, als er uns alle gerettet hatte. Mir kippte der Kopf weg an Zians Schulter und die Augenlider konnte ich kaum offenhalten.

»Hey, nicht einschlafen.«

»Bin so müde«, nuschelte ich.

»Ich weiß, aber du musst bei Sinnen sein, wenn sie wieder zurückkommen. Ich denke, das wird bald der Fall sein, denn sie sind immer noch im Erdgeschoss.«

Ich setzte mich gerade hin und lauschte. Tatsächlich hörte ich Schritte.

»Was muss ich tun?«

Zian lachte. »Am besten nichts.«

»Na danke.« Irgendwie war ich wütend, dass er in mir einen schwachen Jüngling sah. Mein Kampfgeist war geweckt. Ich wollte zu Leo. Aufgeben kam nicht infrage.

»Ich kann kämpfen.«

Er schaute mich von der Seite her an und musterte mich. »Wie denn?«

»Ich trainiere Krav Maga.«

»Damit können wir arbeiten.« Dass er mir immer noch nichts zutraute, hörte ich an seiner Stimme.

»Gut, was ist dein Plan?«

»Es waren immer nur zwei Personen hier unten. Also einer für dich, einer für mich.«

»Schaffst du das? Du bist verletzt.«

»Nicht mehr als du.«

»Mhm.« Mein angeschlagener Kopf und der damit verbundene Schwindel stellten tatsächlich ein Problem dar. Aber ich hatte die Gemeinheiten meines Bruders überstanden und die Sache im Tessin, da würde ich nun sicher nicht aufgeben. »Machen wir so.«

Ich legte den Kopf an die Wand und schloss die Augen. Etwas Ruhe würde guttun.

Zian schüttelte mich sanft an den Schultern. Ich musste eingeschlafen sein. »Hee, Claudio.«

»Wie lange habe ich geschlafen?«

»Nicht lange. Vielleicht zwanzig Minuten.«

Ich rieb mir über die Augen und kreiste den Kopf. Die Schmerzen waren immer noch da, aber der Schwindel hielt sich in Grenzen. Jedenfalls, wenn ich saß.

Das unverkennbare Geräusch eines Schlüssels im Schloss ertönte. »Sie kommen. Stehen wir auf.« Zian half mir auf die Beine. Bevor ich mich ganz aufgerichtet hatte, hatten sie die Tür geöffnet und Luca und der andere sprinteten die Treppe hinunter. Sie hatten das Überraschungsmoment eindeutig auf ihrer Seite und rammten uns ihre Ellenbogen in den Oberkörper. Ich krümmte mich und versuchte, mich aufrecht zu halten. Die beiden lachten und ich hörte ein »Das macht Spaß«, bevor ich einen Schubs bekam und einmal mehr die schmerzhafte Bekanntschaft mit dem Boden machte.

Kapitel 45

Leo

»Leo! Gut, dass du da bist. Setz dich.« Georg deutete auf einen freien Stuhl in der vordersten Reihe des Besprechungszimmers.

Ich lief der Wand entlang zum besagten Stuhl und setzte mich.

»Okay, dann sind wir vollzählig. In Anbetracht des Zeitdruckes halte ich es kurz.« Georg gab einen Abriss über die Entführung von Claudio, die Undercover-Einsätze von Zian und mir und dem Peilsender von Claudio, dessen Standort in diesen Minuten von einem zivilen Einsatzfahrzeug überprüft wurde. »Hier habt ihr alle Namen und die zugehörigen Bilder der von uns überwachten Personen. Wir gehen davon aus, dass alle mit der Entführung von Claudio Tesso und dem Verschwinden von Zian Seiler in Verbindung stehen.« Georg drückte eine Taste auf dem Computer und auf der Leinwand erschienen Moretti, Dante und Co. »Ein Einsatzteam ist bereits beim Hotel Marinella. Da logieren Dante und Schmitt.« Er zeigte mit dem Laserpointer auf die betreffenden Personen und ihr Gefolge.

»Wo wohnt Ivanilovic?«, fragte ich dazwischen und machte mir eine geistige Notiz, damit mir solche Wissenslücken nie mehr unterliefen. Ein fataler Fehler und ein zusätzlicher Hinweis, dass ich an meinem Leben etwas ändern musste.

»Er hat in Zürich-Oerlikon eine Airbnb-Wohnung gemietet. Auch da ist ein Team in Bereitschaft.«

Es klopfte, dann betrat ein Beamter das Besprechungszimmer. Er ging zu Georg und flüsterte ihm etwas zu.

»Informiere du doch, Ives.« Er nickte ihm zu.

»Okay. Also, durch die Informationen von Herrn Leo Sutter«, er schaute sich im Raum um, ich hob die Hand, und er nickte mir zu, »haben wir die Standorte, an denen Herr Tesso versteckt gehalten werden könnte, eingegrenzt. Anhand der Ladenlokale, die Dante besichtigt hat, gehen wir davon aus, dass eines davon für ihren Unterschlupf in Frage kommt.«

»Wie sicher ist das?«, fragte jemand aus der hinteren Reihe.

»Sehr sicher. Seit der Verhaftung von Hartmeier und Huber vor ungefähr einem Jahr beobachten wir alle Verdächtigen. Ihr Bewegungsprofil von besuchten öffentlichen Orten und Wohnorten hat zusammen mit unserem Computerprogramm zwei mögliche Treffer ergeben. Einer davon scheint am wahrscheinlichsten, da er nur tagsüber frequentiert ist und über einen Keller verfügt. Die anderen Lokale sind alle ebengeschossig und verfügen über keine Räumlichkeiten, um jemanden zu verstecken.« Ives drückte ein paar Tasten auf dem Laptop und der Standort mit dem Foto der Immobilie erschien auf der Leinwand.

»Aber Zian Seiler ist ja schon länger verschwunden. Hat man ihn in diesem Gebäude noch nicht gesucht?«

»Guter Einwand, Marc«, sprach Georg den Fragenden an und übernahm das Gespräch von Ives. »Wir haben das als Erstes überprüft, als Zian verschwunden war. Da waren an diesem Standort noch keine Aktivitäten auszumachen. Erst heute Nachmittag hat eine Patrouille Leute beobachtet und das gemeldet. Bevor wir dem Hinweis genauer nachgehen konnten, geschah die Entführung von Herrn Tesso. Es passt alles zusammen, und wir vermuten, dass sie Zian inzwischen auch dorthin gebracht haben. Weitere Fragen?«

Da alles klar schien, sprach Georg weiter. »Leo, als du unterwegs zu uns warst, haben wir Beat Hillner von der Spezialeinheit Rubin und sein Team aufgeboten. Du hast jedoch das Kommando.«

Ich nickte.

»Beat wartet auf unser Zeichen, um zum Standort zu fahren. Wissen alle, was zu tun ist?« Georg schaute in die Runde. Zustimmendes Gemurmel ertönte. »Gut, dann los! Leo, warte noch kurz.«

Ich unterdrückte den Drang, sofort loszurennen, um Claudio zu retten, und stand stattdessen auf. Langsam ging ich nach vorn zu Georg, der seine Unterlagen zusammenpackte. Die Angst um Claudio kroch durch meine Eingeweide, löste aber auch eine nie dagewesene Entschlossenheit in mir aus. Ihn zu verlieren, war nichts, was infrage kam. Als die Tür vom Raum geschlossen wurde, drehte sich Georg zu mir um. In seiner Miene spiegelte sich Sorge wider.

»Leo, ich hoffe, dass ich dich nicht überfordere.« Er schaute an die Decke und dann wieder mir in die Augen. »Du bist der Beste auf dem Gebiet der Deeskalation, falls es mit unseren Verdächtigen nötig werden sollte, wovon wir ausgehen. Dass sogar Beat dir ohne Murren das Kommando übergibt, sogar nach dir gefragt hat, sagt alles.«

»Und nun kriegst *du* kalte Füße?«

Mein Chef schaute mich verdattert an. »Ja.« Er kratzte sich am Hinterkopf. »Vielleicht habe in der Hitze des Gefechts nicht überlegt, dass –«

»Stopp! Hier und jetzt ist nicht die Zeit, über so was zu diskutieren. Ich bin bereit für diesen Einsatz, um Claudio und Zian zu retten, kurz, das Kommando zu übernehmen.«

Er schaute mich an, als würde er in meinem Gesicht den Wahrheitsgehalt meiner Worte suchen.

Ich stützte mich mit den Händen auf dem Tisch ab und lehnte mich zu ihm. »Ich war noch nie so entschlossen, einen Einsatz positiv zum Abschluss zu bringen wie diesen hier.«

Georg nickte verstehend. Im selben Augenblick klingelte sein Smartphone und ich trat einen Schritt vom Tisch weg.

»Ja? … Verdammt … Nein, ich koordiniere das. Aber ich werde mir den, der das zu verantworten hat, vorknöpfen.«

Mir wurde mulmig. Was war passiert? Georg fluchte noch einige Male ins Telefon und beendete schnaubend die Verbindung.

»Kleine Planänderung. Du musst mit Hager und Novak zuerst zur Stelle fahren, von wo wir das Signal des Peilsenders erhalten.«

»Noch mehr Zeitverschwendung?« Wütend ballte ich meine Hände zu Fäusten.

»Die zivile Streife wurde für einen Einsatz wegen häuslicher Gewalt abberufen, bevor sie an der Stelle mit dem Signal ankamen. Er befindet sich auf dem Weg zum eigentlichen Standort. Ich werde Beat informieren, dass er und sein Team dich dort treffen sollen, falls unsere Zielpersonen noch vor Ort sind.«

Ich schüttelte den Kopf und wusste, dass hier jemand von Georg deftig zurechtgewiesen werden würde, und war froh, dass ich mich nicht auch noch mit solchem Mist auseinandersetzen musste.

»Im Fahrzeug von Hager und Novak ist die Ausrüstung für dich. Zieh alles an, bitte.« Tja, dieser Seitenhieb hatte ich verdient. Hätte ich im Tessin eine kugelsichere Weste getragen, wäre ich mit blauen Flecken davongekommen und hätte mich nicht wochenlang im Krankenhaus von der Schusswunde erholen müssen. »Dann mal los. Schickst du mir die Verbindungsdaten von Team Rubin, dem Standort und alle weiteren wichtigen Informationen auf mein Handy?«

»Sollte in diesem Moment geschehen. Aber ich werde es überprüfen, falls in diesem Einsatz der Wurm drinsteckt.«

So was durfte nicht sein und ich würde dafür sorgen. Ich nickte Georg zu, drehte mich um und ging zur Tür. Ich hatte die Hand bereits am Türgriff, als mich Georgs Worte davon abhielten, augenblicklich den Raum zu verlassen.

»Leo, rette deinen Freund und danach kümmern wir uns um deine Zukunft hier bei uns.«

Ich schaute über die Schulter, nickte ihm dankbar zu und konnte nicht schnell genug aus der Tür treten, um endlich das zu tun, worin ich gut war. Menschenleben retten.

Kapitel 46

Claudio

Ungelenk kroch ich von Luca weg, der über mir ragte.

»Eine Bewegung und ich verpasse dir eine, dass dir Hören und Sehen vergeht.«

Ich lehnte mich an die Wand und atmete den Schmerz weg. Schemenhaft erkannte ich den Fahrer, der Zian in diesem Moment den Fuß in den Magen rammte. Zian würgte und stöhnte.

»Sag uns endlich, ob der andere, dieser Leo, auch von der Polizei ist!« Er gab Zian einen weiteren Tritt und stand ihm auf den Fuß. Zians Schmerzschreie würden mich noch im Schlaf verfolgen. Ich fühlte mich elend und hilflos. Die Kopfschmerzen nahmen mir die Konzentration, einen Plan zu schmieden, und meine Position auf dem Boden die Möglichkeit, Luca zu überwältigen. Der starrte mich an und war zu jeder Zeit bereit, mich anzugreifen. Liegend konnte ich im Moment nichts ausrichten.

»Ich kenne keinen Leo«, keuchte Zian und erhielt dafür eine Ohrfeige.

»Der Bodyguard, der neu bei Dante ist.«

Zian drehte sich leicht, und der Lichtstrahl aus dem Erdgeschoss beleuchtete sein schmerzverzerrtes Gesicht. »Ja, den habe ich vor ein paar Tagen das erste Mal gesehen. Mehr weiß ich nicht.« Als dieser Brutalo ihn erneut in den Oberkörper kickte, stöhnte er laut auf, ließ sich auf die Knie fallen und stützte sich dabei mit den Händen auf dem Boden ab. Dann drehte der Fahrer sich weg und kam auf mich und Luca zu.

»Wir kommen wieder und nächstes Mal nehme ich mir dich vor.« Er kickte mir beim Vorbeigehen in den Bauch. Ich krümmte mich, wimmerte und wollte mir nicht vorstellen, wie schmerzhaft es gewesen wäre, wenn er frontal zu mir gestanden hätte. Die beiden trampelten die Treppe hinauf und ich hörte, wie die Tür geschlossen und verriegelt wurde. Damit verschwand auch das wenige Licht und wir saßen erneut im Dunkeln und wir mussten uns mit dem Lichtschimmer unter der Tür begnügen.

Ich kroch zu Zian. »Wie geht es dir?«

Er bewegte sich und zischte. »Na ja, ging mir schon besser.«

»Bist du ernsthaft verletzt?«

»Vielleicht eine weitere Rippe gebrochen. Aber wenn ich flach atme und mich nicht bewege, geht es.«

»Das war's dann wohl mit unserem Plan.«

»So schnell gebe ich nicht auf. Wir sind endlich zu zweit, und das erhöht die Chance. Ich brauche nur etwas Ruhe.« Er schleppte sich fluchend und stöhnend zur Wand und lehnte sich mit dem Rücken dagegen.

»Und wenn sie uns die nicht geben? Und bald wiederkommen?«

»Dann werden uns meine Leute und Leo finden«, presste er mit schmerzverzerrter Stimme hervor.

»Dir geht's dreckig und mir auch nicht viel besser. Aber ich bin bereit zu kämpfen.«

»Du gefällst mir. Kannst du die Plastikplane holen, damit wir uns etwas warmhalten können?«

»Klar.« Auf allen vieren kroch ich zurück und zerrte am Plastik. Dann deckte ich uns zu und wir lehnten uns aneinander.

»Und dein Bruder sitzt im Gefängnis? Für wie lange?«, griff er meine kurze Zusammenfassung von vorhin auf.

»Antonio kommt die nächsten Jahre nicht raus. Neben dem Raubüberfall mit Körperverletzung hat ihm die Entführung von mir und meiner Schwester zum Glück gleich einige Jahre mehr beschert.«

»Und wie geht es dir damit?«

»Du meinst psychisch?«

Er nickte, was ich mehr spürte, als sah.

»Ich war in Therapie, bin vom Tessin in die Deutschschweiz umgezogen und konnte so loslassen. Und Krav Maga gibt mir das nötige Selbstvertrauen, nicht mehr so hilflos zu sein. Aber ich habe keine Ahnung, was passiert, wenn mein Bruder irgendwann wieder in Freiheit ist.«

»Und nun hockst du hier und willst kämpfen. Hut ab.«

»Ich bin Leo erst vor Kurzem wieder begegnet. Das mache ich für ihn, für uns. Es kann doch nicht sein, dass uns dieses Glück nicht gegönnt ist. Oder?« Angst ergriff mich und erst jetzt schien mein Bewusstsein diese gefährliche Situation wirklich wahrzunehmen. Ich schluchzte auf und zitterte am ganzen Körper.

»Schsch. Leo wird dich finden.«

»Und … wenn … nicht?«, presste ich zwischen zwei Schluchzern hervor. »Du bist schon länger hier. Wie kannst du noch so positiv denken?«

»Ich bin dafür ausgebildet. Aber unter uns, ich habe, bevor du gekommen bist, nur noch dunkle Szenarien für mich gesehen.«

»Sehr ermutigend.«

Zian lachte, zuckte zusammen und zischte seinen Schmerz hinaus. »Siehst du, zu zweit können wir lachen, auch wenn es schmerzhaft ist.«

»Deinen Humor möchte ich haben.«

»Ist der Überlebens-Humor.«

Ich schaute zu ihm. Meine Augen gewöhnten sich langsam wieder an das halbdunkle Licht. Er grinste mich an. »Danke, dass du mich mit diesem Gespräch ablenkst. Auch in der Ausbildung gelernt?«

»Nicht gerade. Aber wir sind hier gefangen, da können wir uns auch kennenlernen, oder?«

»Stimmt wohl. Wann kommen die wieder? Und was haben sie vor?«

»Was sie vorhaben, weiß ich leider nicht. Aber sie wollen Infos.«

»Was für Infos?«

»Das Offensichtliche. Was wir wissen, ob ich von der Polizei bin und wie du gehört hast, verdächtigen sie auch Leo. Und scheinbar auch dich.«

»Und, hast du ihnen etwas erzählt?«

»Nein, bin völlig unwissend.« Zian grinste.

»Wozu brauchen sie diese Infos? Oder besser, wenn sie Bestätigung haben, dass ihr von der Polizei seid, was machen sie dann?«

»Uns als Druckmittel für die Verhandlungen missbrauchen oder ... na ja, von schlimmeren Szenarien wollen wir nicht ausgehen.«

Ich schluckte und weitere Tränen liefen mir die Wangen hinunter. Der Druck auf der Brust nahm an Intensität zu, und das Atmen fiel mir schwer. Auch wenn Zian das schlimme Szenario nicht ausgesprochen hatte, war ich nicht naiv und wusste, dass es Folter und Tod bedeuten konnte. Ich schloss die Augen und konzentrierte mich darauf, genügend Sauerstoff in meine Lungen zu bekommen. Im Stillen rief ich nach Leo, dass er kommen und uns retten würde und dabei auf sich aufpasste. Auf keinen Fall wollte ich ihn verlieren. Das würde ich nicht durchstehen. Ein weiterer Weinkrampf erfasste mich und Zian zog mich an sich.

Kapitel 47

Leo

Ich straffte die Schultern, fokussierte mich auf meine Aufgabe und ging auf Novak und Hager zu.

»Könnt ihr mich zu dieser Stelle fahren?« Ich hielt ihnen mein Telefon hin, auf dem der Standort zu sehen war.

Beide nickten. Wir stiegen in den Polizeiwagen und fuhren los.

Mein Handy klingelte.

»Leo, sitzt du bei Novak und Hager im Wagen?«, fragte Georg.

»Ja. Wir sind bereits unterwegs. Der Standort des Peilsenders hat sich nicht verändert.«

»Gut, dann schicke ich dir die Verstärkung dorthin.«

Wir beendeten das Gespräch. Ich klopfte mit der Hand nervös auf meinen Oberschenkel und sah auf der App, dass wir uns dem Ziel näherten. »Kannst du das Horn ausschalten und auch das Blaulicht?«, fragte ich Jasmin, die am Steuer saß. Sie nickte und schaltete alles aus.

»Da vorn muss es sein.«

Sie fuhr rechts ran und wir stiegen aus. Sandro ging zur Heckklappe und öffnete sie. »Leo, hier.«

Ich trat zu ihm, zog meine Jacke aus und dafür die Kevlarweste an. Dann gab er mir ein Holster und eine Pistole. Ich kontrollierte sie und machte mich bereit.

»Ich habe nichts Auffälliges gesehen«, sagte Jasmin, die uns in den letzten Minuten Rückendeckung gegeben und die Umgebung beobachtet hatte.

Ich schaute nochmals auf die App. »Es müsste da vorn sein, dort bei diesem Gebäude.« Ich unterstrich meine Worte mit einer Handbewegung in diese Richtung.

Langsam schritten wir der Straße entlang darauf zu. Sandro, der zuvorderst ging, bückte sich. »Hier ist eine Hose und dort liegt noch etwas.«

»Durchsuch sie. Ich schaue mir die anderen Sachen an.« Vorsichtig näherte ich mich den weiteren Gegenständen, wobei ich meine Umgebung im Blick behielt. Die Straße verband Zürich mit einem Vorort und war links und rechts mit einem Wildzaun versehen. Dahinter befand sich ein kleines, bewaldetes Gebiet. Überall lag Müll, den Autofahrer offensichtlich aus dem Auto geworfen hatten. Bevor ich mich über diese Tatsache ärgern konnte, sah ich eine Jacke und ein Shirt neben der Straße im feuchten Gras liegen. Die Jacke kannte ich. Mir stockte der Atem und ich schnappte nach Luft. Unter keinen Umständen durfte ich eine Panikattacke bekommen. Ich schloss die Augen und stellte mir Claudio vor, der mich hielt und mich zum Atmen aufforderte. Sofort floss die Luft wieder in meine Lungen.

»Hab was gefunden.«

Ich ging auf Sandro zu. Er hielt etwas zwischen dem Daumen und dem Zeigefinger. Der Peilsender! Mir wurde heiß und kalt. *Claudio, wo bist du?* Automatisch nahm ich mein Smartphone und rief erneut Georg an.

»Wir haben den Peilsender. Wurde wahrscheinlich aus dem Auto geworfen, zusammen mit Claudios Kleidern.«

»Dann also direkt zum vereinbarten Standort. Beat ist unterwegs. Eigentlich sollten sie bald bei euch vorbeifahren.«

In diesem Augenblick blieb ein Wagen neben uns stehen.

»Ja, sind hier.«

»Gut, dann los.« Ohne Abschiedsgruß unterbrach Georg die Verbindung.

Ich trat auf den Wagen zu. Der Beifahrer ließ die Scheibe nach unten. »Leo Sutter? Ich bin Beat Hillner.«

»Danke, dass ihr hergefahren seid. Die aktuellen Daten habt ihr?«

»Ja, haben wir bekommen. Habt ihr etwas gefunden?«

»Nur den Peilsender, der zusammen mit Claudios Klamotten weggeschmissen wurde.«

»Ah, okay. Die Kollegen werden auch gleich hier sein.«

In diesem Moment hielt hinter Hillners Wagen ein Kastenwagen an. Der Beifahrer stieg aus.

Beat verließ ebenfalls das Auto. »Mats, das ist Leo. Er hat das Kommando.«

»Also, nochmals zur Info. Hier haben wir nur den Peilsender gefunden. Da er sich auf direktem Weg zum Standort befindet, den wir als möglichen Unterschlupf für die Zielpersonen vermuten, werden wir direkt dorthin fahren.« Ich schaute auf mein Smartphone und öffnete die Datei mit dem Gebäudeplan. »Okay. Der Ladeneingang befindet sich auf der Vorderseite. Auf der Rückseite hat es einen Ausgang und zwei Fenster. Auch auf der rechten Seite befinden sich zwei Fenster. Links ist das Gebäude an ein anderes angebaut.« Ich schaute auf zu Beat. »Du teilst deine Leute für den seitlichen und hinteren Teil des Gebäudes ein. Ich werde vorn sein. Wie viele Leute kannst du mir geben?« Ich schaute zum Kastenwagen.

»Vier Männer sind dir zugeteilt. Ich werde mit zwei meiner Männer zum Hintereingang gehen und weitere zwei werden sich um die seitlichen Fenster kümmern.«

»Gut, du besprichst das mit deinen Leuten unterwegs?«

»Ja, wir sind verkabelt. Warte.« Er drehte sich um, holte etwas aus dem Wagen. »Hier, dein Headset.«

Ich nahm es entgegen und befestigte es am Ohr. »Test, Test?«

»Wir hören dich«, kam es über den Lautsprecher.

»Perfekt, ich euch auch. Dann los!«

Beat setzte sich ins Auto. Mats tippte sich an die Stirn, stieg in den Kastenwagen und dann fuhren sie davon. Schnell ging ich zurück zu Jasmin und Sandro, die neben dem Polizeiauto standen. Ich gab ihnen die Anweisung, den beiden Fahrzeugen zu folgen.

Meine Muskeln waren zum Zerreißen gespannt. Adrenalin floss durch mich hindurch wie ein Wildbach. Mein Herz sprang mir fast aus der Brust und ich war einmal mehr froh, dass Krisensituationen mein Spezialgebiet waren. Dieses Talent ließ mich auch jetzt nicht im Stich, was pure Erleichterung war. Nun konnte ich nur hoffen, dass wir nicht zu spät kamen.

Kapitel 48

Claudio

»Psst, Claudio, aufwachen«, vernahm ich Zians Stimme direkt an meinem Ohr. Wie hatte ich in dieser Situation einschlafen können?

Ich drehte den Kopf zu Zian. »Was ist los?«

»Irgendwas geht da oben vor sich.«

Ich hörte aufgebrachte Stimmen. »Klingt, als hätten sie Angst oder Ärger.« Übelkeit erfasste mich, die ich jedoch hinunterschluckte.

»Komm, stehen wir auf, damit wir dieses Mal bereit sind, wenn sie in den Keller kommen.« Mit einer Hand suchte er Halt an der Wand, dann stand er auf. Danach zog er mich auf die Füße. Zian hielt mich noch einen Moment. Ich war ihm dankbar, denn meinem Kopf gefiel der Positionswechsel überhaupt nicht.

»Geht's?«

»Eher nicht, aber muss. Was ist mit dir?« Seine Haltung war alles andere als aufrecht. Schweiß lief ihm über das Gesicht. Ich war davon überzeugt, dass er kreidebleich war, was ich, trotz kleinem Lichtstrahl, der vom Türspalt der Kellertreppe herrührte, nicht ausmachen konnte.

»Geht so. Aber das ist vielleicht unsere letzte Chance. Meinst du, du kannst all deine Kraft aufwenden, wenn auch nur für ein paar Minuten?«

»Was hast du vor?«

»Wenn die beiden – und ich hoffe, sie haben keine Verstärkung erhalten – zu uns kommen, dann lassen wir sie zuerst im Glauben, dass wir kooperieren und zudem schwach sind. Sobald du eine passende Gelegenheit siehst, kämpfe.«

Ich zuckte zusammen. Konnte ich mit diesen Schmerzen, dem Schwindel und der Übelkeit kämpfen? Andererseits hatte ich genau deswegen Krav Maga gelernt. Um mich nie mehr hilflos zu fühlen. Doch wer hätte ahnen können, dass ich erneut in eine solche Situation geraten würde? Das Leben hatte einen schrägen und manchmal echt hinterhältigen Humor. Oder vielleicht ging eine höhere Macht davon aus, dass ich damit klarkam. Dieser Gedanke ließ mich kichern.

Zian legte die Hand an meine Stirn.

»Was soll das?«

»Ich kontrolliere, ob du Fieber hast.«

»Lustig.«

»Du hast gekichert. In einer Situation wie dieser, als Zivilist.«

»Überlebens-Humor«, wiederholte ich seine Worte.

»Du gefällst mir wirklich immer besser.«

»Schon vergeben, tut mir leid.«

Er lachte. »Wir werden hier rauskommen und dann treffen wir uns einmal. Zusammen mit Leo. Als Freunde.« Er zwinkerte mir mit seinem unversehrten Auge zu, was zum Brüllen aussah.

Ich grinste. »Machen wir. Aber ehrlich gesagt ist mir kotzübel, mein Kopf beherbergt einen Pressluft-hammer und meine Beine zittern.«

»Atme mit mir und schließ dabei die Augen. Denk an was Schönes, wofür es sich zu leben lohnt. Vor-zugsweise an Leo.«

»An was und wen denkst du?«

»Das ist eine Geschichte für unser nächstes Tref-fen. Nun mach schon. Augen schließen. Einatmen, ausatmen.«

Ich gehorchte ihm und wir atmeten im selben Rhythmus. Leo sah ich vor mir und mich überkam eine seltsame Ruhe, sodass ich kaum zusammen-zuckte, als die Tür geöffnet wurde. Langsam öffnete ich die Augen. Der Lichtstrahl von oben blendete mich und ich blinzelte den Schmerz und die Helligkeit weg.

»Bereit?«, flüsterte mir Zian zu.

»Ja.«

»Wir holen die beiden und werden sie als Schutz-schild nehmen.« Das war Luca.

Er und der Brutalo-Fahrer erschienen unten an der Treppe. Sie beäugten uns und ich stöhnte auf. Ich brauchte nicht einmal schauspielerische Fähigkeiten, es kam von allein. Zian stützte mich, als würde ich gleich umfallen. Er torkelte und ich hoffte, dass er das nur spielte.

»Claudio hat eine schwere Kopfverletzung. Er muss ins Krankenhaus. Er ist ein Zivilist und hat hiermit nichts zu tun.«

Hat er sich gerade als Polizist geoutet? Zian nein!, schrie ich ihm in Gedanken zu, aber es war schon zu spät.

»Wussten wir es doch.« Der Brutalo grinste hämisch, blieb aber, wo er war, war sich der Sache nicht ganz sicher.

»Das ändert die Situation nun auch nicht mehr«, sprach Luca Brutalo zischend zu.

Was hatte das zu bedeuten?

»Seine Leute werden alles tun, um ihn«, er zeigte auf Zian, »zu retten.«

»Jetzt«, flüsterte Zian, und ich nahm alle meine Kraftreserven und sprang auf Luca zu. Dieser war völlig überrumpelt. Und auch wenn ich ihn nicht fassen konnte, strauchelte er auf der Treppenstufe, stolperte die letzten zwei Tritte hinunter und riss Brutalo mit sich mit. Dieser schrie schmerzhaft auf. Ich nutzte die Chance, sprang auf Luca zu und kämpfte. Für mich und für Leo. Dieser Scheißer hatte sich vom Überraschungsmoment erholt und wehrte sich unter mir. Ich war geschwächt und ihm klar unterlegen, denn er packte mich an den Handgelenken und drehte mich auf den Rücken. Eine Hand konnte ich befreien und schlug seitlich mit dem Unterarm nach ihm. Ein Fluch bestätigte mir, dass ich ihn getroffen hatte, aber mir war bewusst, dass der Schaden klein war. Ich zog alle gelernten Verteidigungs-Register und schaffte es, Luca in die Weichteile zu kicken. Er stöhnte, und ich nutzte seinen Schmerz, drehte mich mit ihm und lag wieder auf ihm.

Neben mir lagen Zian und Brutalo in einem Knäuel von Beinen und Armen. Zians Schmerzenslaute widerspiegelten meinen Zustand und mir wurde bewusst, dass wir diesen Kampf verlieren würden, denn Luca erholte sich erstaunlich schnell.

Mit einem Ohr hörte ich lauten Lärm im Erdgeschoss, Schritte und Stimmen. Ich konnte nicht ausmachen, wer das war, hatte Mühe, Luca festzuhalten und wusste nicht, wie lange mein Körper noch mitmachte. Diese zwei Verbrecher erhielten Verstärkung, was es lächerlich machte, Luca zu fixieren. Der Schwindel nahm zu, ich blinzelte die Schwärze vor meinen Augen weg und versuchte, den Kopf oben zu halten. Er kippte mehrmals weg, was die Übelkeit verstärkte. In diesem Moment hoffte ich, dass ich in die Dunkelheit abtauchen durfte. Mein letzter Gedanke galt Leo. *Es tut mir leid. Ich habe alles versucht.*

Kapitel 49

Leo

Das Bild, das sich mir bot, war … grotesk. Ivanilovics Mann lag unter Zian und fluchte laut. Daneben lag Luca und wimmerte unter Claudio, der in diesem Moment erschlaffte. Dieses Bild erfassten meine Männer und ich in weniger als zwei Sekunden und griffen ein. Luca, der uns noch nicht wahrgenommen hatte, drehte Claudio brutal auf den Rücken und war im Begriff, sich auf ihn zu werfen, eine Hand zu einer Faust geformt. Mein Adrenalin schoss in die Höhe und ich flog die letzten Stufen regelrecht in den Keller hinab. Mit einer Hand packte ich Luca und zog ihn von Claudio weg, mit der anderen drehte ich ihm einen Arm auf den Rücken. Ein Kollege stand neben mir und half mir, Lucas Handgelenke mit einem Kabelbinder zu fixieren. Hinter mir hörte ich Flüche und Gezeter. Ein Blick über meine Schulter bestätigte, dass auch der andere Verdächtige nichts mehr zu melden hatte. Die beiden wurden abgeführt, und nun sah ich auch Zian, der mir zunickte und von Beat in Empfang genommen wurde. Da die Gefahr gebannt war, kniete ich mich zu Claudio nieder und schloss ihn in meine Arme.

Er blinzelte. »Wurde auch Zeit, dass du auftauchst«, flüsterte er mir ins Ohr.

Vor Freude und Erleichterung lachte ich laut auf. Mein Claudio, der stärkste Mann, den ich kannte. »Du und Zian habt alles im Griff, wie ich sehe.«

»Mehr oder weniger. Bring mich bitte weg von hier.«

Erst jetzt wurde mir bewusst, dass er zitterte. Er musste halb verfroren sein. Ich half ihm auf die Füße und dann die Treppe hinauf. Oben angekommen und mit etwas mehr Licht, stockte mir der Atem. Claudio sah übel aus.

»Ich brauche hier sofort einen Notarzt!«, rief ich. In diesem Moment sackte Claudio ohnmächtig zusammen. »Claudio, bleib bei mir.« Nun sah ich auch die Kopfwunden. Mehrere! *Was hatten sie mit ihm gemacht?*

Der Notarzt und die Sanitäter eilten herbei und kümmerten sich sofort um ihn. Auch wenn es mir schwerfiel, trat ich einen Schritt zurück, um sie ihre Arbeit machen zu lassen.

Zian legte eine Hand auf meine Schulter. »Hast einen tollen Freund. Halt ihn fest.«

Ich blickte ihn an und erschrak. »Das werde ich. Und du solltest dich dringend durchchecken lassen.« Sein rechtes Auge war vollkommen zugeschwollen. Diese Folter hatte garantiert nicht nur körperliche Spuren hinterlassen. So eine Entführung steckte man nicht locker weg. Und er war einige Tage eingesperrt gewesen. Ich hatte keine Ahnung, was sie mit ihm gemacht hatten.

»Sind Sie Herr Seiler?« Ein Sanitäter trat zu uns. Zian nickte. »Sie können mit mir mitkommen, wir nehmen Sie mit ins Krankenhaus.« Zian drückte meine Schulter, ließ sie los und verließ mit dem Sanitäter humpelnd und in gekrümmter Haltung das Gebäude. Sein Gang erinnerte mich an den eines gebrochenen Mannes. Mir wurde schwer ums Herz. Mein Blick schweifte zurück zu Claudio, der eine Infusion erhalten hatte und auf eine Bahre gelegt wurde.

»Du kannst mit ihm mitfahren. Hab's mit Georg geklärt«, sagte Beat.

»Danke.«

Er nickte und ging zu seinen Leuten.

Schnell drehte ich mich um und als ich Claudio da liegen sah, bleich, zerbrechlich und verletzt, brach es über mich herein: *Ich hätte ihn beinahe verloren!* Geschockt und überfordert schnappte ich nach Luft und schaute erstarrt zu, wie sie mit Claudio davongingen. *Ich muss zu ihm und werde ihn nie mehr allein lassen.* Mit diesen Gedanken holte ich mich aus dem Schockzustand, lief hinter der Bahre her zum Krankenwagen und schaute zu, wie Claudio eingeladen wurde. Als ich einsteigen wollte, hielt mich ein Sanitäter zurück.

»Sie können ihn nicht vernehmen.«

Ich blinzelte und war perplex über seine Worte. Als er mich streng musterte, ging mir ein Licht auf.

»Claudio ist … ich fahre als sein fester Freund mit, nicht als Polizist.«

»Ah, okay, dann steigen Sie ein.«

Zittrig zog ich mich hinauf in den Wagen und setzte mich in die Ecke. Kaum saß ich, murmelte Claudio etwas. Ich beugte mich vor.

»Leo?«

»Bin hier.« Meine Hand legte ich auf seinen Oberarm und drückte leicht zu.

»Gut«, murmelte er und schloss die Augen wieder.

Ein Frösteln durchfuhr mich und die Erkenntnis, dass ich ihn zum zweiten Mal fast verloren hätte, drückte mir den Brustraum zu. Mir wurde abwechselnd warm und kalt und ich hätte schwören können, dass mein Blutdruck vor Panik in den Keller sackte. Ein Flimmern machte sich in meinem Sichtfeld bemerkbar.

»Sie kippen mir hier nicht um, oder?« Sprach mich der Sanitäter an.

Langsam drehte ich den Kopf in seine Richtung. »Nein, mein Adrenalinkick ist wohl vorüber. Wie immer nach einem Einsatz. Aber heute ging es noch um so viel mehr.« Ich schaute auf Claudio hinab und dann zum Sanitäter.

Er nickte mir wissend zu. »Sie melden sich trotzdem, wenn was ist.« Ich schaute wieder auf Claudio hinab, der die Augen geschlossen hatte, und streichelte ihm sanft über den Oberarm.

Kapitel 50

Claudio

Mein Kopf dröhnte. Ich hielt die Augen geschlossen und suchte in meinem Gedächtnis nach Hinweisen, wie viel ich am Abend zuvor getrunken hatte. Der Nebel lichtete sich. Ich wimmerte leise. Nicht der Alkohol war schuld an meinen Schmerzen.

»Leo?« Ich öffnete die Augen, um sie gleich wieder zu schließen. Das Licht verdreifachte die Kopfschmerzen.

»Ich bin hier. Hast du Schmerzen?«

»Kopf«, stöhnte ich.

»Ich rufe jemanden.« Vage bekam ich mit, dass Leo den Knopf drückte, der über dem Bett hing.

Eine gefühlte Ewigkeit später, in Wirklichkeit waren es wahrscheinlich nur wenige Minuten, hörte ich die Tür aufgehen.

»Ah, da ist jemand aufgewacht.« Eine weibliche Stimme drang an meine Ohren. Sie klang freundlich. Die Augen öffnete ich trotzdem nicht.

»Er hat starke Kopfschmerzen.«

Ich bestätigte Leos Worte mit einem Nicken, zuckte jedoch durch den Blitz, der durch meinen Kopf schoss, zusammen.

»Sie erhalten etwas dagegen. Dauert nicht lang, dann geht es Ihnen besser, Herr Tesso.«

Das Nicken unterließ ich. Sie hatte recht. Die Schmerzen ließen nach und ich driftete weg.

Als ich das nächste Mal erwachte, war der Schmerz zwar noch da, aber erträglich. Dafür erschien Lucas Gesicht sowie das des Fahrers vor meinem inneren Auge. Dann die Erleichterung, die ich gespürt hatte, als ich Leo im Keller erkannt hatte. So sexy, professionell und entschlossen. Mein Leo. Meine Mundwinkel zuckten.

»Bist du wach?«

»Ja.« Ich öffnete die Augen und sah Leo direkt an. Bleich sah er aus, übernächtigt. Mit Stirnfalten und dunklen Augenringen. Bestimmt hatte er im Gegensatz zu mir kein Auge zugetan. Ich hatte jegliches Zeitgefühl verloren, hatte keine Ahnung, wie lange ich schon im Krankenhaus war. Tastend suchte ich seine Hand. Sofort ergriff er meine.

»Wie fühlst du dich?«, fragte er mit zittriger Stimme.

»Wie durch den Fleischwolf gedreht.«

»Brauchst du Medikamente?«

»Nein, nur dich.«

Leos Augen glänzten feucht. »Und ich dich. Ich liebe dich und hätte es nicht ertragen, dich zu verlieren. Gott, bin ich erleichtert, dass es dir besser geht.« Er schluchzte auf und ich breitete meine Arme aus. Er verstand meine stumme Aufforderung und beugte sich nach vorn. Seinen Kopf bettete er in meine Halsbeuge.

»Ich liebe dich auch und wusste, dass du mich und Zian retten wirst. Du bist mein Held, mein Ein und Alles.«

Erneut schluchzte er auf. Dieses Mal klang es erleichtert, und ich drückte ihn an mich. Auch mir liefen die Tränen sturzbachartig über die Wangen. Doch die Wärme und Leichtigkeit, die mich durchfluteten, waren besser als jede Medizin.

Wir lagen lange da, bis Leo sich wieder hinsetzte. Meine Hand ließ er nicht los. Wir brauchten beide diese Verbindung, sahen uns an und genossen die Anwesenheit des anderen. Bis es an der Tür klopfte.

»Ja?«, rief Leo.

»Darf ich reinkommen?« Ein mir unbekannter Mann streckte den Kopf durch den Türspalt.

»Georg, klar. Claudio, das ist mein Chef Georg Renner. Georg, mein Freund Claudio Tesso.«

»Freut mich«, erwiderte er und streckte mir seine Hand entgegen.

Ich ergriff sie und schüttelte sie.

»Du hast gute Arbeit geleistet, habe ich von Beat Hillner, dem Vorgesetzten des Einsatzteams, erfahren. Brauchst du einen neuen Job?«

Ich schaute von ihm zu Leo und zurück. »Äh, nein.«

Georg grinste und Leo antwortete: »Danke, Georg, einer in der Familie bei der Polizei reicht.«

In der Familie? Das klang … himmlisch.

»Trotzdem möchte ich meinen Dank aussprechen. Claudio, du hast uns mit dem Hinweis auf Fußpflegestudios eine entscheidende Info geliefert.«

Ich musste verdattert geschaut haben, denn Leo erklärte: »Ich habe Georg gesagt, von wem ich den Hinweis bekommen habe. Ich ruhe mich doch nicht auf Lorbeeren von anderen aus.« Er grinste schelmisch und unfassbar süß.

»Genau. Daher wussten wir, was ihr neues Geschäftsfeld sein würde.«

»Was heißt das? Ich verstehe nicht ganz.«

»Diese Gruppen eröffnen Dienstleistungsbetriebe, Barber-Shops, Nagelstudios und neu eben auch Fußpflegestudios. Vorzugsweise Geschäftsfelder, die sich für Geldwäsche, Steuerhinterziehung und dergleichen eignen. Zudem stellen sie Arbeitskräfte an, die oft nicht über eine Arbeitsbewilligung verfügen und sogar illegal in der Schweiz sind. Diese werden leider häufig ausgebeutet. Wenn die kriminellen Geschäftsführer Verdacht schöpfen, aufzufliegen, geht das Studio Konkurs und sie tauchen ab. Leider können sie das Gleiche im nächsten Kanton wieder durchziehen, weil der Datenaustausch über die Kantonsgrenze nicht oder nur mäßig funktioniert. Wir hoffen alle, dass sich das bald ändert.«

»Und was hat Schmitt damit zu tun?« Mir fiel seine Aussage bezüglich den *neuen Leuten* ein. Ich schauderte.

»Er ist für die Lieferung neuer Arbeitskräfte zuständig.«

»Menschenhandel?«

»Ja, leider.«

»Wurden alle verhaftet?«

»Schmitt ist uns entwischt und sehr wahrscheinlich nach Deutschland verschwunden«, teilte mir Leo mit. »Wir haben die gesammelten Infos den deutschen Kollegen übergeben. Aber Dante, die Morettis, Ivanilovic und seine Mitarbeiter sind in Untersuchungshaft. Durch Zians und deine Entführung hatten wir genug in der Hand, um eine Durchsuchung vorzunehmen. Vor allem in Dantes Villa im Thurgau wurde einiges an Beweismaterial gefunden.«

»Leider gibt es noch immer welche, die diese Geschäftspolitik verfolgen. Aber immerhin konnten wir mit den Verhaftungen ein Statement abgeben, dass wir an ihnen dran sind.« Die ergänzenden Erklärungen kamen von Georg.

»Wie geht es Zian?«

Leo und Georg schauten sich an.

»Ihr müsst mir nichts sagen, wenn das unter Schweigepflicht geht.«

»Körperlich geht es ihm gut«, antwortete mir Georg, »aber er braucht Zeit, um die Gefangenschaft zu verarbeiten. Er hat einen Psychologen an seiner Seite. Wir wissen nicht, was sie ihm alles angetan haben. Jedenfalls hat er sich eine Auszeit genommen.«

»Darf ich ihn kontaktieren? Wir waren nur eine kurze Zeit zusammen im Keller, doch allein seine Anwesenheit hat mir geholfen, stark zu bleiben.«

Leo drückte meine Hand und lächelte mich an.

»Ja, ich hab da was klingeln gehört, dass du und Zian die beiden quasi im Alleingang überwältigt habt«, sagte Georg mit Bewunderung in der Stimme.

Garantiert wurde ich rot. »Na ja, lange hätte ich Luca nicht mehr festhalten können. Zum Glück sind Leo und seine Leute im richtigen Moment aufgetaucht.« Dieses Mal drückte ich Leos Hand.

Wir mussten uns dämlich verliebt angeschaut haben, denn Georg meinte: »Ich lasse euch allein.« Er grinste und hielt mir erneut die Hand hin. »Erhol dich gut.«

Ich ergriff und schüttelte sie. »Das werde ich, danke.« Ich schaute ihm hinterher, als er aus dem Zimmer ging.

»Ich habe auch eine Auszeit genommen. Jemand muss dich ja pflegen.«

»Mhm, was beinhaltet denn deine Pflege?« Ich grinste verschmitzt.

»Mal sehen.« Mit der freien Hand rieb er sich über das Kinn. »Ich würde sagen, es ist ein Rundumservice mit gewissen Spezialleistungen.«

»Klingt gut.« Ich gähnte, war erschöpft von den vielen Infos. »Du bist engagiert«, murmelte ich und schloss die Augen.

Epilog

Leo

»Uff.« Ich ließ mich neben Claudio auf den Stuhl sinken. »Wusste gar nicht, dass an einer Hochzeit zu fotografieren, so anstrengend sein kann.«

Claudio drückte mir einen Kuss auf die Lippen. »Du musst nicht jede Kleinigkeit mit der Kamera festhalten. Hast du nicht schon genug Bilder im Kasten?« Er zeigte mit der Hand auf meinen geliebten Fotoapparat.

»Pfoten weg!« Ich zog mein Heiligtum von ihm fort, damit er sie nicht mit seinen Fingern betatschte, und merkte an seinem Grinsen, dass er mich wieder einmal gefoppt hatte. »Du, du …«

Er küsste mich erneut. »Du weißt schon, dass ich auch deine Macken liebe?« Er lächelte anbetungswürdig und ich lehnte mich an ihn.

Ich schluckte, konnte mein Glück kaum fassen. Fast vier Monate waren vergangen. Es war Februar und wir waren an der Hochzeit seiner Schwester Valerie und ihrem nun angetrauten Ehemann Matteo. Ich schaute mich im Saal um. Der runde Tisch, an dem Claudio und ich saßen, war der Haupt-Blickfang, da er in der Mitte stand und auch das Brautpaar hier saß, wenn sie denn mal Zeit hatten. Er war mit weißen Tischtüchern, farbenfrohen Blumengestecken und stimmungsvollen Kerzen dekoriert. Genau wie die anderen vier Tische. In der hinteren linken Ecke neben der kleinen Bar sorgte ein DJ für die passende Musik. Gerade lief ein Ohrwurm aus den Neunzigerjahren. Davor gab es eine leere Fläche, auf der sich schon einige tanzende Gäste befanden. Es war eine überschaubare Gesellschaft mit etwas über zwanzig Personen. Und ich wollte jeden Moment mit meiner Kamera einfangen. Claudios Schwester hatte mich, als sie von meinem Hobby erfahren hatte, gleich als Hochzeitsfotograf engagiert. Und ich liebte es. Fast so sehr wie das Festhalten charakteristischer Gebäude.

»Wo bist du?«, flüsterte Claudio mir zu.

»Mein nächstes Fotoobjekt ausmachen.«

»Nichts da. Nun tanzen wir.« Er stand auf und zog mich auf die Beine. Behutsam legte ich meine Kamera auf den Tisch. Hier brauchte ich keine Angst um sie haben.

Claudio schob mich auf die Tanzfläche. Inzwischen lief ein langsames Lied. Er schlang die Arme um meinen Nacken und ich zog ihn an den Hüften an mich.

In diesem Moment wollte ich nirgendwo anders sein.

»Weißt du, dass meine Liebe zu dir jeden Tag stärker wird?«, flüsterte er mir ins Ohr. Ein angenehmer Schauer durchfuhr mich. Ich lehnte mich etwas zurück, um ihn anzuschauen, und sah nichts als Liebe in seinen Augen.

»Du bist alles, was ich brauche«, sprach er weiter, »alles, was ich nicht gesucht, aber insgeheim erhofft habe. Du gibst mir den Halt, den ich benötige, wenn es mir mal schlecht geht, und übergibst mir die Kontrolle, wenn ich das Bedürfnis dazu habe. Ich darf dich im Bett führen und mich an deine Schulter lehnen, wenn ich es brauche. Du bist alles für mich.«

Seine Worte machten mich sprachlos und trieben mir die Tränen in die Augen.

Mit dem Daumen wischte er mir eine Träne weg. Dann nahm er mich wieder in den Arm und gab mir Zeit, seinen Worten nachzufühlen.

Claudio

Lange hatte ich der Hochzeit meiner Schwester entgegengefiebert. Dass sie mit Matteo einen wundervollen Mann gefunden hatte, freute mich sehr für sie. Dass ich nun an Leo gekuschelt seinen unverwechselbaren Duft einatmen und seine Nähe und Wärme spüren durfte, erfüllte mich mit einem Glücksgefühl, das ich kaum in Worte fassen konnte. Endlich war ich angekommen.

Dass ich Leo mit meinen Worten aus der Fassung gebracht hatte, war so nicht geplant gewesen. Dennoch war es wunderbar, dass er so gerührt war und mich beim Tanzen hielt, als wäre ich sein Anker.

»Ich liebe dich auch. Du bist alles für mich. Stark, emotional, mitfühlend und meine bessere Hälfte. Ich bin nicht so gut mit Worten wie du, aber ich hoffe, dass ich es dir täglich mit meinem Handeln zeigen darf. Jetzt, morgen und für immer will ich mit dir verbunden sein.«

»Für immer verbunden klingt verdammt perfekt.« Ich schmiegte mich an ihn, und wir tanzten, bis das Lied zu Ende war.

»Na, ihr zwei Turteltäubchen?« Meine Schwester trat zu uns. »Leo, du kannst fototechnisch Feierabend machen, damit ihr zwei den Abend auch genießen könnt.« Sie wackelte mit den Augenbrauen, und ich schüttelte den Kopf. »Ich sag ja nichts mehr.« Lachend hob sie die Hände, als wollte sie sich ergeben und marschierte zurück zu Matteo.

»Ich brauche etwas zu trinken.« Mein Hals war ausgedörrt.

»Gute Idee.«

Wir gingen zurück zu unseren Plätzen. Gleich zweimal leerte ich ein Glas Wasser und lehnte mich im Stuhl zurück. Die Musik hatte Fahrt aufgenommen und einige Gäste tanzten ausgelassen. Manche saßen ebenso auf ihren Stühlen wie wir oder holten sich am Dessertbuffet Nachschub.

»Willst du noch etwas? Du schmachtest das Buffet an.«

Ich drehte den Kopf zu Leo. »In der Tat ging mir gerade durch den Kopf, dass wir unbedingt unsere

Kalorienreserven auftanken müssen, damit wir heute Nacht genug Energie haben.«

Leo sprang schneller auf, als ich schauen konnte, und stapfte zum Buffet. Lachend lief ich ihm hinterher.

Mit gefüllten Tellern setzten wir uns zurück auf unsere Stühle.

»Sag mal, hast du etwas von Zian gehört?« Ich hatte seine Kontaktdaten nicht erhalten. Georg wollte, dass er sich erholte. Und mir war bewusst, dass ich ihn an die schreckliche Zeit erinnerte.

»Ist noch nicht zurück. Aber ich habe munkeln gehört, dass er für seine Cousine einen Übergangsjob als Bodyguard macht. Sie betreut einige Stars im Showbusiness, ist Managerin oder so was. Insgeheim hoffe ich ja, dass er in den Polizeidienst zurückkommt. Ich würde gern mal mit ihm zusammenarbeiten.«

Ich nickte und nahm einen weiteren Löffel vom köstlichen Tiramisu.

Leo arbeitete nun nicht mehr undercover, sondern als Ermittler. Wenn ihn ein Fall sehr mitnahm, dann kam er in den Genuss meines Spezialprogrammes. Er durfte jegliche Kontrolle abgeben, sich fallen lassen und ich ließ ihn vergessen. Natürlich nicht nur, wenn es stressig im Job war.

»Dieses grenzdebile Lächeln hat nichts mit dem Dessert zu tun, oder?« Er fuchtelte mit dem Löffel vor meinem Gesicht herum.

»Na ja, ich habe an unser heutiges Bettprogramm gedacht.«

Leo verschluckte sich an seinem Bissen und hustete. Ich klopfte ihm auf den Rücken.

»Wie lange müssen wir noch hierbleiben?«, fragte er mit kratziger Stimme.

Ich zog ihn an mich heran und küsste ihn. Als wir beide Luft holten, antwortete ich: »Leider noch sicher eine Stunde. Das gebührt der Anstand. Aber ich werde dich für deine Geduld belohnen.« Ich zog ihn erneut an mich und küsste ihn sanft, legte all meine Liebe in diesen Kuss. Instinktiv spürte ich, dass er diese erwiderte. Widerwillig löste ich mich von ihm und sah ihm tief in die Augen. Er strich mir über die Wange. Ich lehnte meinen Kopf in diese Berührung und schloss die Lider. Als ich sie wieder öffnete, erblickte ich hinter Leo meine Schwester. Sie strahlte mich mit Tränen in den Augen an. Ich brauchte keine Worte, um ihren Blick zu deuten. Wir waren beide angekommen und hatten unser ganz persönliches Glück gefunden.

Vorschau

Liebe Leser:in

Hat dir mein Buch gefallen? Dann freue ich mich über eine Rezension bei Amazon oder auch auf weiteren Buchhandelsplattformen. Wir Selfpublisher sind über jede Unterstützung unendlich dankbar!

Nach Not the last Chance – Vebunden folgen noch weitere Bücher. Ich kann euch verraten, dass ihr in den nächsten Bänden Jann Dannion, Zian Seiler, Zians Bruder Xavier und Dave aus Seeoase 3 wiedersehen werdet. Und es geht wieder heiß zu und her, prickelt und ein wenig Nervenkitzel gehört auch dazu - Gay Romantic Suspence. :-)

Ich wage mich mit diesem m/m-Genre in neue Gewässer und bin gespannt, was ihr zu meinen Geschichten sagt.

Wenn ihr euch auf dem Laufenden halten möchtet, dann meldet euch für meinen Newsletter an:
    https://www.enyaleander.com/

Vielen Dank!

Eure Enya

Danksagung

Liebe:r Leser:in, ich freue mich, dass du mein Buch, gelesen hast. Ohne eine Leserschaft gäbe es keine Autorinnen und Autoren und ohne uns keine Geschichten. Und was wäre eine Welt ohne Geschichten, in die man eintauchen kann? Nicht vorstellbar, oder? Also: Tausend Dank!

Mein Dankeschön geht wie immer auch an meine Familie, meine vier Männer. Ich liebe euch!

Meine Lektorin Alex hat einmal mehr mit geschultem Auge alle Ungereimtheiten, Unstimmigkeiten und textlichen Stolpersteine gefunden. Ich danke dir für deine tolle und akribische Arbeit.

Im Korrektorat wurden noch die letzten Fehler gesucht und gefunden. Danke dir, liebe Romana, für die professionelle, schnelle und unkomplizierte Zusammenarbeit.

Liebe Florin, mit dem ersten Cover der neuen Trilogie hast du die Messlatte bereits hoch gesetzt. Ich liebe es und freue mich bereits auf das nächste Cover für Band 2.

Ein großer Dank gebührt meinen Alpha- und Beta-Testleser:innen. Sie haben mich auf Ungereimtheiten hingewiesen, mich auf fehlende Infos und Hintergrundwissen aufmerksam gemacht und mir Mut gemacht, das Buch zu veröffentlichen. Ein riesengroßes Dankeschön an Euch.

Zudem konnt ich bei Rahel auf ihr Wissen im Krav Maga zurückgreifen und Roberto hat mir im Hotelbereich weitergeholfen. Danke euch beiden.

Triggerwarnung

Achtung Spoiler

Folgende Themen kommen in diesem Buch vor: Gewalt, Entführung, Folter, Panikattacken, kriminelle Handlungen. Des Weiteren hat es explizit beschriebene Liebesszenen zwischen Männern.

Über die Autorin

Enya Leander liebt seit ihrer Schulzeit das Lesen und Schreiben. Da bleiben oft manche To-do's liegen. Aber was gibt es Schöneres, als sich in Geschichten zu verlieren und in andere Welten einzutauchen? Eben. Obwohl sie das Schreiben immer begleitet hat, erschien ihr erstes Buch - ein Ratgeber - erst 2022. Dann ging es Schlag auf Schlag und die Seeoasen-Trilogie war geboren und 2025 startet bereits die Not the last Chance-Serie. Ihre Bücher gehen alle in Richtung romantic suspence, sind also Liebesromane mit Gefühl, Spannung/Thrill und Happy End.

Die Autorin lebt mit ihrer Familie in der Schweiz, näht, macht Yoga, joggt und walkt gerne.

Webseite:
https://www.enyaleander.com/

Instagram:
https://www.instagram.com/enya.leander.autorin/

Facebook:
https://www.facebook.com/100083085081112/

E-Mail:
enya.leander@gmx.net

Seeoase 1

Ferienfeeling, eine Prise Kriminalität und starke Gefühle garantiert!

Elviras Exfreund entpuppt sich als fieser Stalker und macht ihr zunehmend das Leben schwer. Als ihre Großeltern beabsichtigen, das geliebte Ferienhaus im entfernten Tessin zu verkaufen, nutzt Elvira die Gelegenheit, baut das Anwesen zu einem heimeligen Bed & Breakfast um und führt es als geborene Gastgeberin.

So idyllisch sich Elvira das Leben in der Seeoase vorgestellt hat, so turbulent erlebt sie die ersten Wochen. Neben Albträumen, verursacht durch ihren Exfreund, beunruhigendem Vandalismus, mysteriösen Botschaften und unverhofften Begegnungen, bringt Andy Elviras Welt gehörig durcheinander.

Auch er reist mit anderen Absichten ins Tessin und findet sich in einem Gefühlschaos wieder, das seinen Entschluss, ein wichtiges Detail aus seinem Leben für sich zu behalten, gefährlich ins Wanken bringt.

Finden die zwei Herzen zueinander oder steht ihnen ihre Vergangenheit im Weg?

Erhältlich als E-Book bei Amazon oder Taschenbuch in allen Online-Buchhandlungen.

Seeoase 2

Der zweite Band der Seeoasen-Trilogie verspricht Ferienfeeling, eine Portion Kriminalität und starke Emotionen.

Valerie freut sich, die Flitterwochenvertretung für ihre Freundin Elvira im Bed & Breakfast zu übernehmen. Doch seit der Ankunft von Elviras Bruder Matteo gleichen ihre Gefühle einem Tornado. Als sie von ihrer Vergangenheit eingeholt wird, schwebt sowohl das Leben ihres Bruders Claudio als auch ihr eigenes in Gefahr.

Matteo hat zwei Ziele: Sich in der Seeoase seiner Schwester zu erholen und Valerie näher kennenlernen. Schon bald merkt er, dass Valeries Vertrauen zu gewinnen einem schweißtreibenden Aufstieg zum Matterhorn gleicht. Aufgeben ist keine Option, auch wenn er spürt, dass Valerie ihm etwas Wichtiges verschweigt.

Kann Valerie Vertrauen in Matteo fassen oder drängt sich ihre gefährliche Vergangenheit zwischen die beiden?

Erhältlich als E-Book bei Amazon oder Taschenbuch in allen Online-Buchhandlungen.

Seeoase 3

Anfang und Ende im Bed & Breakfast

Der abschließende Band der Seeoasen-Trilogie hält erneut starke Gefühle und eine Prise Kriminalität bereit.

Miriam und Tobi verbindet eine Freundschaft Plus. Ihr Leben in der Deutschschweiz verläuft in geregelten Bahnen, bis eine Sprachnachricht von Miriams Vater ihrer beider Leben auf den Kopf stellt.

Von einem Tag auf den anderen bricht Miriams Welt zusammen. Ein schlimmes Ereignis stößt sie in einen Strudel aus Trauer und Schuldgefühlen. In dieser schwierigen Zeit ist Tobi ihr Rettungsanker. Das lockere Miteinander reicht ihr nicht mehr, denn ihre Gefühle für ihn gehen weit über eine Freundschaft hinaus. Doch das Geheimnis ihres Bruders Matthias scheint Tobi und sie in Gefahr zu bringen. Ist es der falsche Zeitpunkt, jetzt auf die Nähe und Hilfe des Mannes, der ihr Herz höherschlagen lässt, zu hoffen?

Längst hat Tobi begriffen, dass sich seine Gefühle für Miriam in den letzten Wochen verändert haben. Das Bedürfnis, ihr in dieser schweren Zeit beizustehen, ist groß. Kann er Miriam bei einer Auszeit im Bed & Breakfast Seeoase für sich gewinnen oder macht ihnen die Bedrohung, ausgelöst durch Recherchearbeiten über die Kanzlei ihres Vaters, einen Strich durch die Rechnung?

Ratgeber

**Dieser Ratgeber ist ein Beauty-Treatment für
Dein Business**

Er enthält alles, was Selbstständige aus der Beauty- und
Gesundheitsbranche wissen müssen, um erfolgreich zu sein.
Lass dich von den leicht umsetzbaren und wirkungsvollen
Tipps inspirieren.

- **Werbung für dich ganz einfach gemacht**
- **So werden deine Kunden zu Stammkunden**
- **Wie deine Räume zur Wohlfühloase werden**
- **Du bist deine wichtigste Visitenkarte**
- **Selfcare, dein Erfolgsfaktor**

Dieses Buch vermittelt dir ehrlich, humorvoll und mit viel
Charme das »gewisse Etwas«, das dein Business erfolgreich
macht.

Erhältlich als E-Book oder Taschenbuch in allen Online-
Buchhandlungen.